CI RHYFEL

Ganed Sam Angus yn yr Eidal, tyfodd i fyny yn Ffrainc a Sbaen, a chafodd ei haddysgu'n ddigon chwit-chwat yn y gwledydd hyn, mewn sawl ysgol wahanol. Astudiodd Lenyddiaeth Saesneg yng Ngholeg y Drindod, Caergrawnt, lle bu hi'n cadw ci nes iddo gael ei ddal yn cael ei sleifio allan o'r coleg mewn basged olchi dillad. Dysgodd gyrsiau lefel A Saesneg cyn treulio degawd yn y diwydiant ffasiwn; bellach mae hi'n awdur amser llawn.

Mae hi'n byw yn Exmoor ac yn Llundain, gyda llwythi o blant, cŵn a cheffylau.

CI
RHYFEL

SAM ANGUS

ADDASIAD CYMRAEG:
GARETH F. WILLIAMS

Gomer

I Cary

Cyhoeddwyd gyntaf yn 2012 gan Macmillan Children's Books
20 New Wharf Road, London N1 9RR dan y teitl *Soldier Dog*

Cyhoeddwyd gyntaf yn Gymraeg yn 2014 gan
Wasg Gomer, Llandysul, Ceredigion, SA44 4JL
www.gomer.co.uk

ISBN 978 1 84851 780 6

Cyhoeddwyd gyda chefnogaeth Llywodraeth Cynulliad Cymru.

Argraffwyd a rhwymwyd yng Nghymru gan
Wasg Gomer, Llandysul, Ceredigion.

Rhan 1

13 Mai 1917
Sir Gaernarfon

Doedd o ddim wedi'i gweld hi ers wyth y bore hwnnw. Roedd deuddeg awr ers hynny. Suddodd Steffan i'r ddaear, wedi blino'n lân a bron â llwgu. Sut goblyn oedd dod o hyd i anifail oedd mor ysgafn a chyflym â'r gwynt? Galwodd arni, ond cipiodd y gwynt ei lais a'i chwythu i ffwrdd dros y brwyn. Ar ôl chwilio drwy'r dydd, dim ond pum ci roedd o wedi'u gweld. Doedd dim cymaint o gŵn o gwmpas Llanaber y dyddiau hyn – roedd llai o bopeth, diolch i'r rhyfel.

Cododd a gwthio'i feic ymlaen ac i fyny, heibio i'r fan lle roedd brigau llydan coeden gerddinen yn drwch, i gyd yn oren nawr, ac i fyny i gyfeiriad y Dalcen Fawr. Galwodd Steffan eto. Cododd cudyll bach a hedfan i ffwrdd mewn braw, ond ddaeth dim ateb o'r brwyn a'r ddraenen wen. Y Dalcen Fawr oedd gobaith olaf Steffan. Roedd wedi addo iddo'i hun y byddai'n mynd i fyny yno cyn troi yn ei ôl. Tybed sut dymer fyddai ar ei dad, gartref? Doedd Steffan byth yn gwybod be i'w ddisgwyl erbyn hyn. Roedd byw gyda'i dad fel byw gyda rhyw fynydd tanllyd oedd yn barod i ffrwydro unrhyw adeg.

Wrth i Steffan nesáu at y Dalcen, daeth ci hardd i'r golwg o'r ochr arall, ei ben a'i wddf yn ddigon cryf i ddal ewig, gan aros ar y copa a'i gôt fel plu'n cael eu chwythu'n ôl ac ymlaen gan y gwynt.

'Lle ma' hi? Lle ma' Roced?' Hyddgi croesfrid, efallai, oedd y ci, a chododd ei ben hardd gan edrych heibio i Steffan ac i lawr ar y tir oddi tano fel petai'n berchen arno. Cododd Steffan ei ben yntau. 'Hei, washi – lle ma' Roced?'

Ymladdwr o gi oedd hwn a syllodd yn heriol ar Steffan cyn rhedeg yn ystwyth i gyfeiriad y Gilfach. Roedden nhw'n bridio mwngreliaid yn y Gilfach – hyddgwn wedi'u croesi â chŵn defaid. Rhaid mai Jac oedd y ci hwn, prif gi teulu'r Laxton. Doedd gan dad Steffan fawr i'w ddweud wrth y teulu hwnnw – tinceriaid oedden nhw, meddai. Potsiars.

Caeodd Steffan ei lygaid a brathu'i wefus. Roedd wedi chwilio ym mhobman. Dim ond tair ffordd oedd yna allan o bentref Llanaber ac roedd o wedi teithio dair milltir ar hyd bob un, yn galw a galw am Roced. Roedd rhyw sgamp wedi rhoi ei bump arni, meddai rhywun, ast werthfawr fel yna, ond roedd hi'n rhy gyflym i gael ei chipio. Roedd hi'n siŵr o ddod yn ôl adre'n hwyr neu'n hwyrach, ond yn y cyfamser, roedd yn rhaid i Steffan wynebu ei dad. Teimlai'n euog wrth iddo feddwl am Roced a'r rhuban sidan yn hongian am ei gwddf y tro diwethaf iddi hi ennill Cwpan Waterloo. Curodd chwe deg tri o gŵn eraill mewn cystadleuaeth a barodd dros dri diwrnod, a chipio'r wobr orau y gallai unrhyw filgi ei hennill. Gwelodd Steffan ei dad a'i fam a Twm ac yntau, a'r dagrau yn llygaid ei dad wrth iddo ddal y cwpan gloyw.

'Paid â dod 'nôl yma hebddi hi.' Dyna be ddwedodd ei dad. Ond doedd o ddim yn ei feddwl o, yn nag oedd? Siawns nad oedd o'n disgwyl i Steffan aros allan drwy'r nos. Roedd Miss Puw, ei athrawes yn yr ysgol, wedi gweld Steffan yn crwydro'n ôl ac ymlaen drwy Lanaber. Daeth hi ato'r trydydd tro iddi ei weld, a phan eglurodd beth oedd y broblem, dywedodd hithau wrtho nad oedd ei dad yn meddwl yr hyn roedd o wedi ei ddweud ac y byddai Roced yn sâff o ddod adref ohoni'i hun, gan ei bod hi'n hen law ar edrych ar ei hôl ei hun. Penderfynodd Steffan felly nad oedd dim amdani ond ei throi hi'n flinedig am adref.

Cyrhaeddodd yr hen dŷ gwag, cyn troi oddi ar y lôn i gyfeiriad Cae'r Drain a'r llyn newydd. Be goblyn oedd o am ei ddweud wrth ei dad? Be fyddai gan Twm i'w ddweud? Fyddai hyn byth wedi digwydd i Twm. Fyddai ei frawd o byth wedi gadael i Roced fynd allan am dro ar ei phen ei hun fel hyn. Gwingodd Steffan: arno fo roedd y bai am adael iddi hi fynd allan.

Arhosodd Steffan wrth y bwa carreg a arweiniai i mewn i'r buarth. Anadlodd yn ddwfn, sgwario'i ysgwyddau a throi'r gornel tua'r tŷ.

Ym mhen arall y buarth, o flaen bariau sgwâr y cytiau cŵn, safai ei dad, yn beryglus fel bom, ei wallt gwyn yn clecian, bron, a'i ddyrnau'n troi'n aflonydd y tu mewn i bocedi ei drowsus. Wrth ei droed roedd powlen Roced, yno bob dydd iddi am bump o'r gloch ar ei ben. Ers pryd fuodd ei dad yn sefyll yno? Llyncodd Steffan ei boer a brwsio'i wallt oddi ar ei dalcen.

'F-fedra i ddim c-cael hyd . . .' Roedd ei wddf wedi chwyddo a'r geiriau'n crebachu yn ei geg. 'Mi dd-ddaw hi'n ei hôl . . .' Petai ei dad ond yn *dweud* rhywbeth, neu hyd yn oed yn edrych arno wrth iddo siarad.

Symudodd traed ei dad a syrthiodd ei ysgwyddau wrth iddo droi a mynd i gyfeiriad y bwthyn. Gadawodd Steffan ei feic, a'i ddilyn. Dyna lle roedd ei dad, yn swp yn ei gadair ac yn gwgu i mewn i'r lle tân gwag. Syllodd ar ei wallt. Roedd hwnnw'n arfer bod yn frowngoch fel gwallt Steffan ar un adeg, cyn i Mam farw, cyn i'r tristwch ei beintio fo'n wyn. Ond doedd ei dad ddim mor hen â hynny, neu o leiaf, doedd o ddim cyn hyned ag yr oedd o'n edrych.

Chwaraeodd bysedd ei dad ag ochrau ei gardigan werdd wrth iddo rythu ar luniau Twm a Mam ar y silff ben tân. Doedd ei dad byth yn meddwl am neb ond amdano'i hun ac am Twm. Dyna'r llun o Twm yn ei iwnifform, yn edrych yn swanc ac yn ddewr a bathodyn y Ffiwsilwyr Brenhinol Cymreig i'w weld yn glir. Roedd ei wên ddireidus yn llenwi'i lygaid. I'r dde, mewn ffrâm arall, roedd llun Mam. Roedd yr un olwg sicr ar wynebau'r ddau, a'r un gwallt melynfrown a llygaid brown. Roedd chwe blynedd rhwng Steffan a Twm, ei frawd mawr. Roedd Steffan yn bedair ar ddeg tra oedd Twm yn ugain. Ers i Mam farw, bu Twm yn frawd, yn ffrind ac yn dad i Steffan. Ond yna, ar ddydd ei ben blwydd yn ddwy ar bymtheg oed, roedd Twm wedi ymuno â'r fyddin, ac ar ôl dod adref y diwrnod hwnnw, rhoddodd ei ddwylo ar ysgwyddau Steffan a dweud, 'Dwi'n gadael, Steffan. Fory. Edrycha ar ôl yr hen ddyn. Ac mi ddo i'n ôl i dy 'nôl di.'

Aeth ei dad yn ddistaw i gyd ar y cychwyn. Yna trodd ei alar yn dymer cas, a'i dawelwch peryglus yn ffrwydro'n dreisiol wrth iddo golli pob teimlad tuag at Steffan – pob teimlad heblaw am ryw hen gasineb creulon.

Meddyliai Steffan yn aml am y prynhawniau braf rheiny pan fyddai o a Twm yn gorwedd fel sgwarnogod yn y glaswellt meddal, brown, wrth i'w tad eu dysgu nhw sut oedd gwneud chwibanau allan o frwyn a sut i ddynwared cân y gylfinir. Gyda'i gilydd yn gwenu fel yr haul roedd y tri'r prynhawn olaf hwnnw cyn marwolaeth sydyn Mam. Freuddwydiodd Steffan erioed y byddai ei fyd cadarn, diogel yn gallu chwalu mor hawdd.

Rhedodd cryndod sydyn drwy gorff ei dad a gwelodd Steffan o'n tynnu'r gardigan yn dynnach amdano. Eisteddodd Steffan wrth y bwrdd yn gwylio'i dad ac yn aros am ei gyfle, am un funud a fyddai'n llai peryglus na'r munudau eraill. Anadlodd yn ddwfn eto, gan weddïo na fyddai'r geiriau'n marw yn ei wddf.

'Ydach chi'n . . .'

Trodd ei dad yn araf fel bys cloc, a gwgu arno ar draws y stafell. Newidiodd Steffan ei feddwl, a thewi. Yna ffrwydrodd ei dad o'r gadair a rhuthro am y silff ben tân. Cipiodd gwpan arian Roced a throi at y bwrdd, gan daro'r golau a hongiai i lawr o'r nenfwd a chreu cysgodion gwallgof wrth iddo wthio'r cwpan anferth i wyneb Steffan. Reit i'w wyneb, nes i Steffan orfod tynnu ei ben yn ôl.

'Daw, mi ddaw hi'n ei hôl. Ond fydd hi byth 'run fath eto.' Roedd gwallt ei dad fel blew ci cynddeiriog a'i aeliau fel dwy siani flewog. 'Does yna'r un ast yn gallu rhedeg mor gyflym, unwaith ma' hi wedi bod gyda chŵn eraill.' Gwthiodd ei dad y follt haearn ar draws y drws a chychwyn am y grisiau.

Roedd llygaid Steffan yn llosgi wrth iddo rythu ar y follt. Doedd y drws byth, byth, yn cael ei gloi dros nos. Tynnodd Steffan gôt Twm oddi ar y peg. Penderfynodd ei fod am gysgu yng nghadair Mam a chôt Twm drosto, er mwyn iddo fedru clywed Roced yn pawennu'r drws. Ac os na fyddai hi'n dod, yna ben bore fory roedd o am fynd i weld teulu'r Laxton yn y Gilfach.

Syllodd Steffan drwy'r ffenestr ar y buarth gwag. Roedd y buarth yn arfer bod yn brysur, a phennau ceffylau'n ymwthio o bob drws. Yn y dyddiau hynny, roedd ei dad yn enwog drwy'r holl wlad am ei geffylau gloyw, gwych. Ceffylau purion, arferai ddweud, mor bur â'r duwiau. Ew, roedd y ceffylau rheiny wedi dotio ar ei dad. Ac roedd yntau wedi dotio arnynt hwythau. Roedd eu henwau'n dal i fod mewn sialc gwyn wrth bob stabl: Goleiath, Tyddyn, Wariar, Myrffi. Y ceffylau balch roedd ei dad wedi eu dofi. Yna cafodd pob un wan jac o geffylau Cae'r Drain eu hawlio gan y Swyddfa

11

Ryfel. Dim ond Trwmped, yr hen gobyn, oedd ar ôl.

Peth gwych oedd i geffyl fynd i ryfel – dyna be ddywedodd y meistr, Arglwydd Penrhyn – peth gwych i geffyl gael gwasanaethu mewn ffordd mor odidog, yn y rhyfel a fyddai'n rhoi pen ar bob rhyfel arall, a ph'run bynnag, byddent i gyd yn eu holau erbyn y Nadolig. Ond roedd hi'n fis Mai 1917 yn awr, a'r Rhyfel Mawr yn dal i ruo.

Swatiodd Steffan yn y gadair. Cysgodd ymhen ychydig a breuddwydio am heidiau o gŵn bach melfedaidd yn byrlymu dros gwpanau arian, ac am y tristwch yn codi oddi ar ei dad ac yn chwythu i ffwrdd.

Yna'n sydyn, cafodd Steffan ei ddeffro gan wynt iasol. Roedd y drws ar agor a'i dad y tu allan, yn llwyd a llym fel carreg cromlech, a phowlen Roced yn ei law. O gwmpas ei goesau, ar bawennau a oedd mor ysgafn â dafnau o law, gwingai Roced. Camodd Steffan ymlaen.

''Nhad, m-ma' hi'n ôl, m-ma' hi yma, ac yn iawn, yn dydi . . .'

Trodd ei dad arno fel mellten.

'Ma' 'na ryw gi ffarm wedi bod i'r afael â hi. Mwngreliaid gawn ni ganddi hi rŵan. Cŵn sipsiwn, mwngreliaid bach barus. Na, weli di'r un o'r rheiny ar aelwyd barchus.' Safodd Steffan yn stond yn y drws, un llaw allan tuag at ei dad.

'Teulu o gipars ydan ni a weli di'r un mwngral sipsi o gwmpas y lle 'ma.' Saethodd braich dde ei dad allan. Neidiodd Roced o'r ffordd, gan grynu wrth i'r bowlen tsieina ffrwydro'n erbyn y wal a thorri'n deilchion gwynion, mân. Trodd ei dad a mynd.

Penliniodd Steffan wrth ymyl Roced a'i gwasgu'n dynn. Gwthiodd Roced ei thrwyn yn ei erbyn a llyfu ei wyneb.

'Bydd y rhyfel drosodd yn o fuan, yn ôl Twm,' sibrydodd Steffan, 'a phan ddaw o adra, mi fydd 'nhad yn well . . . mi wnaeth Twm addo na fydd o'n hir . . .'

Trodd Roced ei phen a syllu ar y tŷ, ar ôl ei meistr.

Teimlai'r ysgol yn fwy diogel nag adref i Steffan. Dim ond dau fachgen arall oedd yn y dosbarth – Arthur a Jo – gan fod y rhan fwyaf o'r lleill wedi gadael cyn gynted ag yr oedden nhw'n bedair ar ddeg, ac wedi mynd i ffwrdd i weithio mewn ffatrïoedd yn y trefi er mwyn helpu rywfaint ar eu teuluoedd. Ar un adeg roedd gan Steffan ddigonedd o ffrindiau, ond go brin y byddai'r un ohonyn nhw'n dod 'nôl i Lanaber, hyd yn oed ar ôl i'r rhyfel orffen.

Hoff wersi Steffan oedd rhai Miss Puw, Cemeg a Bywydeg, yn enwedig Bywydeg. Heddiw, roedd Steffan wedi blino. Teimlai'r fainc bren yn galetach nag arfer o dan ei ben-ôl ac roedd ei wddf yn brifo ar ôl ei noson yn y gadair. Roedd Miss Puw yn sôn am y ffordd y mae pobol yn anadlu, ond byddai'n well gan Steffan ddysgu am y ffordd y mae cŵn yn atgenhedlu.

Credai Steffan fod Miss Puw mewn cariad efo Twm, a'i bod hi'n disgwyl i Twm ei phriodi. Gan ei fod yn frawd i Twm, teimlai Steffan fod Miss Puw yn ei wylio o hyd. Ond doedd hi ddim cyn waethed heddiw, efallai oherwydd y trafferth hwnnw gyda Roced ddoe.

Tybed pryd fyddai Roced yn dechrau dangos ei bod hi'n disgwyl? Ymhen faint o amser fyddai hi'n cael y cŵn bach? Roedd pen Steffan yn llawn cwestiynau. A doedd dim byd pwysig byth yn cael ei ddysgu yn yr ysgol. Ond roedd Miss Puw (neu Lara, fel y byddai Twm yn cyfeirio ati) yn gwybod llawer o bethau gwerthfawr – gwyddai na fedrai cŵn weld mor bell â phobol a bod pobol yn gallu gweld chwe gwaith mwy o fanylion, a bod cŵn yn ddall i'r lliwiau coch a gwyrdd. Gwyddai hefyd fod cŵn yn well na phobol am weld mewn tywyllwch, a bod ganddyn nhw well golwg perifferol, a bod clustiau ceffylau'n gallu troi mewn hanner cylch llawn o gant wyth deg gradd – yn wir, roedd hi'n gwybod bron cymaint â thad Steffan am anifeiliaid, yn ôl Twm beth bynnag, felly roedd hi'n siŵr o fod yn gwybod am bethau fel geni cŵn bach a gofalu amdanyn nhw.

Roedd pawb yn brysio allan o'r dosbarth gan gipio'u cotiau. Bywydeg oedd y wers olaf ac roedd hi'n bryd i Steffan fynd adref. Fi ydi'r un olaf i adael bob tro, meddyliodd wrth bigo'i bensiliau lliw oddi ar ei ddesg, fesul un. Roedd Miss Puw yn hoffi defnyddio lliwiau gwahanol ar gyfer dangos y tiwbiau a'r gwythiennau mawr tu fewn i'r corff. Gwenodd Jo wrth iddo gerdded heibio i ddesg Steffan, a dangos pac o gardiau a oedd wedi gweld dyddiau gwell.

'Fory, Steffan? Amsar chwara? Wnei di ddim ennill eto.' Nodiodd Steffan. Roedd yn un lwcus wrth chwarae cardiau ac yn curo Jo bob tro. Tynnodd Jo ei gap am ei ben wrth fynd allan. Meddyliodd Steffan am gartref ei ffrind, am y te poeth a'r gegin gynnes fyddai'n ei ddisgwyl pan gyrhaeddai gartref. Yna dechreuodd feddwl sut fyddai pethau yng Nghae'r Drain.

Teimlodd Steffan law ysgafn ar ei ysgwydd.

'Steffan, mi ddois i ar draws hwn yn y llyfrgell a meddwl hwyrach y byddai o ryw ddefnydd i chdi. Ar gyfer Roced. Rhag ofn, yndê.' Roedd Miss Puw yn gwenu. 'Ma' bob dim rw't ti isio'i wybod ynddo fo.' Gwthiodd lyfr i law Steffan.

'Mi dda'th hi adra, Miss Puw, ma' hi'n ôl rŵan.'

Yn rhyfedd iawn, doedd ei frawddegau byth yn sychu a glynu fel nodwyddau pan fyddai'n siarad â Miss Puw, a byddai bob gair yn dod allan fel roedd o wedi bwriadu.

'Sut oedd dy dad? Oedd popeth yn iawn erbyn i ti gyrraedd adra?'

Edrychodd Steffan i lawr ar ei ddesg. Gwasgodd Miss Puw ei ysgwydd gan ddweud yn ddistaw, 'Paid ag anghofio faint mae'r dyn druan wedi'i golli, Steffan. Rho gyfle iddo fo. Mae o wedi colli cymaint. Ac mae arno fo ofn. Y peth ydi, yn dy oed di, does dim ofn o gwbwl arnat ti.' Llithrodd Miss Puw rywbeth i mewn i'w fag ysgol: pot o fêl. Roedd hi'n rhoi mêl iddo'n aml, gan fod Steffan yn rêl bol mêl, a chan wybod bod ei fam yn arfer cadw gwenyn. 'Paid ag anghofio faint mae o wedi'i golli,' meddai Miss Puw eto.

Ceisiodd Steffan ei hateb ond roedd rhywbeth yn ei wddf, homar o hen lwmpyn mawr a wrthodai â gadael i'r un gair ddod heb ddagrau. Petai o ond yn gallu cyrraedd at y drws, gyda'i gefn ati, yna gallai ddweud wrthi beth oedd yn ei frifo cymaint.

'Dydi o ddim wedi fy ngholli i – dydi 'Nhad ddim wedi fy ngholli i, dwi'n dal i fod yma.'

★

Roedd pedair wythnos wedi bod ers i Roced ddiflannu. Daeth pen blwydd Steffan – ac fe aeth heb i neb arall sylwi. Neb heblaw Twm. Yn ôl y cerdyn, byddai yn ei ôl ar y degfed ar hugain o'r mis. Ddeunaw diwrnod i ffwrdd. Roedd y tair blynedd diwethaf wedi crwbanu heibio, meddyliodd Steffan wrth fynd adref ar ei feic. Roedd ei dad yn gwaethygu, a phob noson unig yn ei gwmni yn fwy a mwy o straen. Pan ddaw Twm adref, penderfynodd Steffan, dwi am siarad efo fo ynglŷn â 'Nhad a gofyn iddo am help.

Pedalodd Steffan yn gyflymach. Roedd ar frys i gasglu'r cwningod o'r trap a osododd. Roedd amser yn brin, felly penderfynodd flingo dim ond un gwningen a'i rhoi hi'n amrwd yn swper i Roced. Doedd ei dad byth yn bwydo Roced erbyn hyn. Nid ers iddo falu ei phowlen; dyna pryd y rhoddodd o'r gorau iddi, felly sleifiai Steffan o'r tŷ ben bore, ac ar ôl gweld o ba gyfeiriad roedd y gwynt yn chwythu, byddai'n gosod tri thrap lle roedd llwybrau'r cwningod yn cris-groesi'r eithin, fel roedd ei dad wedi ei ddysgu i'w wneud.

Roedd Roced yn aros amdano wrth ddrws Bwthyn y Stabal. Ac roedd hi'n amlwg eisiau bwyd. Pwysodd Steffan ei feic yn erbyn y wal. Cododd glicied y drws a'i wthio'n agored – dim ond y mymryn lleiaf – digon iddo weld a oedd ei dad yno neu beidio. Ymlaciodd Steffan: roedd y stafell yn wag. Gwrandawodd. Roedd y tŷ i gyd yn wag. Sleifiodd i mewn a chymryd cyllell o ddrôr y gegin cyn rhedeg i'r tŷ gwydr a Roced yn ei ddilyn.

Roedd hi'n gynnes yma, ac yn ddiogel a chlyd. Ers i Olifer, y garddwr diwethaf, ymuno â'r fyddin, bu Steffan yn gwneud hynny a fedrai yn yr ardd, ond roedd cymaint yr oedd angen ei wneud yr adeg yma o'r flwyddyn. Cawsant lythyr o Lundain oddi wrth Arglwydd Penrhyn yn dweud wrthyn nhw am ganolbwyntio ar y llysiau a'r borderi blodau, ond gyda'r tŷ dan glo ac mewn tywyllwch a theulu'r Penrhyn i ffwrdd, hen waith dibwrpas a diddiolch oedd o.

Gwthiodd Roced ei thrwyn yn erbyn Steffan i'w atgoffa ei bod yn amser swper. Edrychodd Steffan i lawr arni gan sylwi fel roedd hi'n dechrau tewhau. Cofiodd. Dydd Llun oedd hi heddiw. Bob dydd Llun byddai'n ei mesur gyda chortyn o gwmpas ei chanol ac yn clymu cwlwm ynddo. Tri chwlwm yr wythnos ddiwethaf – heddiw byddai pedwar. Roedd y llyfr a gafodd gan Miss Puw, *A Layman's Guide to Mating, Whelping and Rearing*, ganddo yn y tŷ gwydr, o olwg ei dad. Pwysai'n erbyn y ffenestr a darllenai Steffan ef wrth weithio.

Tywalltodd Steffan y darnau cwningen i mewn i'r bowlen deracota a gwylio Roced yn sglaffio, dan wenu iddo'i hun â chymysgedd o euogrwydd a chyffro. Cododd Roced ei phen ac ysgwyd ei chynffon arno fel petai hi'n diolch am y gwningen. Teimlodd Steffan ei hochrau cyn llithro'r cortyn o dan ei bol a thros ei chefn. Clymodd gwlwm arall. Oedd, roedd hi wedi tewhau ryw fymryn eto – roedd hynny'n bendant. Roedd Steffan eisoes wedi dyfalu beth fyddai'r dyddiad. Os oedd Roced am gael cŵn bach, yna bydden nhw'n cael eu geni rhwng yr wythfed a'r unfed ar bymtheg o fis Gorffennaf. Mwy o ddyddiau i'w cyfri: y cŵn bach yn cael eu geni, Twm yn dod adref. Teimlai Steffan ei fod o'n gwneud dim byd ond cyfri'r dyddiau nes bod rhywbeth braf yn digwydd.

'Fydd dim ots ganddo fo . . . dim ots gan fy nhad, unwaith y gwelith o nhw. Unwaith y gwelith o nhw, mi fydd o'n gwirioni . . . dwi am gadw un i mi fy hun, un i Twm – ac ma' isio un ar Jo . . .'

Eisteddodd Roced gan lyfu ei gweflau. Roedd eisiau mwy o fwyd arni'n ddiweddar, ac roedd hi'n fwy parod i eistedd, ac yn fwy hoffus.

Pan aeth yn rhy dywyll i Steffan fedru gweithio, rhoddodd y gorau iddi. Felly i mewn ag o i'r tŷ am frechdan fêl, cyn mynd i'r afael â'i waith cartref.

Wrth iddo nesáu at y bwthyn, rhoddodd Steffan ei law ar ben Roced. Gallai weld bod ei dad yn ei gadair a chefn ei ben yn wynebu'r ffenestr. Gan deimlo'n nerfus, chwaraeodd ei fysedd ag un o glustiau meddal Roced, yna llamodd ei galon – roedd gan ei dad gerdyn yn ei law. Cerdyn oddi wrth Twm, tybed? Pam roedd ei dad mor lonydd? Be oedd wedi digwydd? Oedd Twm yn iawn? Byrlymodd Steffan i mewn drwy'r drws.

''Nhad?'

Heb godi na throi, gwnaeth ei dad ryw sŵn annealladwy. Taflodd y cerdyn ar y bwrdd. Roedd 'Souvenir From France' wedi ei wnïo arno mewn edau melyn dan res o faneri. Darllenodd Steffan:

Messines, 10fed Mehefin 1917
Annwyl Dad, annwyl Frawd,
Cefais ganiatâd i ddod adref am wythnos ac yr oeddwn wedi mynd cyn belled â Calais pan gefais neges teligraff i fynd yn ôl. Yr ydym yn paratoi ar gyfer stynt go fawr arall felly dim ond deuddydd o wyliau sydd gen i, a hynny yma ar y maes. Yr wyf yn hynod siomedig na allaf ddod adref. Hiraethaf ar eich holau chi'ch dau ac yr wyf bron â marw o eisiau eich gweld.
Glywsoch chi'r ffrwydro ym Messines – mae sôn iddo gael ei glywed yn Downing Street.
Cariad mawr, Twm.

Rhythodd Steffan ar y cerdyn hufen trwchus a'i lygaid yn llosgi. Doedd Twm ddim yn dod adref. Roedd o'n fyw, ond doedd o ddim yn dod. Anadlodd Steffan i mewn ac allan: rhaid oedd bod yn ddewr o flaen ei dad.

Pan edrychodd Steffan i fyny, gwelodd fod Roced hefyd wedi llithro i mewn i'r gegin yr un pryd ag yntau. Eisteddai wrth draed ei dad, a oedd yn gwgu i lawr ar ei bol bach caled a'i chôt ddwl. Roedd trwyn Roced yn pwyntio i fyny at dad Steffan. Er nad y fo oedd yn ei bwydo hi bellach ac er ei fod wedi troi oddi wrthi, roedd hi'n dal i ddilyn pob un o'i symudiadau ac roedd ei byd hi'n dal i droi o'i gwmpas.

'Pan ddaw'r amser, mi fydd cŵn y tincars yn mynd lle maen nhw i fod. Sâff i ti, mi aiff y tincars â nhw.' Roedd ei dad wedi codi a safai wrth y drws agored, ei wyneb i'r nos a Roced wrth ei ochr, fel cysgod, a'i chynffon yn crynu trwyddi. 'Fydd ar neb arall eu hisio nhw, nid â'r Dreth Cŵn ar fin codi eto fyth – o saith a chwech i ddeg swllt, a phwy sy am dalu hynny am ryw fwngral o gi?'

Caeodd ei dad y drws ar ei ôl gyda chlep, gan grafu trwyn Roced wrth wneud hynny. Arferai fynd â'r ast am dro'r adeg yma cyn ei rhoi yn ei chwt am y nos. Nawr, chymerai o'r un sylw ohoni, gan fynd allan i grwydro ar ei ben ei hun.

Edrychodd Steffan ar Roced yn hofran ger y drws a'i thrwyn yn erbyn y crac, yn disgwyl i'w meistr ddod 'nôl, a brwydrodd eto yn erbyn ei ddagrau. Penliniodd wrth ymyl Roced a'i chofleidio, ond crwydrodd ei lygaid at y llun ar y silff ben tân – Twm yn lifrau'r fyddin, yn ennill ei gyflog ei hun, yn rhydd ac yn bell, bell i ffwrdd.

'Twm lwcus,' sibrydodd wrth Roced, gan wenu'n drist a rhwbio'i chlustiau. 'Oni bai amdanat ti . . .' – gorffwysodd ei ben yn erbyn ei gwddf hir – 'oni bai amdanat ti a'th gŵn bach, mi faswn innau'n dianc o 'ma hefyd . . .'

10 Gorffennaf 1917
Sir Gaernarfon

Roedd y dyddiau'n dal i fod yn hir ac yn heulog, ond doedd dim modd i Steffan osgoi ei dad ar ôl iddi dywyllu. Er ei fod yn fwy llonydd nag erioed, roedd hefyd yn fwy peryglus, rywsut. Eisteddai â'i gefn tuag at ei fab a'i ysgwyddau crynion yn bytheirio dirmyg, wrth i Steffan wneud ei waith cartref wrth y bwrdd.

Gorffennodd Steffan ei waith mathemateg. Trodd ei bensel rhwng ei fysedd wrth hel meddyliau. Roedd yna wyth cwlwm yn y cortyn ddoe, ac wrth i'w bol chwyddo roedd Roced wedi tyfu'n fwy aflonydd, a'i llygaid yn edrych yn bell ac yn fychan yn ei phen. Heddiw, roedd hi wedi troi'i thrwyn ar ei bwyd.

Yn hwyrach y diwrnod hwnnw, gorweddai Steffan ar ei wely. Roedd yna gasgliad reit dda o wyfynod yn hofran o gwmpas y golau uwch ei ben. Gallai weld dau wyfyn pen saeth yno, un gwyfyn rhisglyn brych ac un gwyfyn dillad. *Lacanobia thalassina*. Sibrydodd yr enw Lladin wrth wylio'r gwyfyn. Roedd Steffan yn un da am gofio'r enwau Lladin: hoffai'r ffordd roedden nhw'n swnio.

Ochneidiodd a throi drosodd i wynebu'r lluniau ar y wal wrth ochr ei wely, rhai roedd o wedi eu torri o gylchgronau ac a ddangosai filgwn a oedd wedi'u naddu ar hen feddrodau yn yr Aifft. Rhyfeddai Steffan at fanylder y cŵn cerrig. Roedden nhw mor glir. Un fel yna oedd Roced, mor bendefigaidd a hynafol a pherffaith – yn filgi perffaith, yn un o ddisgynyddion pur cŵn y Pharo, a thair mil o flynyddoedd o hanes yn perthyn iddi.

I'r dde roedd y cerdyn post a anfonodd Twm yn gynharach eleni a llun arno o gi ambiwlans. Ci defaid côt arw oedd hi, a phlu gwynion wedi'u clymu ar ei chynffon a bagiau cyfrwy ar ei chefn a chroes fawr arnyn nhw. Safai a'i hochr i'r camera. Roedd Twm wastad yn trio anfon lluniau difyr. Doedd dim rhaid i Steffan dynnu'r cerdyn i lawr: gallai weld yr ysgrifen fân, dwt yn ei feddwl, a phob modfedd o'r cerdyn wedi'i lenwi o dan y geiriau ON ACTIVE SERVICE a rhif y swyddfa bost filwrol, a'r stamp swllt. Syllodd ar y ci, gan sibrwd y geiriau ar ei gof:

Pas de Calais,
13 Ebrill 1917

Annwyl Dad, annwyl Frawd,
Yr wyf wedi cael fy rhybuddio y bydd yn rhaid i
mi ddychwelyd i'r ffosydd unrhyw funud yn awr.
Yn ôl pob sôn, bydd ymgyrch fawr yn digwydd yn
o fuan ac yr ydym wrthi'n cyflawni'r paratoadau
olaf, ond hir yw pob ymaros. Rydym yn lladd
amser drwy ddringo i ben y domen ysbwriel er
mwyn gwylio'r saethu draw yng Nghrib Vimy – tua
phedair milltir i ffwrdd. A byddaf yn gwylio'r
ceffylau'n cael eu hyfforddi ar gyfer y gynnau
mawr. Maen nhw'n dysgu'n fuan sut i droi eu
pennau i'r ochr. Rhyfedd ar y naw, a chreulon, yw
gweld y fyddin yn defnyddio'r ceffylau i lusgo'r
gynnau mawr, pan fo digonedd o beiriannau mawr
fel tanciau yma erbyn hyn. Byddaf wastad yn
chwilio am geffylau Cae'r Drain, 'Nhad, ac yn
gweddïo drostyn nhw.

Roeddwn yn meddwl y byddet ti, Steffan, yn hoffi'r llun hwn o'r Ci ambiwlans. Byddaf yn meddwl amdanat bob tro y byddaf yn gweld Ci, ac am Gae'r Drain, a rhown y byd am gael bod adref. Yn weddol fuan, gobeithio, gan fod ewyllys yr Almaenwyr ar fin torri, yn ôl y sôn. Byddaf yn diolch bob dydd dy fod di'n rhy ifanc i ymladd – fydd yr hen fyd yma fyth yr un fath eto i'r rhai ohonom sydd yma.

Cariad mawr, Twm

"Byddaf yn diolch bob dydd dy fod di'n rhy ifanc i ymladd", ailadroddodd Steffan eiriau ei frawd drosodd a thro. Ond gallai eu tad fod yn beryglus hefyd – doedd Twm ddim yn deall hynny? Teimlodd Steffan gwlwm yn cau yn ei stumog. Roedd yn rhy ifanc i fynd i ryfel ond nid yn rhy ifanc i gael ei adael yma'i hun gyda'i dad.

Daeth cnoc ar ddrws ei stafell. Neidiodd Steffan a chodi i'w eistedd a'i galon yn carlamu. Doedd ei dad byth yn dod i mewn i'w stafell.

'Ma' hi fwy neu lai'n barod rŵan.' Cafodd y geiriau eu mwmian. 'Ma'r cwt coed tân yn gynnes iddi, ac yn sych.'

Byrlymodd Steffan allan o'i wely a gwibio i

lawr y grisiau, cyn troi a rhedeg i fyny'n ei ôl.
Roedd ei dad wedi cynhyrfu ynghylch y cŵn
bach, byddai'n siŵr o ddotio arnyn nhw. Fel
Steffan, roedd yntau wedi bod yn gwylio ac yn
disgwyl. Tynnodd Steffan focs tun bychan o dan
ei wely, a chofio cipio'i siwmper oddi ar ei gadair.
Carlamodd i lawr y grisiau unwaith eto, cyn troi
a charlamu i fyny eto fyth i gipio'r tywel a oedd
yn hongian o dan y sinc. Cotwm, ïodin, tywel –
oedd popeth ganddo? Bu bron iddo faglu ar y
grisiau cul a dim ond cael a chael i gydio yn y
ganllaw, ond trawodd fawd ei droed noeth yn
erbyn y gris isaf.

Herciodd am y cwt a gwthio'r drws ar agor.
Saethodd sneipen o olau lleuad drwy'r ffenestr,
digon i ddangos Roced yn gorwedd ar wely
o wair.

Aeth Steffan i'w gwrcwd, ei draed noeth ar y
llawr carreg a'r lantern uwch ei ben yn creu
cylch o oleuni cynnes. Doedd dim llygedyn o
olau i'w weld yn dod o'r Neuadd gerllaw nac o'r
bwthyn. Y cwt coed tân oedd yr unig le cynnes a
golau a byw. Rhedai ambell gryndod drwy gorff
Roced. Sleifiai ambell i fys llwyd o niwl i mewn
gan gosi'r cerrig, cyn diflannu fel mwg yng
nghynhesrwydd y cwt. Ei dad oedd wedi paratoi'r
gwely bach hwn ar gyfer Roced. Roedd wedi
gwybod yn union pryd fyddai'r adeg gywir i

wneud hynny, a ble y byddai hi'n hoffi bod; doedd Steffan ddim yn gwybod, er gwaethaf ei lyfr, ei thermomedr a'i gortyn clymau.

Dechreuodd Roced grynu go iawn, un cryndod ar ôl y llall. Sythodd ei choesau ôl. Roedd rhywbeth yno o dan y gynffon stiff, wedi'i lapio mewn cocŵn gwyn – corun pen bychan. Crynodd corff Roced eto – roedd o allan, ei lygaid a'i glustiau ynghau, ei goesau wedi eu plygu a'r pawennau'n fychan, fychan. Aeth Roced ati i'w lyfu'n ffyrnig. Rhoddodd y peth bach un wich fach uchel ac yna roedd o'n anadlu ohono'i hun. Cnodd Roced y cordyn a thynnu'r ci bach pinc-drwyn, pinc-fol tuag ati â'i thrwyn. Gwingodd yntau'n nes ar ei fol ac yna dechreuodd sugno.

Daeth y tensiwn eto i gorff Roced, ei choesau fel pedwar procer. Daeth cocŵn bach arall allan – roedd popeth yn digwydd mor gyflym. Roedd Roced yn llyfu ac yn cnoi a dyna lle roedd o, yn gwingo'n ddall i gyfeiriad y deth. Dau funud arall, mwy o grynu a chrebachu, a dyna un arall. Tri o gŵn bach iach. Oedd mwy i ddod? Cododd pen tenau Roced, yn deneuach na'i gwddf hyd yn oed, a syllodd ar Steffan, ei llygaid yn sgleinio, ei cheg yn agor a chau wrth iddi gael ei gwynt ati.

Wedi ei syfrdanu, a'i ên yn ei law, syllodd Steffan ar wyrth yr enedigaeth. Roedd corff Roced wedi ffurfio cylch o gwmpas ei chŵn bach. Roedd tri ohonyn nhw – tair ast fach berffaith, yn troi a throsi yn eu crud diogel a'u synau mewian fel côr bychan.

Hoffai Steffan petai ei dad yn dod allan i'r cwt atyn nhw. Byddai'n gwirioni arnyn nhw, ar eu cotiau sipsi a'u smotiau o liw fel sblashiadau o baent. Byddai, siŵr.

Yna synnodd Steffan wrth i Roced ddechrau ysgwyd ei chorff a chicio'i choesau'n wyllt. Roedd rhywbeth o'i le – roedd angen help arni – rhaid bod ci bach arall yn sownd y tu mewn iddi. Gallai hynny fod yn beryglus iawn os oedd hi wedi bod yn gwthio am amser hir – roedd beth bynnag ugain munud ers iddi eni'r ci bach diwethaf. Gallai Steffan weld cocŵn bach gwyn arall o dan ei chynffon a rhoddodd ei galon naid: gallai weld hefyd un bawen fechan yn ymwthio allan – ac roedd un droed yn gyntaf yn gallu bod yn beth peryglus. Roedd llygaid Roced yn syllu'n llonydd i'w lygaid yntau ac roedden nhw'n loyw, yn rhy loyw, gan ofn. Tybed a fyddai'n syniad iddo fynd i nôl ei dad? meddyliodd Steffan. Fyddai Roced yn iawn tra byddai allan? Yna clywodd sŵn traed. Roedd ei dad wedi dod. Rywsut neu'i gilydd, roedd ei dad wedi synhwyro fod ei angen ar Roced.

Hyd yn oed a hithau yn y fath boen, llwyddodd Roced i godi fymryn i'w groesawu, ei cheg yn hanner agored mewn gwên fach ddewr.

'Cŵn tincars. Lladron o gŵn. Dyna be ydyn nhw.'

Parhaodd Roced i syllu ar dad Steffan, ond roedd y min cas yn ei lais wedi dychryn rhywfaint arni.

'Brysiwch, 'Nhad. Mae rhywbath o'i le.'

Ebychodd ei dad. Safodd yn llonydd am eiliad, yna ebychodd eilwaith a mynd i lawr i'w gwrcwd. Gwyrodd ymlaen a gwthio'r droed fechan yn ôl i mewn ag un bys. Yna arhosodd. Aeth munudau heibio. Crynodd Roced, ac wrth iddi hi wneud, tynnodd tad Steffan y tywel oddi ar liniau ei fab, yn barod ar ei chyfer. Y tro hwn roedd yna ddwy bawen fechan a dwy goes fach wedi'u plygu, a rhwng blaenau dau fys, cydiodd tad Steffan ynddyn nhw a thynnu, gyda gafael mor sicr edrychai fel na phetai o'n tynnu o gwbl. Digwyddodd y tynnu allan mor esmwyth – a braich tad Steffan yn symud dros fol Roced tuag at ei phen – gallech daeru fod neb yno wedi symud yr un fodfedd.

A dyna lle roedd o, bwndel bach dall, distaw. Rhoddodd tad Steffan y ci bach rhwng pawennau blaen Roced. Wrth iddo wylio'i dad, mentrodd Steffan wenu ryw fymryn. Cododd ei dad ar ei draed. Caeodd ei ddyrnau a throi i ffwrdd oddi wrth ben gloyw Roced. Safodd o dan y golau, gan greu cylch o dywyllwch o amgylch Roced.

'Wneith hwn ddim byw . . .'

Er bod y ci bach yn gorwedd rhwng pawennau blaen Roced, roedd yn llonydd ac yn dawel ac roedd hithau eto i edrych arno. Roedd yn rhaid i Steffan wneud rhywbeth. A'i galon yn dyrnu, cododd y ci bach oddi ar y llawr a'i gwpanu yng nghledr ei law. Rhwbiodd yr un bach gyda chornel y tywel nes bod y gôt yn lân. Un llwyd-wyn oedd o, o'i drwyn i'w gynffon, yr unig un a oedd heb y sblashiadau o liw ac unig fab Roced.

Clywodd Steffan ebychiad arall yn dod o'r cysgodion y tu ôl iddo. Gallai ei dad fod mor gas, meddyliodd. Cododd Roced ei thrwyn, ei llygaid tywyll yn disgleirio ac yn holi. Roedd y ci bach gwyn a orweddai yng nghledr Steffan yn rhy lonydd. Trwynodd Roced ei law. Gwyddai Steffan fod Roced yn ymddiried ynddo i achub bywyd y ci bach hwn. Rhoddodd y bwndel bach i lawr ar ei lin a chyda bysedd lletchwith plwciodd ychydig o'r wadin allan o'i focs tun a chlymu cwlwm am y cordyn. Gan deimlo llygaid Roced yn dilyn pob symudiad, torrodd y cordyn yr ochr bellaf i'r cwlwm a rhoi'r ci bach wrth ochr Roced. Roedd y lleill yn mewian yn hapus wrth sugno ond doedd y ci bach gwan ddim yn symud o gwbl. Yng nghanol yr holl wichian a mewian, roedd hwn yn fud ac yn ddifywyd.

Gwthiodd Roced ef oddi wrth y lleill gyda'i

thrwyn. Llyfodd ef a'i drwyno ond ar ôl ychydig rhoddodd ei phen i lawr yn ddigalon.

Aeth rhai eiliadau heibio.

Unwaith eto, cododd Roced ei phen i drwyno'r un bach gwan. Rhoddodd calon Steffan naid wrth iddi agor ei cheg a'i godi oddi ar y llawr. Er bod pwysau'r cyrff bach eraill yn ei dal i lawr, llwyddodd i'w llusgo'i hun at Steffan a rhoi'r ci bach ar ei lin. Doedd Steffan ddim yn siŵr beth oedd Roced yn disgwyl iddo'i wneud. Ond gyda'i llygaid wedi eu hoelio ar wyneb y bachgen, gwthiodd Roced y bwndel bychan yn nes ato.

Gofyn am help roedd Roced, sylweddolodd Steffan wedyn. Dechreuodd ei fysedd symud cyn bod ei ben wedi penderfynu beth i'w wneud. Cododd y ci bach a'i ddal wrth ei glust. Doedd o ddim yn anadlu – doedd y galon fach ddim yn curo. Roedd amser yn brin: roedd rhywbeth yn blocio'r pibellau gwynt ac yn ôl y llyfr, roedd angen gweithredu'n gyflym i'w rhyddhau. Heb feddwl a oedd hyn am godi pwys arno, cododd Steffan y trwyn bach pinc i'w geg, gosod ei wefusau'n erbyn y ffroenau, a sugno. Dim byd. Sugnodd eto. A dyna fo! Mymryn mor fach, anodd oedd dweud beth oedd o. Poerodd, cyn dal y corff bychan wrth ei glust eto. Na, dim byd. Rhaid oedd ei gael i anadlu. Rhwbiodd Steffan ef gyda'i fodiau, drosto i gyd, ac eto, cyn sugno'r ffroenau bychain eilwaith, ac wrth iddo wneud hynny, gwingodd y ci bach a chrio.

Daliodd Steffan fab Roced yng nghledr ei law. Cododd hithau ei chynffon wrth iddi ei synhwyro a'i lyfu a'i lyfu a'i synhwyro. Edrychodd i fyny ar Steffan gan agor ei cheg a theimlai'r cynhesrwydd yn ei llygaid fel heulwen haf i'r hogyn.

'Fydd hwn yn dda i ddim byd. Wneith o ddim byw os na roi di botel iddo.' Ciciodd ei dad y drws yn agored. 'Bob un ohonyn nhw. Blydi cŵn sipsiwn ydyn nhw i gyd.' Taranodd ei lais. Crynodd Steffan wrth i'r awel oer, wlyb ruthro i mewn i'r cwt. 'Fydd mo'u hisio nhw ar neb. 'Mond y tincars fydd isio dy fwngreliaid afiach di.'

Stompiodd i ffwrdd. Cododd Roced ei phen er mwyn dilyn sŵn traed ei meistr, ei chynffon yn arafu ac yna'n llonyddu. Peidiodd y sŵn traed. Yna ffrwydrodd llais tad Steffan dros y buarth fel petai'n benderfynol o siglo'r sêr uwchben. 'Ac os na fydd y tincars yn fodlon eu cymryd nhw, yna mi fydd yn rhaid i ti eu boddi nhw!'

24 Gorffennaf 1917
Sir Gaernarfon

Estynnodd Steffan y botel fwydo oddi ar y silff ger y sinc, a chan daflu golwg ofalus i gyfeiriad y drws, llenwodd hi â llaeth powdr Lactol. Chlywodd o ddim rhagor am y boddi, ond roedd bygythion ei dad yn dal i'w lenwi ag ofn. Aeth i nôl y ci bach gwyn o'r cwt. Roedd y fitaminau ychwanegol yn gwneud byd o les iddo; roedd hwn am fyw, dim ots beth oedd gan ei dad i'w ddweud. Roedden nhw i gyd yn tewhau fwy bob dydd ac roedd eu llygaid yn agored erbyn hyn, ond roedd eu cyrff yn dal i fod yn feddal, yn gysglyd ac yn wan. Setlodd Steffan wrth y bwrdd.

Agorwyd y drws ffrynt yn sydyn. Neidiodd Steffan a dal y ci bach yn erbyn ei fron. Gwgodd ei dad o weld y ci. Roedd mellten arall ar fin taro, gallai Steffan synhwyro hynny'n glir. Tynhaodd ei afael yn y ci bach. Bron heb iddo sylwi.

'Ddylwn i fod wedi'u boddi nhw. Cael eu saethu fydd eu hanes nhw. Ma'r wlad yma'n

34

dew o blismyn sy'n casglu bob mwngral aflan oddi ar strydoedd bob dinas, a wyddost ti be maen nhw'n 'i 'neud â nhw wedyn? Eu saethu nhw. Bang!'

★

Roedd tymer wyllt ei dad wedi diflannu mor sydyn ag y daeth, ond aeth wythnosau heibio heb iddo ddweud yr un gair arall. Roedd oddi cartref am gyfnodau hir, ac roedd ei ddistawrwydd, am ryw reswm, yn fwy creulon nag erioed.

Roedd y ci bach gwyn yn gwneud ei orau i dynnu blanced Roced o'i basged, a'i goesau bach simsan yn sglefrio ac yn llithro dros wyneb y llawr carreg. Cyn bo hir byddai'r gynffon fechan yna'n hir ac yn bluog fel cynffonnau cŵn teulu'r Laxton. Gwenodd Steffan wrth gofio am y ci a welodd o ar ben y Dalcen Fawr. Roedd yn eithaf peth na wyddai ei dad mai ci wedi ei groes-fridio oedd hwn. Penliniodd Steffan. Gollyngodd y ci bach y flanced, neidiodd ymlaen a'i daflu ei hun ar Steffan. Rhwbiodd Steffan ei drwyn yn erbyn trwyn y ci, fel dau Esgimo'n cusanu, meddyliodd.

'Dim mwy o Lactol ar ôl heddiw.' Rhedodd Steffan ei fysedd dros fol y ci ac i lawr dros ei ochrau. 'Pump wsnos oed. Rwyt ti'n rhy fawr i Lactol. Ma' hi bron iawn yn bryd i mi dy fwydo di'n iawn.'

'Milwr,' sibrydodd Steffan. 'Milwr.' Roedd ganddo enw i bob un ohonyn nhw'n awr. Bentli oedd enw'r un a fyddai'n gi Twm. Côt wen oedd ganddi, wedi ei britho â smotiau bach brown, a chyfrwy brown golau. Roedd Twm wastad wedi edmygu car eifori Arglwydd Penrhyn, yr un â'r trimiau lledr brown golau. Byddai Twm yn gwirioni â'r ci. Bisged a Hosan oedd enwau'r ddwy arall, ill dwy yn drilliw, gyda chotiau duon a sanau gwynion. Roedd patshyn brown golau gan Bisged o gwmpas ei llygad. Dim ond Milwr oedd â chot liw uwd, a llygaid mor dywyll a meddal â'r nos. Ci Steffan ei hun fyddai Milwr.

'Milwr,' sibrydodd eto. 'Dwi wedi d'alw di ar ôl Twm fy mrawd mawr. Dylai fod yn ôl adra o'r rhyfel erbyn hyn.'

Ymddangosodd ei dad o nunlle a'i wyneb yn un wg dywyll, gan ruthro am Milwr a'i godi gerfydd ei war a'i goesau bychain ar draws ei gilydd i gyd. Martsiodd i'r drws a thaflu Milwr allan ar y cerrig. Ebychodd Steffan, ond roedd Milwr i fyny ar ei draed eto ymhen eiliad, wedi drysu'n lân ac yn igam-ogamu tuag at y cytiau cŵn a'i gynffon rhwng ei goesau a'i ben a'i lygaid poenus yn edrych yn ôl tuag at y drws. Stompiodd tad Steffan ar draws y stafell ac i fyny'r grisiau.

Brysiodd Steffan, wedi'i ddychryn, ar ôl y ci bach. 'Dydi o ddim yn ei feddwl o. Trio fy mrifo i oedd 'Nhad.' Yna fe deimlodd ei hun yn gwylltio. 'Ond dwi am fynd, am redeg i ffwrdd, i chwilio am Twm.' Dechreuodd geiriau Steffan fagu gwreiddiau. Ie, meddyliodd gan benlinio i anwesu'r ci. Ie – mi a' i o'ma hefyd, a sut fydd 'Nhad yn teimlo wedyn?

Llyfodd Milwr fochau Steffan . . . a chafodd y syniad o adael cartref ei fygu'n syth gan y tafod cyfeillgar hwnnw, yr anadl gyfarwydd a'r llygaid bach trwblus.

Dydd Sul, 21 Awst 1917
Sir Gaernarfon

Roedd hi wedi cau efo glaw mân y tu allan, ond roedd stabl Trwmped yn gynnes a chlyd. Roedd Steffan yn brysur yn llenwi ychydig o sachau hesian o'r sièd datws â gwair ar gyfer gwelyau'r cŵn bach. Gweryrai Trwmped bob hyn a hyn a thaflu'i ben, yn bell o fod yn hapus â'r holl halibalŵ yma yn ei focs.

Gwyliodd Steffan wrth i Milwr wibio'n ôl ac ymlaen gan godi llwch a edrychai fel conffeti dros bob man. Aeth Milwr i lawr ar ei goesau ôl cyn neidio i ffwrdd a mynd i lawr yn isel eto, eisiau i Steffan chwarae efo fo. Cododd Roced ei phen gan wneud i Steffan feddwl am ryw frenhines falch yn gwenu iddi'i hun wrth wylio'i byddin yn ymlacio. Gwthiodd Steffan y llond llaw olaf o wair i mewn i'r sach olaf. Roedd Twm wedi sôn mai cysgu ar fatres wellt yr oedd yntau, a bod y Fyddin yn rhoi un i bob dyn, felly byddai Milwr hefyd yn cael matres wellt. Tynnodd Steffan y llinyn yn dynn cyn ei glymu, ei lygaid ar un arall o'r cŵn bach yn neidio am goesau blewog Trwmped.

'Chwe wsnos oed heddiw, ac mae 'na gwningen i chi i ginio. Eich cig cwningen cyntaf.'

Cododd Steffan ar ei draed cyn troi at Trwmped a chwythu i mewn i'w ffroenau mawr. Roedd Trwmped wrth ei fodd pan fyddai Steffan yn gwneud hyn. Trodd Steffan a chodi clicied y bocs gan fwriadu mynd i nôl dŵr. Yna safodd yn stond wrth iddo ddod wyneb yn wyneb â'i dad.

'Rho'r harnais ar y ceffyl 'na.'

Roedd llais ei dad mor finiog â chryman. Aeth Milwr i'w gilydd i gyd yn nerfus. Gan lygadu ei dad, aeth Steffan i nôl yr harnais. Pam nad oedd ei dad yn ei ddillad dydd Sul? Doedden nhw ddim am fynd i'r capel? Heb dynnu'i lygaid oddi ar ei dad, rhoddodd Steffan yr harnais am y ceffyl.

'I'r Dalcan Fach, at y tinceriaid, rydan ni'n mynd heddiw. Efo dy fwngrels di.'

Caeodd Steffan ei ddyrnau, ei lygaid yn crafu fel nodwyddau.

'N-na, na!'

'Gwna di fel dwi'n 'i ddeud, y pen dafad! Rho'r gora i'r crio a'r nadu 'na. Mi gaiff y tincars eu cymryd nhw, yn rhad ac am ddim hefyd os ydyn nhw'n addo dweud dim am y peth. Fydd yna'r un ci sipsiwn yn fy nhŷ i.'

Roedd Steffan wedi gwylltio cymaint, methai'n lân â dweud yr un gair.

'Cafodd cant o gŵn hela eu saethu'r wsnos diwetha – cŵn â gwaed pedigri'n llifo trwyddyn nhw. Mae'n rhaid haneru – ia, haneru – nifer y cŵn hela, dyna be maen *Nhw'n* ei orchymyn. Dim ots am dorri calonna'r dynion sy wedi magu a gofalu am y cŵn pedigri – a hynny dros genhedloedd lawer – bang! – bwyd ceffyl i Ffrainc! Ac rwyt ti'n sôn am gadw rhyw fwngreliaid di-werth fel y rhain tra bo cŵn pedigri'n cael eu saethu?'

Edrychodd Steffan ar y cŵn bach a sylweddoli pa mor fach yr oedden nhw mewn gwirionedd. Roedd hi'n rhy gynnar o lawer iddyn nhw gael eu cymryd oddi wrth eu mam. Camodd ei dad ymlaen gan godi'i fraich.

'Mi waldia i di . . .'

Trodd Steffan oddi wrtho â'i galon yn curo'n ffyrnig a'i waed yn berwi'r tu mewn iddo fel lafa poeth mewn mynydd tanllyd.

Doedd dim dewis ganddo. O leiaf, petai'r sipsiwn yn cymryd y cŵn, yna fydden nhw ddim yn cael eu boddi: bydden nhw'n ddiogel. Byddai hiraeth ganddo ar ôl Milwr, ond hwn fyddai'r tro olaf iddo ufuddhau i'w dad. Pe byddai Milwr yn cael ei roi i ffwrdd, pe bydden nhw i gyd, yna roedd Steffan am adael cartref.

Gan dynnu'i gap i lawr dros ei lygaid, bagiodd Steffan Trwmped yn ôl at y drol cyn rhoi ychydig o sachau gweigion dros ei llawr. Cododd un o'r cŵn a'i rhoi hi i lawr yn y drol. Cerddodd Roced o gwmpas mewn cylch a'i thrwyn yn pwyntio tuag i fyny. Gan osgoi edrych arni, cododd Steffan Hosan a Bisged, y ddwy mor fach fel y gallai eu dal nhw dan un fraich. Dim ond Milwr oedd ar ôl – a dyna lle roedd o, o dan Roced ac yn tynnu arni, yn cael trafferth aros gyda hi wrth iddi gerdded yn ôl ac ymlaen a'i phen yn stryffaglu i fedru gweld i fyny ac i mewn i'r drol.

Roedd yn rhaid i Steffan dynnu Milwr oddi ar Roced – tynnu mab oddi wrth ei fam. Brathodd Steffan ei wefus – rŵan amdani – a phenlinio. Rhoddodd Roced ei thrwyn yn ei lin a'i llygaid cariadus yn chwilio ei wyneb. Gorfu iddo droi i ffwrdd wrth dynnu Milwr yn rhydd, gan deimlo'r ci'n gyndyn o ollwng ei afael ar y deth. Daliodd Milwr yn erbyn ei foch gan arogli'r llefrith ar ei wynt, ac yn cofio ond yn rhy dda mor erchyll yw'r boen o golli mam.

'Wna i ddim gadael iddyn nhw dy gymryd di, mi ffeindia i ryw ffordd,' sibrydodd. Cododd a throi'n ddall am gefn y drol.

Herciodd y drol dros y buarth tuag at y bwa maen.

Ebychodd Steffan. Dyna lle roedd Roced yn

trotian wrth eu hochr a'i thrwyn yn pwyntio i fyny atyn nhw. Gwingodd Steffan – dylai fod wedi'i chloi hi yn y cwt. Lle goblyn oedd ei feddwl? Roedd yr ast yn sicr o ddilyn ei chŵn bach, wrth reswm pawb. Trodd ei dad ben Trwmped i'r chwith. Roedd am fynd ar hyd y lôn hir a oedd yn nadreddu drwy'r parc, y lôn oedd yn cael ei galw'n Park Drive gan deulu'r Penrhyn. Arhosodd Roced wrth ochr y drol gan drotian yn ystwyth a'i phawennau ysgafn prin yn cyffwrdd â gwlybaniaeth y glaw mân ar y ddaear. Cododd Steffan ei law gan wneud arwydd arni i aros, a hisian, 'Dos adra, dos adra!'

Yn ei flaen â Thrwmped, linc-di-lonc, a daliodd Roced ati i'w ddilyn.

'Dos adra, hogan!' hisiodd Steffan arni eto.

Roedden nhw allan o'r parc erbyn hyn a bron iawn wrth y llyn newydd. Bron â chrio, safodd Steffan gan chwifio'i fraich eto. 'Dos adra, Roced! Dos yn ôl!'

Trodd ei dad ei ben a gweld Roced yno.

'Adra! Cer adra, hogan!' gwaeddodd.

Arhosodd Roced.

Chwipiodd ei dad yr hen geffyl yn ei flaen. Gwingodd Roced a chymryd dau gam bychan yn ôl. Daeth clec y chwip wrth i dad Steffan daro pen ôl Trwmped yn ffiaidd o galed. Cyflymodd y drol. Ond dyna lle roedd Roced eto, yn trotian yn ei ffordd hardd a didrafferth. Chwipiodd tad Steffan y ddaear ond fodfeddi oddi wrth ei thrwyn. Gwingodd Roced eto ond daliodd i'w dilyn, ychydig yn ansicr bellach ac yn fwy gofalus, yn amlwg yn cael ei rhwygo rhwng ei greddf i ufuddhau a'r boen o golli ei chŵn bach. Trodd ei dad ar Steffan.

'Wyt ti'n dal i sbio fel llo? Mi waldia i ditha hefyd . . .'

Llithrodd y cŵn bach dros lawr y drol, gan fynd ymhellach ac ymhellach oddi wrth eu mam wrth i Trwmped drotian yn ei flaen. Cododd tad Steffan ei fraich fel petai am daflu carreg. Cwatiodd Roced yn ei hôl dan grynu trwyddi yno wrth ochr y llyn, yng nghysgodion tywyll ac annaturiol y coed. Yno, safodd yn llonydd a chodi'i thrwyn i fyny i'r awyr lwyd, ac udo.

Bustachodd Trwmped i fyny rhwng cloddiau cerrig y Dalcen Fach, yna i lawr rhwng y clystyrau o eithin lle roedd y tir yn galetach a'r drain wedi eu troi a throsi i bob cyfeiriad gan y gwynt.

Daethon nhw at bont garreg fechan cyn ymuno â hen lwybr Rhufeinig o'r enw Llwybr y Rhedyn a redai dros dir gwelltog. O'u blaenau roedd bryniau Eryri. Cerrig mawr, nid coed, oedd yma yn y gors, a phopeth yn cael ei lwydo gan y glaw mân. Uwch eu pennau, roedd yr awyr yn brysur a chymylau piwis eu golwg yn gwibio trwyddi.

Dechreuodd y ffordd ddringo'n uwch. Taith go hir oedd hon i geffyl mewn oed. Ceisiodd Steffan graffu trwy'r nwil a'r glaw mân – roedd rhywbeth yn digwydd o'u blaenau nhw, ond anodd iawn oedd gweld yn union beth. Aethon nhw'n nes.

Arhosodd ei dad ar ddarn o dir a oedd o'r golwg nes iddyn nhw ei gyrraedd. Roedd nifer o droliau eraill yno, a merlod o'u cwmpas nhw. Safai dynion go arw eu golwg o gwmpas y lle gyda chŵn mawr ar raffau. Roedd siâp go debyg i siâp Roced ar y cŵn, ond roedd ganddyn nhw gotiau a marciau gwahanol, a phob un ohonyn nhw'n filgi croesfrid: cŵn potsiwr.

Eisteddai rhai o'r dynion ar fêls gwair, yn smocio ac yn gwylio pawb arall. Safai eraill yn dadlau ac yn gweiddi o gwmpas cylch wedi ei wneud o raffau; roedd yno dafleisydd hefyd, a bwrdd gwyn a rhifau wedi eu peintio arno. Dringodd tad Steffan i lawr, gan wyro ymlaen dros y drol a hisian: 'Troseddwyr. Cŵn drwg a dynion drwg.' Gwnaeth ystum i gyfeiriad y clwstwr o ddynion o gwmpas y bwrdd gwyn. 'Ma' dynion parchus i gyd yn y capal ar ddydd Sul. 'Mond tincars a photsiars sy o gwmpas y lle gyda'u lladron o gŵn.'

Ychydig oddi wrth bawb arall ac yn ddigon pell oddi wrth y tafleisydd, eisteddai'r dyn roedd tad Steffan wedi dod yma i'w weld. Roedd Steffan yn ei adnabod o ran golwg. Dyn tal a golygus oedd Darkie Lee, ac yn dipyn o chwedl yn yr ardal: roedd yna sôn ei fod yn gallu dal sgwarnog â'i ddwylo.

'Cadw di dy geg ar gau,' chwyrnodd tad Steffan wrth iddyn nhw nesáu at y dyn.

Gwisgai Lee het ffelt ddu a thiwnig wlân a'r llewys wedi'u torchi. Roedd ei lygaid wedi'u hoelio ar ddarn o facwn yn ffrio ar dân coed taclus. Rhedai llu o blant troednoeth o'i gwmpas yn wyllt. I'r chwith iddo, eisteddai ci llwyd ac un llygad ganddo, ci a edrychai'n debyg iawn i flaidd. Rhaid bod rhywbeth go annifyr wedi digwydd i'r llygad coll – wedi'i rwygo allan gan weiren bigog, efallai, meddyliodd Steffan. Chododd Lee mo'i lygaid na'i ben, dim ond ei het. Aeth tad Steffan i'w gwrcwd wrth y tân er mwyn siarad efo fo. Chwyrnodd y ci. Rhybudd oedd hyn, arwydd o'i ffyddlondeb i Lee. Chwyrnodd eilwaith. Oherwydd bod tad Steffan yn gwisgo cap, doedd y ci ddim yn gallu gweld ei lygaid, ac mae cŵn, fel y gwyddai Steffan, yn hoffi gweld llygaid pobol. Camodd Steffan ymlaen gan godi cap ei dad oddi ar ei ben. Gwingodd ei dad yn ffyrnig. A'r cap yn ei law, camodd Steffan yn ei ôl.

'Da iawn rŵan,' meddai Lee. 'Mae ci da wastad yn ama'r het os nad ydi o'n nabod y dyn.'

Yr ochr draw i Lee, roedd dau gi potsiwr: un du ac un brith, a'r ddau'n tynnu'n galed yn erbyn y coleri oedd am eu gyddfau. Roedd tîm o gurwyr yn gyrru sgwarnog wyllt tua chanllath o flaen y cŵn. Roedd y dyrfa'n llawn tensiwn. Yna rhyddhawyd y sbringiau ar goleri'r cŵn a saethodd y cŵn ymlaen a'r sgwarnog yn igam-ogamu o'u blaenau gan newid cyfeiriad mor gyflym â'r gwynt.

Ag un naid sydyn, llwyddodd y ci potsiwr brith i ddal y sgwarnog; roedd y ras drosodd ymhen eiliadau a'r ci'n trotian yn ei ôl a'i wobr hirglust, hirgoes yn ei geg. Meddyliodd Steffan: Gallai'r ci yna fod yn un o gŵn teulu'r Laxton petai'i gôt o'n hirach. Arhosodd ei dad am eiliad cyn clirio'i wddf.

'Cŵn bach. Cŵn bach Roced, ond â chotia garw. Croesfrid o ryw fath.'

Dychwelodd llygaid barcud Lee at y tân a throdd y bacwn drosodd. Llowciodd de o gwpan tun, cyn symud y bacwn oddi ar y tân, gwagio'i gwpan a chodi, gan amneidio i gyfeiriad trol tad Steffan.

Neidiodd Steffan ar ei draed a rhedeg draw at y drol – yn benderfynol ei fod o am gyrraedd yno'n gyntaf er mwyn cuddio Milwr. Chwibanodd a neidiodd Milwr i fyny gan sgrialu tuag ato. Cyn i'w dad a Lee gyrraedd y drol, roedd Milwr o'r golwg y tu mewn i gôt Steffan.

Gorffwysodd Lee ei freichiau ar ochr y drol gan graffu i mewn ar ei chynnwys. Claddodd Milwr ei drwyn yng nghesail Steffan cyn ceisio gwingo'n rhydd. Gwasgodd Steffan o â'i fraich, gan weddïo y byddai'n llonyddu. Symudodd Lee fymryn ar ei het.

'Rwyt ti wedi'u magu nhw'n dda. Mae'u cotia nhw mewn cyflwr arbennig, a llygada bywiog gynnyn nhw.' Crwydrodd llygaid aflonydd, gloyw Lee at Steffan, gan setlo arno.

'Mae'u mam nhw wedi rhedag dau ddeg un o gyrsia, a hynny'n erbyn cŵn da. Y hi oedd yn arwain ar ddeunaw ohonyn nhw,' meddai tad Steffan.

Bu distawrwydd am gryn dipyn – heblaw am sŵn cwffio'n dod o rywle yng nghanol y bêls gwair.

'Cymera nhw os wyt ti'u hisio nhw,' meddai tad Steffan wrth Lee. Trodd at y cŵn bach yn y drol; edrychodd yn hurt arnyn nhw am eiliad, cyn gwgu a throi a rhwygo côt Steffan yn agored, plwcio Milwr allan a'i luchio i gefn y drol. Symudodd Lee mo'i ben, ond roedd ei lygaid yn galed ac yn graff wrth iddyn nhw wibio'n ôl ac ymlaen.

Neidiodd Milwr ar hyd gwaelod y drol. Lapiodd Steffan ei freichiau amdano a chysgododd Milwr ynddyn nhw wrth i lygaid Lee setlo arno.

'Dwi ddim isio'r un od yna.'

'Does 'na ddim byd yn bod arno fo,' meddai tad Steffan.

'Dim byd o'i le, nag oes, ond ma'r rhai gwynion wastad yn fwy meddal. Ac ma' sgwarnogod yn troi'n gynt oddi wrth gŵn gwynion na'r un ci arall.' Gwasgodd Steffan ei fraich yn dynnach am Milwr, yn llawn gobaith rŵan – fallai'n wir y byddai'n gallu mynd ag un o'i phlant yn ôl i Roced wedi'r cwbwl.

Tarodd Lee winc slei ar Steffan.

Chwyrnodd tad Steffan dan ei wynt yn fwy nag wrth neb arall, 'Mi enillodd ei fam o ddwy waith ym Mangor Is-Coed.' Cipiodd awenau Trwmped, yn barod i ddringo'n ôl ar y drol.

Gwenodd Lee ar Steffan, gwên lydan, annisgwyl, â llond ceg o ddannedd aur. Gyda'i lygaid ar Steffan, chwibanodd. Fel petai hi wedi dod o nunlle, ymddangosodd merch benddu, ffyrnig ei golwg, wrth ei ochr. Rhythodd Steffan arni, ac ar y catapwlt roedd ganddi yn ei llaw.

Rhythodd hithau'n ôl arno'n ddi-wên. Cydiodd Lee yn Bentli a'i chodi gerfydd ei gwar o gefn y drol. Ci Twm. Ci Twm oedd hon i fod.

'Côt arw, dda. Mi wneith honna'i harbed hi rhag y weiran bigog ar y ffensiau.'

Gwingodd tad Steffan. Roedd Lee am ddefnyddio'r cŵn ar gyfer herwhela: dyna pam ei fod o mor hoff o'u cotiau geirwon nhw.

'Ew, a drycha ar ei ll'gada llwydfelyn hi. Mae ll'gada llwydfelyn yn arwydd o gi calad, da.' Rhoddodd Lee Bentli yn nwylo'r eneth â'r catapwlt, cyn troi a chodi Hosan a Bisged. Cafodd Steffan gip ar drwyn bychan, gwlyb Bisged, ei llygaid yn llawn ofn, a theimlai'n swp sâl: roedd hi mor fechan.

''Mond ch-chwech wsnos oed . . .'

'O, ma' chwech wsnos yn tshampion.'

Edrychodd Steffan ar yr eneth â'r catapwlt, gan feddwl ei bod hi'n edrych fel petai hi'n mwynhau coginio cŵn bach i swper.

Roedd tad Steffan yn eistedd ar y drol ac yn gwgu ar y grug. Gan wasgu Milwr yn dynn, cododd Steffan ei goler yn erbyn y gwynt a dringo i fyny wrth ochr ei dad. Sythodd Lee ei het, arwydd fod y busnes wedi dirwyn i ben.

'Gofalwch amdanyn nhw,' meddai Steffan.

Pwysodd Lee dros gefn y drol. Gan wenu ei wên aur-a-gwyn, meddai, 'Mi wneith ci da unrhyw beth i ti – os ydi o'n dy garu di.' Cleciodd chwip tad Steffan a herciodd y drol yn ei blaen. Symudodd Lee ei het unwaith eto a chrwydro i ffwrdd a'r cŵn bach yn hongian o'i ddwylo gerfydd eu gwariau.

★

Roedd Roced yn aros amdanyn nhw yn yr un man yn union, a'i chlustiau'n ôl yn erbyn ei phen a'i choes flaen i fyny, ac roedd ei hadlewyrchiad truenus, trist i'w weld yn glir yn nŵr du'r llyn. Pan welodd hi Trwmped yn dod, neidiodd tuag ato gan ruthro mewn cylchoedd llawen o gwmpas y drol. Gan gydio'n dynn yn Milwr, neidiodd Steffan i lawr. Penliniodd wrth ochr yr ast ac agor ei gôt, a gwylio trwy lygaid hallt wrth i Roced drwyno a llyfu ei mab. Yna trodd yn fwy llonydd a gwyliadwrus wrth i'w mab drotian mewn cylchoedd bach hapus o'i chwmpas, ei gynffon yn ysgwyd fel coblyn a'i gôt hardd yn olau yn yr hanner tywyllwch. Rhoddodd Roced y gorau i'w lyfu a'i synhwyro; edrychodd i fyny ar ôl y drol, arogli'r awyr, a gollwng ei chynffon cyn dechrau anwesu Milwr eto – ond â'i llygaid gwyliadwrus bellach yn llawn poen.

Dydd Mawrth, 4 Medi 1917
Sir Gaernarfon

Roedd y ci bach yn ei ddilyn wrth ei sodlau – ond dim ond oherwydd y ddwy gwningen oedd yn hongian o law chwith Steffan. Safodd am ychydig pan gyrhaeddodd dŷ clwyd Parc Dreif. Roedd yn well ganddo gerdded ar hyd lôn y fferm, ond hwyrach bod ei dad wrth ochr y llyn eto ac roedd gan Steffan rywbeth iddo, rhywbeth roedd yn edrych ymlaen at ei roi iddo. O boced ei gôt, tynnodd Steffan chwiban frwyn.

'Ar gyfar dy ddysgu di ma' hon,' meddai wrth y ci bach. 'Ar gyfer d'alw di pan fydda i dy isio di . . . ac i'th ddysgu di sut ma' ista.' Chwythodd y chwiban. 'Mi fyddi di'n barod am dy wers gynta cyn bo hir.'

I fyny ar y rhos, roedd Steffan wedi torri dwy chwiban, un iddo fo'i hun a'r llall i'w dad. Mae'n siŵr mai ei dad a ddysgodd Twm ac yntau sut i'w gwneud nhw, meddyliodd Steffan. Falla y byddai ei dad yn ei helpu i hyfforddi Milwr fel y buodd yn hyfforddi Roced ar un adeg.

Dyma nhw'n dod at y llyn. Yno roedd ei dad, yn eistedd yn swp yng nghysgod tywyll yr hen dderwen, a Roced ychydig droedfeddi oddi wrtho. Ers pryd oedd o yno? A pham? meddyliodd Steffan.

''N-Nhad . . . d-drychwch. Dwi wedi gwneud chwiban i chi . . . ar gyfar hyfforddi Milwr . . .'

Chymerodd ei dad fawr o sylw o lais Steffan. Er ei fod yn teimlo'n ansicr, cododd Steffan y chwiban i'w wefusau. Chwythodd. Byrlymodd y nodau o'r chwiban yn glir fel dŵr mewn afon fynydd. Cododd Milwr ei glustiau. Chwythodd Steffan eto, a daliodd Milwr ei ben ar un ochr cyn dawnsio drosodd at Roced, wrth ymyl y llyn. Chwiban dda oedd hon, meddyliodd Steffan, roedd wedi cael hwyl ar ei llunio hi. Camodd ymlaen dan wenu a'r chwiban yn ei law – ond rhewodd yn y fan pan welodd edrychiad oeraidd ei dad.

'Dwi am 'i foddi fo. Coelia di fi, dwi am 'i foddi fo.'

Curai calon Steffan fel drwm. Plygodd ei dad ymlaen ychydig gan fyseddu carreg. Neidiodd Steffan am Milwr. Taflodd tad Steffan y garreg. Glaniodd fodfeddi oddi wrth Milwr, yn nŵr bas y llyn. Trodd Steffan yn ffyrnig at ei dad, wedi'i wylltio'n gacwn ac yn methu â chredu beth oedd newydd ddigwydd. *Ei dad ei hun*, yn taflu carreg

52

at gi bach? Roedd dyn fel yna'n debygol o wneud rhywbeth dan haul – gallai foddi Milwr.

Stompiodd ei dad i ffwrdd. Trodd Steffan a sylwi mor ddiniwed yr edrychai Milwr, yn fach ac yn ysgafn wrth ddŵr du, dwfn y llyn. Gan deimlo'r pwys yn chwyddo yn ei fol, dychmygodd Steffan ei fod yn gwylio un swigen denau'n codi i wyneb y dŵr, yna un arall, ac un arall – a sach drom yn suddo i lawr drwy'r tywyllwch.

Dechreuodd nosi. A'r cwningod yn ei law, aeth Steffan at y pantri bwyd. Wedi iddo orffen blingo'r cwningod, trodd i olchi ei ddwylo gwaedlyd. Roedd yna ddrych bychan ar y wal, ychydig i'r chwith o'r sinc. Rhythodd Steffan o'i weld ei hun ynddo – oedd o'n edrych mor ifanc, mewn difri? Craffodd i mewn i'r gwydr budr, a threulio munud cyfan yn ei astudio'i hun. Roedd ei wallt yn rhy hir ac yn hongian i lawr dros ei dalcen. Sythodd ei ysgwyddau. Pedair ar ddeg oed oedd o, ond roedd yn hogyn tal – bron iawn yn dalach na Twm. Petai'n codi'i ên a sgwario'i ysgwyddau, a fyddai'n edrych fel rhywun pymtheg oed? Neu un ar bymtheg? Dwy ar bymtheg, hyd yn oed? Beth oedd y gwahaniaeth rhwng wyneb pedair ar ddeg oed ac un dwy ar bymtheg? Rhwbiodd Steffan ei ên. Byddai barf yn gwneud byd o wahaniaeth. Gallai ymuno â'r fyddin wedyn.

Yn y drych hefyd gallai weld côt a chap Twm yn hongian oddi ar hoelen y tu ôl iddo. Heb feddwl ddwywaith, trodd Steffan a chroesi'r stafell a'u tynnu i lawr. Gwthiodd ei wallt i un ochr cyn rhoi'r cap ar ei ben a throi'n ôl at y drych. Gan edrych arno'i hun o bob ongl, tynnodd y gôt amdano. Roedd hyd llewys y gôt yn berffaith iddo ond roedd hi braidd yn fawr am ei fron. Caeodd Steffan y botymau a glanhau rhywfaint o'r llwch oddi ar y drych. Dyna welliant.

Anodd fyddai dweud faint yn union oedd ei oed o rŵan, meddyliodd. A ph'run bynnag, roedd pob math o ddynion wedi ymuno â'r fyddin. Roedd Moses Jones, ei hen athro hanes, yn rhy fyr ym 1914, ond roedd yn ddigon tal i gael mynd erbyn 1916. Ac roedd tad Lara Puw yn hen ddyn, ond cafodd yntau ei dderbyn hefyd. Roedd y swyddogion recriwtio'n cael chwe cheiniog am bod dyn roedden nhw'n ei dderbyn – dyna pam y cafodd Moses a thad Lara fynd i'r fyddin, mae'n siŵr, oherwydd y chwe cheiniog. Safodd Steffan i 'attention', clicio'i sodlau a saliwtio, a'i fysedd ar ochr cap Twm.

'Dwy ar bymtheg, syr!'

Neidiodd Milwr i'w ochr ac edrychodd Steffan arno, gan sylweddoli â braw na fedrai ymuno â'r fyddin a chi bach ganddo. Allai o ddim mynd at Twm.

54

Na, allai o ddim gwneud hynny – ond byddai'n rhaid iddo fo a Milwr adael yfory ar doriad gwawr, gan wynebu'r byd mawr gyda'i gilydd.

Ben bore trannoeth
Sir Gaernarfon

Daeth sŵn udo uchel gyda thoriad y wawr. Neidiodd Steffan o'i wely a rhwygo'r llenni'n agored.

Roedd drysau'r sièd ar agor led y pen a'r drol wedi mynd. Be oedd ei dad yn ei wneud o gwmpas y lle mor gynnar? meddyliodd Steffan. Roedd Roced wedi'i chlymu'n ddiogel wrth fariau ei chwt, ei gwddf hir yn ymestyn i fyny. Llanwyd y buarth â sŵn ei hudo poenus. Roedd fel petai'r cerrig yn crio, a'r awyr uwchben yn crynu drwyddi.

'*Dwi am 'i foddi fo. Coelia di fi, dwi am 'i foddi fo.*'

Roedd geiriau ei dad yn glir ac yn galed fel rhew ym mhen Steffan. Teimlai'r llid yn rhuthro trwyddo, fel trydan o fellten. Ffŵl, ffŵl, ffŵl! Ddylai o ddim fod wedi gadael Milwr ar ei ben ei hun, hyd yn oed am un funud; dylai fod wedi cysgu efo fo yn y stabl, yn gofalu amdano.

Byrlymodd a baglodd Steffan yn wyllt i lawr y grisiau ac allan i'r buarth. Taflodd ddrws y cwt yn llydan agored nes i hwnnw daro'n galed yn erbyn y wal garreg. Doedd dim byd ar ôl ond pentyrrau bach gwlyb o wair brown wedi'u sathru i mewn i fordiau pren y llawr – roedd ei dad wedi mynd â'r sach a ddefnyddiai Milwr fel gwely.

Udodd Roced eto, sŵn ofnadwy o gyntefig a lusgai dros yr adeiladau gwlyb gan droi fel cyllell y tu mewn i stumog Steffan.

'*Dwi am 'i foddi fo. Coelia di fi, dwi am 'i foddi fo.*'

Pesychodd a chyfogi. Y ci bach diniwed a'i gôt liw uwd a'i gynffon brysur. Rhedodd Steffan yn droednoeth ar draws y buarth, wedi gwylltio gormod i deimlo dim poen. Gwelodd welltyn aur ar y ddaear – gwelltyn o wely Milwr – a phlygodd i'w godi. Dilynodd y darnau gwair wrth ruthro ar hyd Parc Dreif, gan aros i godi pob un wrth iddo fynd. Yn ei flaen â fo, fel plentyn mewn rhyw helfa drysor hurt, sinistr. Yna gwelodd nhw! Olion olwynion yn arwain drwy'r mwd. Dilynodd Steffan nhw gan wybod i'r dim i ble roedden nhw'n ei arwain.

Safai'r drol ym mhen pella'r llyn. Dyna ble roedd Trwmped a thad Steffan – ac roedd o wedi gweld Steffan yn dod ac wedi neidio i fyny ar y drol ac yn chwipio'r hen geffyl i ddechrau trotian yn syth. Diflannodd y drol i mewn i gysgodion tywyll y coed sbriws. Rhedodd Steffan ar eu holau dan sgrechian, ei draed yn waed i gyd. Clywodd glec y chwip a'i dad yn gweiddi wrth iddo yrru Trwmped yn ei flaen. Gan deimlo'n swp sâl, arhosodd Steffan ar y glaswellt lle roedd y drol newydd fod funud ynghynt. Symudodd yn araf at ymyl y llyn a'i lygaid yn crwydro'n ofnus o'r brwyn i fyny at y silff garreg lle roedd y dŵr dyfnaf. Roedd wedi gweld ei dad yma mor aml – yn sefyll yma, un awr ar ôl y llall, lle roedd y dŵr ar ei dduaf; dyma lle roedd o wedi dewis boddi'r Milwr bychan. Roedd wyneb y llyn yn glir. Dim un crych. Cyfogodd Steffan eto cyn troi a rhedeg, dan udo crio, yn ôl i gyfeiriad y bwthyn.

Yn ôl yn y buarth, penliniodd Steffan wrth ochr Roced. Syllodd ar y rhaff a oedd wedi'i chlymu'n sownd amdani. Efallai fod ei dad wedi llwyddo i glymu ei gi, ond doedd o ddim am gael clymu ei fab. Roedd Steffan am fynd; allai o ddim byw gyda'i dad na cherdded heibio i'r llyn yna eto – byth. Gorffwysodd ei foch yn erbyn côt feddal berffaith Roced a byseddu ei chlustiau sidan.

'Aros di efo 'Nhad. Mae o *yn* dy garu di . . .'

Tynnodd Steffan gôt a chap Twm oddi ar y bachyn ger y drws a stwffio'r cerdyn post a'r llun o gi defaid arno i mewn i'w boced. Rhododd un o'r chwibanau brwyn y tu mewn i focs matsys Bryant & May a rhoi hwnnw hefyd yn ei boced, gan ollwng y chwiban arall ar gadair goch ei dad.

Gwagiodd arian y gegin o'r tun, cyn rhwygo tudalen allan o'i lyfr ysgol a sgrifennu:

DWI'N GADAEL. PEIDIWCH Â THRIO CHWILIO AMDANA I. ALLA I DDIM MADDAU I CHI AM FODDI MILWR. STEFFAN.

Wrth y drws, ag un llaw yn ei boced, arhosodd Steffan i gael un golwg olaf ar y stafell. Gwelodd y chwiban ar y gadair. Falla, wrth edrych ar y chwiban a wnaeth ei fab yn arbennig iddo, y byddai ei dad yn cael cip ar yr holl obaith a'r holl gariad a gafodd eu chwalu ganddo. Ond y chwiban yn y bocs matsys – roedd o am gadw honno iddo fo'i hun, am byth, er cof am Milwr.

RHAN 2

Y prynhawn hwnnw
Lerpwl

A rhosodd y bws yn Sgwâr y Frenhines. Dyma oedd y stop olaf. Roedd Steffan dros hanner can milltir o gartref, dros hanner can milltir oddi wrth ei dad. Camodd i lawr o'r bws yn hollol benderfynol. Roedd o am ymuno â'r fyddin. Doedd Milwr ddim yn bodoli'n awr. Doedd yna ddim byd i'w rwystro bellach. Roedd o am ymuno â'r fyddin ac roedd o am wneud hynny heddiw. Byrlymai tramiau a cherbydau tacsi heibio iddo. Ar ochr un tram roedd yna boster anferth – o leiaf saith llath o hyd – yn dangos silwét o fraich gyhyrog a'r dwrn wedi'i gau, ac oddi tani'r geiriau LEND YOUR STRONG RIGHT ARM TO YOUR COUNTRY. ENLIST NOW.

Roedd Kitchener, yr Ysgrifennydd Gwladol dros Ryfel, wedi gofyn am "Ddynion, a mwy fyth o ddynion, nes fod y gelyn wedi ei drechu". Roedd gwir angen milwyr ar y fyddin, ac os oedd hi wedi derbyn mwy na hanner hen ddynion Llanaber, yna roedd hi'n siŵr o dderbyn Steffan.

Chwyddodd y dyrfa o'i gwmpas. Safai pawb yn disgwyl eu tro. Safai Steffan yno gyda nhw, a chael cipolwg ar ddarlun ysgytwol dros bennau'r dynion eraill: tîm gynnau mawr yn bwrw iddi ar ganol brwydr. Roedd posteri eraill i'w gweld yn ffenestri'r adeilad pwysig ei olwg. Ar un ohonyn nhw, uwchben y geiriau ENLIST TODAY, roedd llun o filwr yn gwisgo lifrau'r Ffiwsilwyr Brenhinol Cymreig. Dyna gatrawd Twm. Safai rhes hir o ddynion o flaen yr adeilad, pob math a phob oed, a phob un yn edrych yn wahanol iawn i'r milwyr tal, iach ar y posteri. Roedd hi'n dechrau mynd yn hwyr erbyn hynny, ond petai'r rhes yn symud yn o handi, yna byddai Steffan yn cael ei weld heddiw.

Eisteddai swyddog go dew, yn gwisgo dillad caci, y tu ôl i ddesg mewn stafell â nenfwd uchel a phaneli derw ar ei waliau; roedd yn brysur yn symud papurau ag un llaw a rhwbio'i fol â'r llall. Mae hwn yn cael mwy na'i siâr o fwyd dogn, meddyliodd Steffan – mwy na'r pedair owns o fenyn roedd ei dad ac yntau'n eu cael. Arhosodd llygaid y swyddog ar y papurau wrth i

Steffan nesáu tuag ato. Roedd dwylo Steffan yn wlyb o chwys, ond roedd ei geg yn sych grimp.

'A be fedra i 'i 'neud i *ti*?' Roedd tôn y swyddog yn llawn dirmyg.

'Dw-dwi . . .' Ceisiodd Steffan lyncu.

Curodd y swyddog flaen ei bìn sgrifennu yn erbyn y ddesg. Cymerodd Steffan anadl ddofn.

'Dwi wedi dod i ymuno â'r fyddin, syr.'

'Enw? Gwaith?' Roedd y llais yn flinedig.

'S-Steffan Roberts, syr. Is-arddwr, syr. A dwi'n helpu efo'r c-ceffyla.' Edrychodd Steffan ar y llawr. Be oedd ar ei ben o, yn dod yma? Edrychodd y swyddog arno drwy bâr o lygaid cochion.

'Oed?'

Petrusodd Steffan. Roedd rhywbeth newydd ei daro – oedd dweud celwydd am eich oed wrth y fyddin yn erbyn y gyfraith?

'Un ar bymtheg, syr.'

Brathodd ei wefus. Roedd yn rhaid bod yn *ddwy ar bymtheg*. Pam gebyst na ddwedodd hynny? Waeth iddo fod wedi dweud un celwydd fwy nag un arall. Ochneidiodd y swyddog yn uchel ac yn flinedig. Roedd fel petai oed Steffan wedi codi cur pen arno.

Safodd Steffan yn stond. 'Dwy ar bymtheg, syr – un deg saith,' ysai am gael dweud. Cododd y swyddog ei lygaid gan rowlio'i ben clwyfus o un ochr i'r llall.

'Wnei di fynd allan, troi mewn cylch deirgwaith a dod yn ôl yma am bump o'r gloch – pan fyddi di'n ddwy ar bymtheg?' Cododd bol y swyddog i fyny ac i lawr fel cwch ar fôr aflonydd wrth iddo fwynhau ei jôc ei hun.

'Iawn, syr. Gwnaf, wrth gwrs, syr. A-ar unwaith, syr – yn syth bìn, syr.'

Brysiodd Steffan allan. Chwiliodd am gloc gan edrych i fyny ac i lawr y stryd. Os oedd y swyddog am iddo ddychwelyd yno am bump o'r gloch, dyna'n union beth a wnâi. Hanner awr wedi pedwar. Ymhen hanner awr arall, byddai wedi cyrraedd yr oed cywir.

Am bump o'r gloch, cododd y swyddog ei lygaid eto gan edrych ar Steffan fel petai'n sbio ar geffyl.

'Oed?'

'Dwy ar bymtheg, syr.'

'Hmmm. Ydi dy fam yn gwybod dy fod di'n ddwy ar bymtheg?' gofynnodd gan gellwair.

'Ma' hi wedi marw, syr.'

'Ma'n ddrwg gen i. Wel – "is-arddwr" medda chdi, ac . . . ym . . . ceffylau? Does 'na fawr o alw am grysanthemyms yn Fflandrys, ond mae'r *Engineers* yn brin o ddynion sy'n gwybod am anifeiliaid. Rŵan, be am neud ffafr â'r ddau ohonom a dweud dy fod yn gwybod am geffylau?'

'O . . . y . . . ydw, syr. Dwi'n gwbod am geffyla, syr.'

'Gwych. Da iawn ti. Reit – cer i ymuno â'r Engineers.'

Cafodd Steffan ei chwifio i gyfeiriad stafell arall, at y swyddog meddygol. Roedd dau ddyn arall yno'n disgwyl eu tro, ill dau yn eu tronsiau hirion ac yn wyn fel blawd. Tynnodd Steffan amdano hefyd a disgwyl gyda nhw.

Daeth meddyg i mewn i'r stafell a thâp mesur yn ei law. Edrychodd yn ddigalon ar y tri cyn cychwyn am Steffan. Lapiodd y tâp am fron Steffan gan wthio'i ben yn agos ato. Doedd y tâp ddim yn dangos y rhif roedd o wedi gobeithio'i weld. Gwnaeth gwlwm gofalus yn ei ganol a dal hwnnw rhwng ei fys a'i fawd. Dangosai'r tâp mesur y rhif cywir y tro hwn a gwnaeth nodyn ohono gan ochneidio'n flinedig.

Ar y glorian wedyn. Daeth pen y meddyg o fewn dim i gyffwrdd â'r wyneb oherwydd roedd Steffan yn amlwg yn rhy ysgafn. Ochenaid flinedig arall. Cydiodd y meddyg mewn geiriadur mawr glas a'i roi i Steffan i'w ddal cyn gwyro eto i ddarllen y canlyniad. Perffaith. Gwnaeth nodyn o faint roedd Steffan a'r geiriadur yn ei bwyso. Yna mesurwyd ei daldra. Cafodd y meddyg dipyn o syndod y tro hwn gan fod Steffan yn dalach na'r hyn roedd y fyddin yn gofyn amdano.

'*A-one*,' meddai'r meddyg gan chwerthin yn chwerw, cyn troi at y dyn nesaf.

Gan deimlo'n reit chwil, ymunodd Steffan â'r criw o ddynion o amgylch y ddesg; cododd ei law dde a thyngu llw i'r Brenin ac i'w wlad. Roedd yn aelod o Fyddin Ei Fawrhydi bellach, ac roedd ganddo rif. Roedd yn ddwy ar bymtheg, roedd ganddo docyn rheilffordd a byddai'n cael ei dalu ar ddydd Gwener.

Erbyn chwech o'r gloch fore trannoeth, roedd Steffan dros ddau gan milltir oddi wrth ei dad. Roedd o allan ar barêd, a'i hyfforddiant fel milwr wedi cychwyn.

Dydd Llun, 10 Medi 1917
Chatham, Caint

Lle digon llwm oedd y maes parêd anferth, a swyddfeydd, barics a giatiau o'i gwmpas i gyd. Roedd llygaid ofnus Steffan yn mynnu crwydro tuag at y giatiau, fel nodwyddau cwmpawd. Ofnai weld ei dad yn stompian i mewn trwyddyn nhw unrhyw funud dan floeddio dros y lle, 'Pedair ar ddeg! 'Mond pedair ar ddeg oed ydi'r tebot hurt!' Byddai ei dad yn gweld fel roedd ei iwnifform yn hongian amdano, y trowsus a oedd yn rhy llac i gyffwrdd ym mochau ei ben ôl, a'i ddwy hosan oedd mewn perygl mawr o ddisgyn o gwmpas ei fferau: roedd un ohonyn nhw eisoes wedi dechrau llithro i lawr oddi ar ei benglin. Byddai ei dad yn siŵr o chwerthin am ei ben cyn ei lusgo bob cam adref. Edrychodd Steffan dros wynebau'r recriwtiaid eraill. Na, doedd yr un ohonyn nhw'n edrych mor ifanc ag yntau.

'*Parade, 'shun! Left turn! Quick march! Double! Left, right, left, right. Pick up your knees. Left, right, left, right . . .*'

Roedd gan Uwch-sarsiant Quigley wddf cyhyrog a chorff athletaidd, gwallt a sgleiniai'n ddu fel plu'r fwyalchen, ac andros o fwstásh ffyrnig a phigog a'i flaenau'n edrych weithiau fel petaen nhw'n bethau byw. Roedd ganddo hefyd dafod fel rasal a llais a oedd i'w glywed dros filltir i ffwrdd. Roedd y dyn yn ei elfen, wedi ei eni i arwain y parêd 'PT' hwn am chwech o'r gloch y bore, ond roedd o hefyd fel petai wedi cael ei adael yma ar ôl rhyw ryfel arall a ddigwyddodd flynyddoedd lawer yn ôl.

Unwaith eto, neidiodd llygaid Steffan i gyfeiriad y giatiau. Hyd yn oed petai ei dad *yn* cyrraedd yma, doedd Steffan ddim am fynd adref eto – fyth.

'*Double! Left, right, left, right . . .*'

Dawnsiai gwên dros wyneb Quigley wrth iddo gyflymu. Roedd sanau Steffan yn prysur lithro i lawr ei goesau.

'*Double! Left-right-left-right-left-right-left-right . . .*' Taranodd llais Quigley y gorchmynion yn fwy a mwy cyflym, nes bod y dynion yn rasio o gwmpas y maes. Allai Steffan ddim canolbwyntio, diolch i'r sanau. Roedd Quigley'n sicr o'i weld a phigo arno, o sylweddoli ei fod yn rhy ifanc a'i hel o'n ôl adref. O leiaf roedd iwifform a chap gan Steffan – roedd hanner y dynion yn dal i wisgo'u dillad eu hunain. Doedd hyn ddim yn debyg o gwbl i'r lluniau ar y posteri – y prinder gwelyau, y diffyg platiau, a hyd yn oed iwnifforms.

Roedd pawb ond Steffan wedi ufuddhau i'r 'About – turn!' ac fe'i cafodd ei hun wyneb yn wyneb â Hamish McManus. Fo oedd yn y gwely drws nesaf i un Steffan. Fo hefyd oedd yr unig un i dorri gair â Steffan y bore hwnnw, gyda gwên lydan, gyfeillgar wrth iddo ddweud, 'Cadw dy lygad ar y taclau eraill 'ma, *laddie*. Fyddai'n ddim ganddyn nhw ddwyn y llefrith o botel babi bach yn y lle 'ma.'

Nawr, dyma Hamish yn rhoi ei law ar ysgwydd Steffan er mwyn ei droi rownd . . . ond yn rhy hwyr, roedd Quigley wedi gweld bod Steffan yn wynebu'r ffordd anghywir. A'i lygaid yn pefrio, martsiodd Quigley at Steffan gan sefyll yn anghyfforddus o agos ato.

'Torra'r gwallt 'na! Be w't ti, hmmm, milwr ynteu arlunydd? A cher ati i dyfu rhywfaint o fflwff ar y wefus uchaf yna cyn i mi dy weld di eto.'

Teimlodd Steffan anadl y dyn yn chwythu dros ei wyneb wrth i'w ffon fechan brocio'r hosan anufudd.

'Dydi dy fam ddim yma rŵan, hmmmm, i dy helpu di i wisgo amdanat bob bore.'

'Na-nac ydi, syr.' Dyna fo eto, yr hen sychni

hwnnw'n rhwygo'i lais. 'Ma'r hen drowsus yma'n rhy lac, syr.'

'Siarad Saesneg call, wir Dduw!'

Roedd acen gref Steffan wedi taflu Quigley oddi ar ei echel am funud, ond daeth ato'i hun yn reit fuan.

'Hogia bach a sisis – dyna be maen nhw'n ei anfon i mi.' Crynodd y mwstásh ffyrnig. 'Ac os oes yna rai ohonoch chi isio mynd adre i weld eich ma-mamis eto, hmmmm, mi fydda i wedi gneud milwyr ohonoch chi'n gyntaf,' cododd ei lais, 'neu mi fyddai i wedi marw wrth drio!'

Dechreuodd rhywun biffian chwerthin ym mhen pella'r maes. Trodd Quigley ei sylw fel fflach, yn ddigon cyflym i ddal dyn tal, tenau'n crechwenu.

'Ac mi ddysga i i ti beidio â chwerthin ar barêd, Fidget! Dwi ddim isio gweld yr un wên ar dy wep llywaeth di tan ddydd y farn!'

Teimlodd Steffan rywun yn gwasgu'i ysgwydd yn ysgafn a throdd. Gwenodd Hamish arno, gwên gynnes ac addfwyn, a sibrwd, 'Hen fwli mawr yw'r sarjant-mêjyr, *laddie*. Dyna'r cyfan.'

Ia, meddyliodd Steffan – 'mond hen fwli. Dwi wedi gadael un bwli gartref, a dyma fi'n dod ar draws un arall yma.

'Pawb – ar eich pedwar! Reit – *up-down, up-down, up-down* . . !'

Daeth dŵr i lygaid Steffan wrth i'w gyhyrau sgrechian mewn poen. Paid â meddwl amdano, meddai wrtho'i hun. Caeodd ei lygaid, ond rhuthrodd lluniau o Milwr a'r llyn du hwnnw i'w feddwl. Cododd un cylch unig i wyneb llonydd y dŵr. Tyfodd y cylch, gan lenwi corff Steffan wrth i'r llid ruthro trwyddo. Anghofiodd am y boen yn ei freichiau wrth iddo wthio'i hun i fyny ac i lawr, i fyny ac i lawr . . . nes iddo sylweddoli mai fo oedd yr unig un a oedd yn dal i wneud hynny.

Crwbanodd chwe wythnos heibio. Roedd Steffan wedi dod i arfer â dirmyg Quigley, y bwyd, a'r holl reolau di-ri a oedd yn rhan o fywyd y Fyddin. Os nad oedd o'n hopian i fyny ac i lawr, yna roedd rhywun yn ei archwilio. Roedd wastad yn cael ei archwilio. Roedd yn rhaid i bopeth fod fel pìn mewn papur – y blancedi wedi'u plygu'n berffaith, ei esgidiau'n sgleinio fel sylltau.

'Gwaseidd-dra ac ufudd-dod, *laddie*,' meddai Hamish wrtho wrth iddyn nhw blygu eu blancedi. 'Maen nhw am i'r ddau beth yna lifo yn dy waed di.' Roedd yn llygad ei le, hefyd: doedd wiw i neb feddwl drosto'i hun yn y Fyddin, dim ond ufuddhau'n ddall – dim ots pa mor hurt oedd y gorchymyn. Roedd yn rhaid i'ch esgidiau fod yn sgleinio drwy'r amser – os nad oedd arnoch eisiau cael eich cosbi drwy gael dim byd i'w fwyta am dri diwrnod ond bisgedi a dŵr. Gwnaeth Steffan bopeth roedden nhw'n ei ddweud; cadwodd ei ben i lawr a'i esgidiau'n lân a'i flancedi wedi'u plygu'n berffaith, yn y gobaith y byddai'n cael ei anfon i Ffrainc, lle roedd Twm – ac yn ddigon pell oddi wrth Quigley.

Roedd Hamish a'i frawd, James, yn yr un uned â Steffan. Dynion tal, cryf oedd y ddau, meibion y bryniau uchel a'r dyffrynnoedd dyfnion. Roedd James – yr hynaf o'r ddau – braidd yn dawedog, ond roedd Steffan yn hoff iawn o'r ddau ac yn ymddiried ynddyn nhw.

Daeth hi'n bryd i bawb symud ymlaen i hyfforddiant mwy arbenigol. Roedd gan Steffan bythefnos arall o ddrilio parêd o'i flaen, gan gynnwys ymladd gyda bidogau, saethyddiaeth, martsio, troi'n sydyn i'r chwith neu i'r dde, dringo a ffurfio sgwadiau. Fo oedd yr unig un o'r milwyr newydd i orfod gwneud pythefnos ychwanegol o'r hyfforddi sylfaenol hwn. Byddai pythefnos arall cyn iddo gael gadael am Ffrainc.

Roedd gwefr o lawenydd yn rhedeg drwy'r rhes o filwr oedd yn sefyll tu allan i'r cantîn. Daeth y newydd fod brwydr bwysig wedi ei hennill drosodd yn Ffrainc, mewn lle o'r enw

Cambrai. Heddiw, roedd clychau'r eglwys wedi canu am y tro cyntaf. Tybed a oedd Twm yno, yn Cambrai? Roedd angen rhywbeth i'w ddathlu ar yr holl wlad wedi'r frwydr yn Passchendaele, ar ôl i gant a deugain mil o ddynion gael eu hanafu wrth ymladd dros ryw bum milltir o dir. Tybed a oedd Twm yn un o filwyr Passchendaele?

Wrth i bob dyn droi'r gornel a chamu i mewn i'r cantîn, byddai pawb yn edrych ar y rhestr ar ddrws stafell y Swyddog Negeseuon. Dyna sut oedd gwybod a oedd yna barsel wedi cyrraedd i chi, ond doedd Steffan byth yn trafferthu sbio ar y rhestr. Go brin y byddai parsel yn aros amdano, felly doedd dim pwynt hyd yn oed meddwl am hynny: gwell o lawer oedd parhau i gyfri'r dyddiau.

'Steffan, oes yna rywun wedi anfon rhywbeth i ti?' Roedd James a Hamish yn syllu ar y rhestr. Ysgydwodd Steffan ei ben a throi i ffwrdd. Falle bod Hamish a James yn cael parseli o gyffaith a siocled, meddyliodd, ond fyddai o ddim. Nid nes y byddai Twm yn gwybod lle roedd o.

'Does yna neb yn gwbod dy fod di yma, yn nac oes?' meddai Hamish yn dawel. Aeth yn ei flaen, heb ddisgwyl ateb. 'Ond rydan ni'n gwbod, ac mi edrychwn ni ar d'ôl di.'

Eisteddodd Steffan wrth y bwrdd gyferbyn â

James ac wrth ochor Hamish. Gafaelodd James mewn torth o fara.

'Wedi ei gwneud o wenithfaen a graean,' meddai, gan bwyso'r dorth yn ei law cyn ei rhoi i Steffan. 'Ma' hi angen llond trol o farjarîn cyn y medri di'i chnoi hi.'

Roedd wyneb y bwrdd yn morio mewn te, gan fod y dynion yn arllwys te i mewn i'w potiau eu hunain o ddysgl fawr yng nghanol y bwrdd. Roedd te allan o bot jam yn bell o fod yn baned ddelfrydol, ond o leiaf roedd yn felys ac yn gryf. Llithrodd Fidget, y dyn tal, main a oedd wedi piffian chwerthin ar barêd y bore cyntaf hwnnw, i mewn rhwng Hamish a Steffan gan osod parsel ar y bwrdd, er mwyn i bawb ei weld. Roedd popeth ynglŷn â Fidget yn hir ac yn ddi-liw: roedd fel chwynnyn a oedd wedi tyfu'n rhy gyflym mewn cwpwrdd tywyll, ac roedd wastad yn ymddangos yn slei wrth ochr rhywun, gan hidio'r un iot os oedd yna groeso iddo neu beidio. Dawnsiai ei ddwylo dros ei barsel erbyn hyn. Roedd ei lygaid penwaig yn llydan agored a'i geg yn hongian yn llac wrth iddo wenu'n llywaeth.

'Oddi wrth fy chwaer. Mae hi'n anfon un i mi bob wsnos. Cacan gyraints.' Diflannodd ei wên hurt wrth i rywbeth ei daro. 'Fyddi di'n cael parseli o gwbwl, Steffan?'

Roedd wyneb Fidget yn symud i bob cyfeiriad a'i lygaid o'r un lliw â the'r Fyddin. Doedd dim drwg ynddo, ond allai Steffan ddim ateb. Syllodd i lawr, gan sgriblan yn y te ar y bwrdd â blaen ei fys.

'Fyddi di ddim yn cael parseli, Steffan?' gofynnodd Fidget eto.

Roedd cynffon hir gan y llun yn y te, a thrwyn mawr.

'Dwyt ti ddim yn un siaradus, wyt ti, Steffan Roberts?'

Un tro, meddyliodd Steffan, roedd yna lieinau bwrdd, a mêl, a mam i wneud teisennau. Un tro, roedd yna gi bach hardd â chôt liw uwd . . .

Ond doedd dim tewi ar Fidget. 'Un dda am bobi ydi fy chwaer. Ydi dy fam yn gallu pobi?'

Petai Steffan yn ceisio'i ateb, byddai ei eiriau'n aros yn sownd yn ei wddf. Rhwbiodd ei fys dros y llun o'r ci yn y te. Oedd, roedd ei fam yn un wych am bobi. Llyncodd Steffan.

Rhoddodd Hamish ei fraich am ei ysgwydd. 'Ty'd, Steffan. Mae 'na deisennau yng nghwt yr YMCA sy'n well na bwyd y Fyddin unrhyw ddydd. Mae'n ddiwrnod cyflog fory ac mae gen i bres ar ôl ers yr wythnos ddiwetha.'

Gwenodd Steffan arno'n ddiolchgar a chododd y ddau i fynd. Wrth iddyn nhw wau eu ffordd rhwng yr holl fyrddau, gofynnodd Hamish, 'Wyt ti'n hoffi cŵn?'

Cododd yr hiraeth am Milwr fel carreg y tu mewn i wddf Steffan. Methai â siarad. Tynhaodd Hamish ei fraich am ei ysgwydd wrth ei dywys o'r cantîn. Roedd hi'n bleser bod gyda Hamish, meddyliodd Steffan: person caredig a meddylgar nad oedd i'w weld yn hidio'r un tamaid fod Steffan mor dawedog. Wrth ddrws y Swyddog Negeseuon, meddai Hamish: 'Wnest ti sylwi ar hwn?'

Caeodd gwddf Steffan eto wrth iddo edrych ar y rhestr bost.

'Nid hwnna.' Pwyntiodd Hamish. '*Hwn*. Darllen hwn. Byddai gweithio gyda chŵn yn fwy o hwyl na thyllu twneli gyda'r enjinîars – ac yn saffach. Be wyt ti'n feddwl?'

Gallai Steffan deimlo llygaid tyner Hamish arno wrth iddo ddarllen:

THE MESSENGER DOG SERVICE
REQUIRES MEN ACCUSTOMED
TO WORKING WITH ANIMALS TO
VOLUNTEER.
THOSE INTERESTED TO APPLY TO
SGT. QUIGLEY

Cŵn? Cŵn fel negeswyr? Dyna wych, meddyliodd

Steffan. Baswn, mi faswn i wrth fy modd yn gwneud hyn.

'Ma'n siŵr fod gen ti dy resymau dros ymuno â'r fyddin, sy'n ddim o fy musnes i, ond dydi'r Ffrynt ddim yn lle i chdi, *laddie*. Bydd y Gwasanaeth Cŵn yn dy siwtio di'n well o lawer.'

Gosododd Steffan ei iwnifform allan ar y gwely, gan edmygu'r "R.E." ar y goler a'r baneri wedi eu gwnïo ar y fraich chwith, sef bathodyn y Royal Engineers. Bu'r wythnos hon yn wythnos reit dda, meddyliodd. Roedd yr Ysgol Signalau wedi gofyn am wyth ar hugain o ddynion, ac roedd Quigley wedi dweud wrth Steffan am roi ei enw i lawr cyn iddo gael ei drosglwyddo i'r Ysgol y Cŵn Neges. Roedd Steffan yn hoffi'r Signalau, ac wedi mwynhau'r holl lampau a'r gwifrau a'r heliograffau. Dysgodd fod signalau'n hollbwysig mewn rhyfel fel hwn a oedd wedi ei leoli mewn ffosydd, a chymaint yn dibynnu ar y negeseuon a oedd yn cael eu hanfon yn ôl ac ymlaen o'r rhengoedd blaen. Negeseuon yn cael eu hanfon drwy gyfrwng teligram, neu eu cludo gan feiciau modur, dros y radio, dros y teliffôn neu hyd yn oed yn cael eu cario gan golomennod – gallai unrhyw un neu bob un ohonyn nhw wneud byd o wahaniaeth, y gwahaniaeth rhwng ennill neu golli brwydr, a theimlai Steffan yn falch o gael bod yn rhan o'r gwasanaeth hwn. Roedd wedi cael hwyl arni, hefyd, ac wedi llwyddo i gael marc dosbarth cyntaf yn yr arholiad signalau: cafodd gôt fawr, 'greatcoat', yn wobr. Roedd yn falch o'r gôt ac yn falch o'i gatrawd – o hanes y gatrawd ac o'i hurddas a'i phwysigrwydd. Rhedodd ei fysedd dros y llawes lle roedd y bathodyn wedi'i wnïo.

Roedd hen Nadolig digon llwm wedi dod a mynd, ac roedd Steffan eto i glywed yr un gair oddi wrth ei dad a Twm. Tybed oedd rhywun wedi ceisio chwilio amdano? meddyliodd wrth syllu ar yr 'R.E.'. Buasen nhw'n rhyfeddu, Twm a'i dad, petaen nhw ond yn gwybod. Byddai'n werth iddyn nhw'i weld allan ar barêd. Neidiodd ei lygaid at y ffenestr a'r giatiau'r tu allan gan sylweddoli rŵan mai gobaith oedd yn gyfrifol am hyn, gobaith y byddai ei dad yn dod. Roedd cant o ddyddiau ers iddo gyrraedd yma, a dim gair oddi wrth ei dad.

Gwyddai Steffan, petai o'n cael mynd i Ysgol y Cŵn Neges, mai cael ei anfon i Ffrynt y Gorllewin a fyddai wedyn – i Ffrainc, gyda lwc. Penderfynodd na fyddai'n sgrifennu at Twm nes iddo gyrraedd Ffrainc. Petai o'n gwneud cyn hynny, efallai y byddai Twm yn sgrifennu at ei dad, a byddai hwnnw wedyn yn hefru iddo gael ei anfon yn ôl adref. Go brin y byddai Twm yn hapus â'r ffaith bod ei frawd bach wedi ymuno â'r Fyddin. '*Byddaf yn diolch bob dydd,*' meddai ei gerdyn post, '*dy fod yn rhy ifanc i ymladd*'. Ond wyneb yn wyneb, gallai Steffan egluro i Twm fel roedd pethau gartref a pham ei fod o wedi gorfod gadael.

Trodd Steffan oddi wrth y ffenestr gan feddwl tybed faint fyddai oed Milwr erbyn hyn, a sut gi fyddai o petai o wedi cael byw. Gydag un edrychiad nerfus i mewn i'r drych ger y drws, sythodd ei gap.

Disgwyliai chwe dyn y tu allan i swyddfa Quigley, pob un yn craffu ar nodyn ar y drws:

DOGS FOR THE ARMY.
The War Office requires a further gift of dogs for military purposes. Particulars of the animals required are as follows – Breeds: Danes, Mastiffs, St Bernards, Newfoundlands, Bull Mastiffs, Retrievers, Collies, Sheepdogs, large curs, Dalmatians, Lurchers, Airedales, crossbred shepherds. No dogs smaller than Airedale Terriers are required. Age, between eighteen months and five years. Sex: No bitches required, only dogs. Dogs should be in the first place offered to the Commandant, War Dog School, Shoeburyness. If accepted and approved of, instructions will be sent for forwarding, and any dogs found unsuitable after testing will be returned to their owners, carriage paid.

Pam roedd nifer o gŵn wedi cael eu lladd pan oedd eu hangen nhw ar y Fyddin? *'Bang! Eu saethu nhw . . . bwyd ceffylau yn Ffrainc . . .'* – doedd dim rhyfedd fod ei dad wedi gwylltio cymaint.

Unwaith roedden nhw i gyd wedi eistedd, dechreuodd Quigley eu hannerch. Edrychai'r dyn yn llai, rywsut, oddi ar y maes parêd.

'Dim ond ychydig ddyddiau sy gennych chi ar ôl yma, foneddigion. Cyn bo hir, byddwch yn cael eich symud i Shoeburyness, yn Essex.' Daeth rhyw hen olwg ddirmygus dros wyneb y Sarjant-Mêjyr. 'Mae'n ymddangos bod angen pum wythnos ar gyfer y, hmmm, y Gwasanaeth Cŵn Neges.'

Pum wythnos arall, meddyliodd Steffan. Cyfnod hir arall cyn i mi gyrraedd Ffrainc.

'Mae'r gwasanaeth hwn yn rhan o'r Gwasanaeth Signalau sy, fel y gwyddoch, ei hun yn rhan o'r Royal Engineers. Ond, yn wahanol i ddynion eraill y Gwasanaeth Signalau, nid fel "Pioneers" y byddwch yn cael eich adnabod – ond fel "Keepers". Ceidwaid.' Cododd Quigley ei aeliau, yn dalp o ddirmyg erbyn hyn. 'Mae'r Cyrnol Edwin Hautenville Richardson wedi bod yn pledio â'r Swyddfa Ryfel ers 1914 i ddefnyddio'i gŵn o. Wel, mi ddaru'r Royal Artillery arbrofi gyda dau o'r cŵn, a chan eu bod nhw wedi cludo negeseuon yn ôl ac ymlaen yn eitha llwyddiannus, rhoddodd y Swyddfa Ryfel ganiatád iddo sefydlu Ysgol Gŵn.'

Negeseuon? Dyna syniad da, meddyliodd Steffan – defnyddio cŵn fel negeswyr!

'Ond os methwch chi eich hyfforddiant yno, mi fyddwch chi yma yn eich holau cyn i chi droi rownd.'

O na, meddyliodd Steffan wrth wylio'r mwstásh pigog hwnnw'n gwingo fel rhywbeth byw, dwi ddim am ddod yn ôl yma – byth; dwi byth am ddod yma eto, i gael fy mwlio gan ryw greadur fel hwn.

Dydd Llun, 7 Ionawr 1918
Essex

Eisteddai deg o recriwtiaid newydd ar feinciau pren a oedd wedi'u gosod o amgylch llwyfan isel o flaen y ffenestr, yn aros am y Cyrnol. Awgrymai eu hwynebau llydan, eu dwylo geirwon a'u brawddegau prin mai bechgyn y wlad oedden nhw i gyd, gweision stadau, efallai, neu ffermwyr neu helwyr.

Drwy'r ffenestr, yng ngoleuni olaf y dydd, gallai Steffan weld dau gae a rhesi taclus o gytiau cŵn ynddyn nhw. I'r dwyrain o Ysgol y Cŵn Neges roedd y môr, gydag afon i'r gogledd. Edrychai'r awyr yn anferth uwchben y tir gwastad, isel – morfa wedi ei hawlio 'nôl o'r môr, a gwrychoedd, ffosydd a morgloddiau drosto nes i chi gyrraedd y fflatiau llaid.

Sylwodd Steffan fod yna löyn byw cynnar – iâr fach goch – yn cael pum munud ar sil y ffenestr. Roedd y fflachiadau orengoch i'w gweld yn glir ar ei adenydd. Penderfynodd Steffan ei ollwng yn rhydd – roedd ganddo amser i wneud hynny cyn bod y Cyrnol yn cyrraedd. Cododd a brysio at y ffenestr. Caeodd ei law am y glöyn, gan deimlo'r corff bach blewog a'r adenydd cryfion yn cosi cnawd ei gledr.

Daeth sŵn traed brysiog o'r coridor. Agorodd Steffan y ffenestr a gwthio'i law allan. Clywodd sŵn y drws yn agor a chau'r tu ôl iddo, yna'r sŵn traed yn dod amdano, wrth y ffenestr. Agorodd ei ddwrn a gwylio'r patrwm du a gwyn ar adenydd y glöyn wrth iddo hedfan i ffwrdd.

'Wyt ti'n gwybod faint yw lled yr adenydd bach yna? Dim mwy na saith centimedr . . .' Roedd y llais yn dyner, llais dyn wedi ei swyno'n llwyr. 'Mae'n pwyso llai na dwy betel rhosyn, ac os na dreuliodd o'r gaeaf yma, mae o wedi dod bob cam o Ffrainc neu Sbaen.' Trodd Steffan a gweld dyn â gwallt arian a thrwyn urddasol a llygaid dwys. Gwelodd hefyd wên y Cyrnol yn simsanu a'i lygaid yn caledu a'i freichiau'n gollwng mewn ystum o lid a thorcalon. Trodd y Cyrnol oddi wrtho'n swta. Cofiodd Steffan fel y byddai Quigley'n tynnu arno oherwydd ei oed a'r ffordd y byddai'r brodyr McManus yn gofalu amdano, a sylweddolodd wrth frysio'n ôl at ei fainc eu bod nhw i gyd wedi gallu dweud ei fod o dan oed, dim ond wrth edrych arno.

Camodd Cyrnol Richardson ar y llwyfan a dechrau siarad, yn gwrtais ond hefyd yn bendant a chlir. 'Foneddigion, yma ar brawf ydych chi.

Dynion o'r safon uchaf sydd eu heisiau arna i. Mae'n ddyletswydd ar bob un ohonoch i ddangos y rhinweddau hynny y buasech yn hoffi eu gweld yn eich cŵn, oherwydd os yw ci'n byw gyda dyn mentrus a dewr, yna ci mentrus a dewr fydd yntau yn y pen draw . . .'

Crwydrodd llygaid y Cyrnol o amgylch y stafell, gan dreiddio i mewn i galon pob un recriwt a'i bwyso a'i fesur . . . ond gan osgoi edrych ar Steffan bob gafael. Eisteddodd Steffan i fyny a'i gefn yn syth, yn ddwys ac yn herfeiddiol.

'Fi fydd yn eich hyfforddi chi, a chi fydd yn hyfforddi'r cŵn. Bydd angen i chi anghofio popeth rydych chi eisoes wedi'i ddysgu. Does gen i ddim diddordeb mewn profiad – yr unig beth dwi eisiau ei weld yw cariad naturiol tuag at gŵn.'

Rhythodd Steffan ar y Cyrnol a'i herio i gwrdd â'i lygaid. Ganddo fo, Steffan, yn fwy na neb arall yma, oedd y cariad mwyaf naturiol tuag at gŵn. A doedd neb yn mynd i gael ei drin fel plentyn . . .

'Mae'r lle yma'n ddieithr i'ch cŵn chi hefyd. Ers iddyn nhw gyrraedd yma, maen nhw wedi bod ar eu pennau'u hunain am bedair awr ar hugain, ac wedi bod yn gorffwys am wyth awr a deugain. Maen nhw wedi cael eu golchi a'u diheintio gan Macy, ein prif nyrs llawfeddygol.

Mae pob un wedi cael coler ledr, tun negeseuon, tag pres a'r geiriau "WAR MESSENGER DOG" arno fo, a'i rif ei hun.'

Cymerodd y Cyrnol saib fechan, a gallai Steffan glywed sŵn y gynnau mawr yn dod o faes tanio'r "Artillery".

'Mi fydd pob un ohonoch chi'n gyfrifol am dri chi. Dim ond un meistr fydd gan bob ci. Eich lle chi fydd gofalu bod pob un diwrnod gwaith yn achlysuron o bleser ac o lawenydd i'r ci. Byddwch yn ei ddysgu i fod yn filwr, yn gi disgybledig ond hefyd yn un na fydd byth yn colli arno. Os gwelwch fod unrhyw gi yn gi diog, neu'n farus, neu'n gi llwfr, ac os nad ydi o'n gallu canolbwyntio ar ei waith, yna mi fydd yn cael ei anfon yn ôl adref. Bydd y rhai ohonoch chi a fydd wedi gwneud yn dda, pan ddaw'r amser, yn gwasanaethu am bythefnos ar y tro ac am ddeuddeg awr y dydd, yn ffosydd y rheng flaen gyda'ch cŵn.' Parhaodd y Cyrnol i osgoi edrych ar Steffan, er i'r hogyn hoelio'i lygaid arno gan herio'r dyn i edrych arno'n ôl.

Safai Cyrnol Richardson gan wynebu'r rhesaid o geidwaid a chriw go ddryslyd o gŵn wrth ei sodlau – rhai yn ddigon sgraglyd, rhai yn dew, rhai yn dal a nifer ohonyn nhw'n sgrechian fel plant ar eu diwrnod cyntaf yn yr ysgol. Yn y cae nesaf roedd y cŵn profiadol – yr hen lawiau – yn bwrw golwg dros y recriwtiaid newydd hyn, y dynion a'r cŵn, a'u trwynau'n uchel i fyny yn yr awyr, yn amlwg heb fawr o feddwl ohonyn nhw.

Steffan fyddai'r un olaf i gael ei gŵn. Gan gychwyn ym mhen pella'r rhes, dechreuodd Is-Gorpral Birdwood – 'Byrdi' i'r dynion – ddosbarthu'r cŵn.

Daeth Byrdi a'r Cyrnol yn nes at ben y rhes. Dim ond dau ddyn oedd ar ôl – Trigyr Doyle a Steffan – ond dim ond pedwar ci oedd gan y Cyrnol erbyn hyn. Doedd ganddyn nhw ddim digon o gŵn i bawb? meddyliodd Steffan. Dau yr un, efallai. Roedd yna un Airedale go wyllt ei olwg ar ôl, ynghyd â dau gi arall, tal, ac un ci defaid go flewog. Pa rai fyddai cŵn Doyle, a pha rai fyddai Steffan yn eu cael? Taflodd Steffan olwg ar y Doyle byr wrth ei ochr. Roedd golwg arw ar ei groen, ond er gwaethaf hynny a'r ffaith ei fod yn llawn hyder, roedd cyn ieuenged â Steffan ei hun. Tybed a oedd wedi gorfod sefyll ar bentwr o lyfrau yn y swyddfa recriwtio? Neithiwr, roedd wedi'i gyflwyno'i hun i Steffan fel 'Trigyr – Trigyr Doyle', gan daro winc slei ac annifyr arno fel petai o a Steffan yn rhannu rhyw gyfrinach fawr.

'Ci rhif 2154,' meddai Richardson. Taflodd y

Cyrnol olwg dadol dros y ci defaid roedd Byrdi ar fin ei gyflwyno i Trigyr. 'Pharo – digon yn ei ben o. Mae digon o le i ymennydd go fawr y tu mewn i'r penglog mawr sgwâr yna.'

Teimlai Steffan ychydig yn genfigennus wrth edrych ar y ci anhrefnus ei olwg, a'i lygaid deallus i'w gweld yn glir dan ei ffrinj flêr. Yna edrychodd ar y cŵn a oedd ar ôl. Pa rai fyddai o'n eu cael? Nid yr Airedale, gan fod Byrdi'n barod yn ei roi i Trigyr – ond roedd yr un mawr brith yn dal ar ôl, yn ogystal â'r un tal, lliw ŷd.

'Bandit yw enw'r Airedale,' meddai'r Cyrnol. 'Milwr o gi os bu un erioed, yn llawn ysbryd, yn ffyddlon ac yn wirion o ddewr.' Edrychodd Steffan ar y Bandit dewr, ac yna'n ôl ar y Cyrnol a'i galon yn ei geg.

Roedd Byrdi wrthi'n rhoi ci arall i Trigyr, sef yr un tal, lliw ŷd. Brathodd Steffan ei wefus. Dim ond un oedd yna iddo fo, yr un brith gyda streipiau oren a brown, bron fel teigr. Doedd dim digon o gŵn i bawb ac roedd y Cyrnol wedi penderfynu mai dim ond un y byddai Steffan yn ei gael. Roedd y cawr surbwch hwn wedi cael ei ddewis yn arbennig iddo. Doedd dim gobaith ganddo o gyrraedd Ffrainc gyda dim ond un ci. Yn enwedig gyda'r ci yma.

Symudodd Richardson ymlaen at Steffan. Ymsythodd Steffan gan sgwario'i ysgwyddau a herio'r Cyrnol i edrych arno. Darllenodd y Cyrnol o'i lyfr. 'Bili.'

'Ci rhif 2153,' meddai Byrdi.

'Bili – ar ôl "Bili Bones" yn y llyfr *Treasure Island*. Ci mawr Denmarc, mynydd ystyfnig o gi, hwn. Wel, gwna dy orau. Mi fydd hi'n anodd cael hwn i'th drystio di – ci gwarchod oedd o cyn dod yma. Yna cafodd ei adael ar ei ben ei hun, fel cynifer o gŵn eraill – oherwydd y dogni, doedd ei berchnogion ddim yn gallu fforddio'i fwydo. Mae'n amau pawb, ac yn trystio neb. Mae gen ti fwy na digon o lond llaw yma, ond falla y medri di wneud rhywbeth â'i ffyrnigrwydd o.'

O'r diwedd, cododd llygaid y Cyrnol oddi ar y ci ac i gwrdd â rhai Steffan, cyn symud i edrych i ffwrdd i nunlle. Meddai, wrth i Byrdi drosglwyddo'r tennyn i law Steffan, 'Fel y gweli di, dwi'n gorfod cymryd be bynnag a ddaw. Dwi'n methu'n glir â chael digon o gŵn da.' Ochneidiodd yn drist. 'Dwi'n gwneud ceisiadau am ragor a falla'n wir ga i fwy, pwy a ŵyr?' Edrychodd eto ar Bili, a dweud, 'Falla hefyd na fydd Bili'n gweddu i'r math yma o waith. Mae cŵn Denmarc fel arfer yn well am ddilyn trywydd, nag fel negeswyr, ond, wel, mi gawn ni weld – wyddost ti, os yw ci yn dy garu di, yna mi wnaiff o unrhyw beth i ti.'

Roedd y Cyrnol ar fin dweud rhagor, pan

edrychodd yn llawn ar Steffan ac aros am eiliad. Gan ysgwyd ei ben yn drist, newidiodd ei feddwl a throi i ffwrdd, ac wrth iddo gerdded i ffwrdd gyda Byrdi, clywodd Steffan ychydig o'r geiriau roedd o'n eu sibrwd.

'Dydi o ddim yn iawn . . . mor ifanc . . .' Gan barhau i ysgwyd ei ben, dychwelodd y Cyrnol i ganol y rhes. 'Ffyddlondeb. Dewrder. Anrhydedd. Dyna'r rhinweddau ry'n ni'n chwilio amdanyn nhw ym mhob un ci, yn ogystal â'r gallu ymarferol, sef ffeindio'i ffordd adref. Mae'r reddf yma i'w chael i raddau ym mhob ci, ond yma mi fyddwn ni'n canolbwyntio ar sut i'w chryfhau a'i gwella hi.'

Edrychodd Steffan ar Bili. Roedd y streipiau brown ac aur yn gwneud iddo edrych fel rhyw anifail anwaraidd o'r jyngl. Ystyfnig, meddyliodd Steffan wrth edrych ar y safnau cryfion a'r dannedd ffyrnig a allai larpio unrhyw beth. Dechreuodd amau a oedd, yn wir, ynddo'r cariad naturiol hwnnw tuag at bob un ci – oherwydd doedd o ddim yn gallu teimlo llawer ohono bellach. Y drafferth oedd fod Bili mor fawr ac mor drwm. Roedd cŵn ei dad i gyd yn ysgafn fel cysgodion, ac roedd yn methu'n lân â chymryd at y cawr hwn a oedd yn glafoerio dros y lle i gyd.

Wrth i'r Cyrnol siarad, glaniodd aderyn bach

llwyd hunan-bwysig ychydig o lathenni i ffwrdd gan drotian ar draws y tywod. Daliodd Bili ei ben ar un ochr a chododd ei glustiau, yr hen osgo bwdlyd honno'n awr wedi diflannu'n llwyr. Cododd ei bawen flaen fel petai ar fin chwarae. 'Sgen hwn ddim mwy o synnwyr na mul, meddyliodd Steffan wrth wylio Bili'n pawennu'r ddaear gan wahodd yr aderyn i chwarae. Trotiodd hwnnw i ffwrdd. I lawr â phen Bili'n siomedig, ei lygaid yn drist wrth iddo wylio'r aderyn yn mynd. Wel, meddyliodd Steffan, falla bod hwn yn edrych yn ffyrnig ond mae o fel oen bach mewn gwirionedd.

'Bili wirion.'

I lawr â'r clustiau triongl hefyd, i lawr yn erbyn y bochau. Roedd y pen mawr yma'n dangos pob emosiwn yn glir – popeth o ddrwgdybiaeth surbwch i fod eisiau chwarae, a siom, pob un i'w weld yn blaen. Dechreuodd Steffan deimlo fymryn yn fwy cariadus tuag at y labwst lletchwith, chwareus hwn o gi.

Roedd Richardson yn dal i siarad.

'Mae cŵn yn gallu symud bedair gwaith yn gyflymach na phobol. Mi fedran nhw nofio dros gamlesi, a'r tyllau sy'n cael eu gadael gan ffrwydron. Gallan nhw ffeindio'u ffordd yn nüwch y nos, a rhedeg yr un mor gyflym yn y nos ag yn ystod oriau'r dydd. Does dim ofn sŵn saethu arnyn nhw. Mi fedran nhw ffeindio'u ffordd adre o fewn wythnos o ymgartrefu mewn lle newydd, drwy ddilyn trywydd ac arogl arbennig ymhlith dros fil o arogleuon eraill – a hynny dros dir a fyddai'n amhosib i unrhyw ddyn, ceffyl neu beiriant ei groesi.'

Gwenodd Steffan wrth sylwi ar newid arall eto fyth yn Bili, a eisteddai'n dal ac yn llonydd yn awr fel rhyw gerflun brenhinol. Yn wir, roedd fel brenin ei hun – roedd hwn, meddyliodd, yn gi a chryn urddas yn perthyn iddo.

'Bili,' sibrydodd Steffan.

Tynhaodd clustiau uchel y ci nes i'w blaenau gyffwrdd â'i gilydd, fel dwy hwyl ar ben ei benglog sgwâr. Llyfodd ei geg ac edrych i fyny ar Steffan, cyn llusgo'i ben ôl nes ei fod yn eistedd ar fodiau traed Steffan ac yn gorffwys yn erbyn ei goesau.

'Mae'n rhaid fod ar y ci eisiau bod efo chi. Os digwydd hynny,' meddai Richardson, 'yna mi fydd yn gi ffyddlon, dewr ac anrhydeddus. Ond yn fwy na hynny, mi fydd yn cael ei dynnu – fel magned – drwy fomiau a chorwyntoedd o dân a chaeau'n fwrlwm o danciau gan yr ysfa i fod gyda chi. Os ydi o'n eich caru chi, yna mi fydd yntau ar dân i gael bod gyda chi, hyd yn oed drwy gawodydd o ddur chwilboeth.'

'Dur chwilboeth.' Cymerodd Steffan anadl

sydyn a sibrwd wrth Bili. 'Mi wnawn ni'n wych efo'n gilydd a dysgu gwers i bawb, chdi a fi.'

Edrychodd y ci o'i gwmpas a phan welodd o Pharo, caeodd ei safnau a chwyrnu'n isel a dwfn. Symudodd Pharo'n ei ôl, ychydig yn nerfus, a gwenodd Steffan. Roedd Bili'n ei warchod yn barod, a'i gorff anferth bellach yn pwyso fel clawdd castell yn erbyn coesau Steffan. Daliodd Steffan ei hun yn ôl yn erbyn pwysau'r ci, gan ryfeddu at barodrwydd Bili i'w dderbyn fel meistr newydd ac at y ffordd roedd o mor barod i ofalu amdano.

'Byddi,' sibrydodd, 'mi fyddi di'n ffyddlon, yn ddewr ac yn anrhydeddus.' Edrychodd yn ôl ar y Cyrnol gan ychwanegu, ychydig yn flin, 'Neu welwn ni fyth mo Ffrainc, na Twm.'

★

Gwibiai'r dyddiau heibio.

Reveille am hanner awr wedi chwech bob bore, galw'r rhôl am saith, a brecwast wedyn. Am wyth, byddai'r ceidwaid yn ysgrafellu'r cŵn. Am naw roedd yna barêd cyffredinol o staff, hyfforddwyr, swyddogion negesau, ceidwaid a chŵn wedi cynhyrfu'n lân. Roedd gweddill y diwrnod yn cael ei dreulio'n cyflawni ymarferion cadw'n heini – gyda dim ond awr o amser rhydd cyn y ddarlith nosweithiol.

Ar ôl tair wythnos o'r ymarferion cadw'n heini, cafodd yr ymarfer cyntaf ar gyfer y rhyfel, sef y 'Firing Infantry', ei gyflwyno i'r criw. Byddai hwn yn dysgu'r cŵn i arfer â synau reifflau'n tanio. Ddeuddydd yn ôl, dim ond un gwn a gafodd ei ddefnyddio, a dau ddoe. Heddiw, byddai chwe milwr traed yno. Ymunodd Steffan â rhesaid o geidwaid eraill a safai ryw ddau ganllath i ffwrdd oddi wrth y rhes o filwyr traed. Daeth swyddogion y Cyrnol i dywys y cŵn drosodd i'r ochr bellaf. Byddai'r cŵn yn cael eu rhyddhau ar ganiad chwiban Byrdi, byddai'r milwyr yn saethu bwledi blanc, ac roedd y cŵn i fod i redeg i gyfeiriad y sŵn a heibio i'r gynnau er mwyn cyrraedd eu ceidwaid.

Chwyrnodd Bili'n uwch gyda phob un cam a gymerai'r swyddog tuag atyn nhw. Rhoddodd Steffan glewt iddo o gwmpas ei glustiau. Edrychodd Bili i fyny arno, ei falchder wedi ei frifo'n fwy na'i glustiau, cyn troi eto gan fethu'n glir â pheidio â chwyrnu un tro olaf.

'Yr hen debot mawr i ti,' gwenodd Steffan. 'Paid â bod mor ddrwgdybus o bawb.' Edrychodd Bili ar ei feistr eto, mewn penbleth, cyn troi'n ôl at y perygl newydd a oedd yn dod amdanyn nhw.

'Na, Bili. Na. Rydan ni am gerddad drw'r pentra eto'r pnawn 'ma, ac mi wnawn ni hynny eto ac eto nes i ti roi'r gora' i'r holl warchod yma, a dysgu sut i ddod ata i yn lle hynny.' Symudodd Bili'n ôl yn erbyn Steffan gan eistedd ar draed Steffan a'i ben yn erbyn asgwrn ei glun, dan chwyrnu'n isel bob hyn a hyn. Rhoddodd Steffan y tennyn i'r swyddog.

'Dos,' gorchmynnodd Steffan. Edrychodd Bili arno mewn penbleth. Oedd Steffan yn hollol siŵr? gofynnodd ei lygaid brown. Oedd mynd gyda rhywun arall yn beth doeth i'w wneud?

'Dos.'

Neidiodd Bili i fyny a brasgamu i ffwrdd i gymryd ei le'r ochr draw i'r milwyr traed.

Ciciodd Steffan y ddaear â blaen ei esgid. Ddoe, roedd Bili wedi dechrau mynd, yna wedi troi'n ei ôl, gan chwilio am ffordd yn ôl at Steffan a fyddai'n osgoi mynd heibio i'r milwyr traed. Pan fethodd â gwneud hynny, roedd ei reddf i ymuno â gweddill y cŵn wedi ei dynnu gyda nhw i ganol y storm o fwledi blanc. Roedd Bili'n un styfnig, ond roedd yn rhaid iddo ddysgu bod yn ufudd – yn hytrach na gwneud yr hyn y tybiai y *dylai* ei wneud.

Canodd y chwiban. Ffrwydrodd gynnau'r milwyr traed. Gyda'r holl dwrw a'r mwg, roedd hi'n anodd gallu dweud be'n union oedd yn digwydd, ond yna – ia, dacw fo'r ci cyntaf, ar yr ochr agosaf yn barod. Chwiliodd Steffan drwy'r clwstwr o gŵn. Dim Bili. A'r mwg yn dechrau clirio, gallai Steffan weld y rhesaid o swyddogion yr ochr arall i'r milwyr traed. Doedd Bili ddim yn eu plith nhw, nac ychwaith ymysg y cŵn eraill a oedd yn brysur yn cyfarch eu ceidwaid a'u cynffonnau'n ysgwyd fel y gwynt. Teimlai Steffan braidd yn biwis am fod cŵn Doyle i gyd wedi cyrraedd yn eu holau. Lle gythrel oedd Bili? Trodd Steffan mewn pryd i weld Bili'n ei hyrddio'i hun amdano, yn fyr ei wynt, yn glafoerio ac yn hynod o falch, gan edrych fel petai o ar fin neidio i mewn i freichiau'r bachgen. Roedd Bili wedi mynd y ffordd hir, y tu ôl i'r sièd, gan osgoi'r saethu a dod yn ôl at Steffan o'r cefn, ond pan welodd Steffan y balchder yn ei lygaid gloyw, roedd hi'n amhosib iddo fod yn flin gyda chi a oedd mor blentynnaidd ac mor hoffus â hwn.

'Stedda,' gorchmynnodd Steffan â'i law. Mwy o lafoerio, ond eisteddodd Bili'n gyndyn, yn aros am ei wobr. Daliodd Steffan ei law i fyny yn yr awyr: dim gwobr y tro hwn. Gwthiodd Bili ei drwyn yn erbyn poced Steffan, yn chwilio am ei wobr.

'Na,' meddai Steffan. 'Mi gei di fynd yn ôl a thrio eto, nes i ti'i 'neud o'r ffordd iawn.'

Yn ei ôl â Bili felly, dro ar ôl tro – ond gan osgoi'r gynnau bob un tro hefyd. Cododd Steffan ei lais. Unwaith eto gwnaeth arwydd ar un o'r swyddogion i ddod i 'nôl Bili. Roedd y cŵn a'r dynion eraill i gyd wedi gorffen, a dim ond Steffan, y swyddog, Bili a'r milwyr traed oedd ar ôl wrth i'r dydd brysur droi yn nos.

'Aros eiliad,' galwodd Steffan wrth frysio ar ôl y swyddog. 'Dwi am fynd efo fo. Dwi am gerddad efo fo trwy'r gynnau, a dangos iddo fo'n union be dwi am iddo fo'i 'neud.'

'Wyt ti'n siŵr, Geidwad Roberts?'

Nac oedd, doedd Ceidwad Roberts ddim yn siŵr wrth iddo edrych i gyfeiriad y gynnau sinistr, ond nodiodd serch hynny. Fyddai'r bwledi blanc a'r twrw ddim yn ei niweidio fwy na fydden nhw'n niweidio Bili. Tynhaodd trwyddo wrth iddyn nhw saethu, ond fe'i gorfododd ei hun i gerdded ymlaen i ganol y fflachiadau coch, i ganol y sŵn, a Bili'n llamu wrth ei ochr yn hapus braf.

Dyma nhw'n dod o'r diwedd at ben draw'r llinell. Wrth iddyn nhw gyrraedd eu postyn, daliodd Steffan ei law allan gan gynnig darnau o iau i Bili, a dweud, 'Ci da, ci da! Rŵan 'ta, Bili, i ffwrdd â chdi – ar dy ben dy hun y tro yma. Fel dwi newydd ddangos i ti.'

'Y tro olaf!' gwaeddodd swyddog y milwyr

traed gan edrych ar ei wats wrth i'r swyddog arall ddod i nôl Bili. Cymerodd y ci ei le. Hoeliodd Steffan ei lygaid arno, gan weddïo y byddai'n gwneud fel roedd o i fod i'w wneud.

'Ty'd, Bili, ty'd . . .' sibrydodd. Canodd y chwiban a chafodd Bili ei ollwng yn rhydd. Safodd am ychydig ag un bawen i fyny, ei ben yn dangos yn glir ei fod yn brysur yn meddwl. Dydi hwn, meddyliodd Steffan gan wenu, ddim yn gi meddylgar gan amlaf. Ond llamodd yn ei flaen yn sydyn – nid fesul cam nerfus fel cŵn eraill wrth iddyn nhw redeg trwy'r gynnau – ond yn hollol hyderus a bron yn chwareus.

Dros swper y noson honno, daeth y Cyrnol i chwilio am Steffan a dweud wrtho fod angen iddo dreulio wythnos arall ar y Dril Saethu, tra byddai'r dynion eraill i gyd yn symud ymlaen at y Gynnau Mawr. Roedd yn rhaid i Bili fod yn hollol glir ei feddwl, meddai'r Cyrnol, ynglŷn â'r hyn roedd o i fod i'w wneud. Brathodd Steffan ei dafod: hyn, ar ôl ei ddiwrnod caled.

'Iawn, syr,' meddai Steffan, gan deimlo fel crio. Ond roedd yn benderfynol o beidio â chael ei drechu.

Teimladau tebyg i deimladau Steffan oedd gan bawb drwy'r wlad ar y pryd. Daeth y Flwyddyn Newydd â rhagor o newyddion drwg. Roedd yr Almaenwyr wedi troi eu sylw 'nôl at Cambrai, gan neidio fel teigrod, a bellach roedd caniadau clychau'r eglwysi'n swnio'n wirion – yn gelwyddog, hyd yn oed – yn y cof.

Fel hyn yr aeth y dyddiau heibio, felly, un ar ôl y llall, nes i'r Cyrnol – gyda nòd fach dawel a chyndyn, ddweud wrthyn nhw am symud ymlaen at y Gynnau Mawr. Roedd Bili wedi hen arfer â sŵn eu taranu o bellter, ond heddiw, byddai o fewn rhyw ddeuddeg troedfedd iddyn nhw, a byddai'n rhaid iddo aros yn llonydd a digynnwrf wrth iddyn nhw ffrwydro o'i gwmpas.

Safai Steffan gyda Bili, ei bocedi'n llawn o dameidiau o iau, yn barod i ddenu sylw Bili petai'r gynnau trymion yn codi ofn arno. Roedd Bili'n hollol effro, a'i glustiau i fyny'n uchel. Steffan oedd yr un a lygadai'r gynnau – yr 'eighteen pounders' – yn nerfus. Pan gafon nhw'r arwydd, taniodd y saethwyr a chododd Steffan ei ddwylo i fyny'n erbyn eu rhuo byddarol. Neidiodd Bili ato fel petai'n ceisio cuddio yn ei freichiau. Syrthiodd y bachgen a'r ci gyda'i gilydd mewn un cwlwm ar y glaswellt gwlyb, a Bili'n ceisio claddu'i hun yn y ddaear – y ddaear a oedd yn crynu oddi tanyn nhw. Yna sylweddolodd Steffan mai ar ôl yr iau yn ei bocedi yr oedd Bili. Chwarddodd Steffan wrth stryffaglu i'w eistedd. Chwyrnodd Bili i gyfeiriad y gynnau cyn dechrau synhwyro poced Steffan unwaith eto.

'Y tebot hurt,' meddai Steffan. 'Stedda.' Eisteddodd Bili gan chwyrnu ar y gynnau bob hyn a hyn, a phoer yn hongian o'i safnau fel cadwyni arian. Rhoddodd Steffan wobr iddo. 'Ci da, ci da,' sibrydodd drosodd a throsodd.

Doedd dim diwedd ar gorwynt byddarol y saethu. Ond o'r holl anifeiliad nerfus ac aflonydd, Bili oedd yr unig un i eistedd i fyny'n gadarn a'i ben yn uchel, yn bictiwr o urddas brenhinol wrth iddo freuddwydio am ddarnau o iau amrwd.

Ar ôl wythnos o hyn, symudodd Steffan a Bili ymlaen at y Dril Bomiau. Wrth iddyn nhw ymuno â chylch o ddynion a chŵn o amgylch twll dwfn, anerchodd Richardson y ceidwaid.

'Hwn yw'r trydydd ymarfer i'ch paratoi chi ar gyfer Tir Neb, a'i bwrpas yw cael y cŵn i arfer â bomiau mortar. Ar ganiad cyntaf y chwiban, bydd y swyddogion yn taflu darnau o gig amrwd i mewn i'r twll. Ar yr ail ganiad, byddan nhw'n taflu bomiau mortar ffug – dymis – ar y tir o amgylch. Pan glywch y trydydd caniad, gollyngwch eich cŵn yn rhydd. Fesul tipyn bydd yr hyfforddi arbennig hwn yn cael ei wneud. Peidiwch â siarad yn gas â'ch cŵn. Os fydd eich ci'n methu, ewch â fo'n ei ôl i drio eto, ac os ydi o'n cael hwyl arni ac yn bwyta o'r pydew, yna rhowch wobr iddo fo.'

Roedd golwg reit gas ar y bomiau yn nwylo'r swyddogion. Edrychodd Steffan ar Bili'n eistedd yn llonydd fel cerflun y tu ôl iddo. Wrth ei ochr roedd Trigyr Doyle a'i gŵn yntau, ond roedd pellter go barchus rhyngddyn nhw a Bili. Roedd Steffan wedi dod i hoffi Trigyr, a gymerai pawb fel roedden nhw gan hidio'r un iot os oedd Steffan yn dawedog neu beidio. Teimlai Steffan fod yna rywbeth go amheus yng nghefndir Trigyr. Er hynny, roedd yn ei hoffi.

Canodd y chwiban a thaflwyd y cig ceffyl i mewn i'r twll. Dechreuodd y cylch o gŵn aflonyddu rywfaint. Crynodd trwyn Bili, ond arhosodd yn llonydd, yn aros am orchmynion Steffan. Wrth i'r munudau fynd heibio dechreuodd golli ychydig o'i hunan reolaeth, gan hanner codi a throi a hanner eistedd. Edrychodd ar Steffan a'i ben ar un ochr yn geryddol, cyn troi mewn cylch eto, ei fol yn isel a'r cadwyni o boer o'i safnau'n disgleirio yng ngoleuni gwan yr haul. Roedd Steffan yn gorfod defnyddio'i holl nerth i'w ddal yn ôl erbyn hyn. Chwerthin wnaeth Trigyr, ond teimlai Steffan mai cenfigen o'r Bili urddasol oedd wrth wraidd hynny.

'Stedda, Bili.'

Roedd Richardson yn siarad eto. 'Y cŵn hŷn fydd yn gwneud yr hyfforddi. Mi fyddan nhw'n dewis herio perygl dieithr – sef y bomiau llaw, yn yr achos yma – yn hytrach na gadael i'r cŵn eraill gael y cig i gyd.' Gwenodd, codi'r chwiban i'w geg, a chwythu.

Gan sefyll rhwng y ceidwaid a'r twll, taniodd y swyddogion eu ffiwsiau cyn taflu'r bomiau llaw – y grenadau – i mewn i'r twll yn y ddaear.

'Ffwrdd â chdi,' sibrydodd Steffan gan agor coler Bili. Pum eiliad yn unig gymerodd y ffiwsiau i losgi, yna daeth sŵn i rwygo'r clustiau – dim mwg, dim ffrwydradau, dim ond sŵn. Roedd Bili hanner ffordd i mewn i'r twll pan arhosodd a throi. Cododd Steffan ei law i'w rwystro.

Roedd clustiau'r ci reit i fyny, ei gynffon i fyny fel cleddyf a'i flew fel pigau draenog. Roedd y cŵn mwy profiadol wedi mynd trwy'r grenadau a bellach yn y twll yn lluchio'u hunain ar y cig – ynghyd â rhai o'r cŵn newydd hefyd. Roedd Jipsi, ci Trigyr, yno'n barod a'r lleill yn dilyn ychydig yn fwy pwyllog.

Chwyrnodd Bili i gyfeiriad y ffrwydradau eto, gan ei sodro'i hun rhwng ei feistr a'r bomiau.

'Wnawn nhw ddim byd i mi. Paid â phoeni amdana i. Dos, Bili – dos!'

Safodd Bili am eiliad, yna cychwynnodd

ymlaen ar flaenau'i bawennau fel cath ar gae sofl, ei gamau'n troi'n garlamau, yn union fel ceffyl pedigri. Doedd dim ofn ar y ci: dim ond ei reddf i amddiffyn oedd yn ei ddal yn ôl.

Yn hwyrach y prynhawn hwnnw aeth Steffan ati i lanhau'r cwt tra oedd Bili'n aros y tu allan; edrychai'n falch iawn ohono'i hun, fel bocsiwr yn aros am y creadur nesaf i drio'i lwc. Dim ond yr un cwt oedd gan Steffan i'w lanhau: roedd gan bawb arall dri. 'Paid â phoeni,' meddai Trigyr wrtho droeon, 'mi fydd gen tithau fwy o gŵn cyn bo hir.' Ond be wyddai Trigyr? wfftiodd Steffan wrtho'i hun.

Wrth edrych ar Bili, ceisiodd Steffan feddwl tybed sut fridio a gynhyrchodd y fath gi. Efallai'n wir fod tad Steffan yn iawn i roi mwy o werth ar gŵn pedigri nag ar gŵn eraill. Teimlai ychydig yn euog erbyn hyn oherwydd mai'n anaml y byddai'n meddwl am Milwr ers iddo gael Bili. Ond eto, gallai ei weld yn glir yn ei feddwl – Milwr yn chwarae yn stabl Trwmped, ei lygaid a'i gôt liw uwd. Dyna pryd y rhuthrai'r hen ddicter hwnnw trwy ei gorff wrth iddo addo na fyddai fyth, byth, yn maddau i'w dad am yr hyn a wnaeth o.

Roedd Macy, y prif nyrs, yn gwneud ei rownd nosweithiol ac yn archwilio pob un ci'n ofalus. Safodd Bili gan chwyrnu a'i glustiau'n ôl.

102

'Sshh. 'Mond Macy ydi o, wedi dod i fwrw golwg drostat ti.'

Cyn i Macy gychwyn ar ei archwiliad, gofynnodd Steffan y cwestiwn hollbwysig iddo.

'Y-ydi'r C-Cyrnol am roi ci arall i mi, Macy? Wnaiff o ddim fy hel i Ffrainc gyda dim ond un ci, yn na wnaiff?'

Stopiodd Macy cyn ochneidio ac edrych i fyny oddi wrth bawen flaen Bili. 'Os wnaiff Rwsia a'r Almaen arwyddo cytundeb heddwch, Geidwad Roberts, mi fydd dau elyn yn ein herbyn ni. Bydd yr holl filwyr rheiny'n dod o'r Ffrynt Ddwyreiniol i Ffrainc. Fydd Ffrainc ddim yn lle iach i . . .'

'Ond ma'n *rhaid* i mi fynd yno, Macy! Mae'n rhaid i mi fynd . . .' Hyd yn oed iddo fo'i hun swniai Steffan yn hollol ddesbret, a thewodd yn sydyn.

'Mi fydd gan y Cyrnol ei resymau ei hun dros beidio â'th anfon di i Ffrainc, Roberts.'

Roedd Bili'n awr yn hanner-chwyrnu a hanner-canu grwndi, ei gynffon ar fin ysgwyd ond a'i flew i fyny'n bigau. Yno'r tu ôl i Macy safai'r Cyrnol.

Ymsythodd Steffan gan wynebu'r Cyrnol. Roedden nhw'r un taldra a syllodd Steffan i fyw ei lygaid. 'Ma' arna i isio dau gi arall, syr.'

Doedd y Cyrnol ddim wedi disgwyl hyn: gallai

103

weld bod Steffan wedi gwylltio. Ond roedd ei dymer ei hun i'w glywed yn ei lais wrtho iddo ateb. 'Rydan ni'n brin, Roberts. Nawr fod y swyddogion wedi gweld y cŵn yn gweithio, ac yn gwybod eu bod nhw'n gallu achub bywydau dynion sy'n ymladd . . .' – daeth tân i lygaid glas y Cyrnol – 'maen nhw'n galw amdanyn nhw. Ond mae'n rhy hwyr, dwi'n methu'n glir â chael gafael ar ragor. Dwi wedi bod yn aros am dair wythnos – a dim yw dim. Dwi wedi bod ar y weiarles yn crefu, dwi wedi erfyn yn y papurau newydd. Cafodd dros ddeuddeg mil o gŵn eu rhoi, ond dim ond llond dwrn bychan sy ar ôl – cafodd cynifer eu saethu, eu rhoi i gysgu, eu gadael.'

Meddyliodd Steffan am bregeth fawr ei dad, am yr holl gŵn a gafodd eu saethu.

'Dwi wedi hysbysebu eto.' Tynnodd y Cyrnol ddarn o bapur newydd o'i boced a'i roi i Steffan. 'Rydan ni'n gwneud popeth y gallwn ei wneud . . .'

Syllodd Steffan ar lun o Richardson, yna'r geiriau hyn oddi tano: "THE WAR OFFICE REQUIRES A FURTHER GIFT OF DOGS FOR MILITARY PURPOSES."

Our women have given their husbands, their sons, their fathers, their brothers –

and now, their dogs. Twelve thousand dogs have been handed in so far, an overwhelming response. But still more are needed. There have been several calls on the wireless for the public to donate their dogs. We have already taken dogs from the Dogs Homes at Leeds and Battersea –

Edrychodd Steffan i fyny'n ddiamynedd gan roi'r darn papur yn ôl. 'Ydach chi am f'anfon i Ff-Ffrainc gyda 'mond un ci?' Roedd y Cyrnol yn dawel am funud. Pan siaradodd, roedd mwy o dristwch na dim byd arall yn ei lais. 'Nac ydw, Roberts. Nid ag un ci yn unig, os alla i helpu hynny – na, wna i mo'th anfon di i Ffrainc. A phetawn i *yn* gwneud hynny, mi allaf dy sicrhau di mai yn hollol groes i f'ewyllys fyddai hynny. Dwi dan bwysau mawr i anfon chwe adran cŵn erbyn diwedd yr wythnos nesaf, ond . . . wel, dim ots pa mor brin o ddynion ydyn ni, alla i ddim gweld fod anfon bechgyn mor ifanc â thi yno'n iawn o gwbwl.'

'Ond dwi'n gallu gwneud y gwaith, syr. Lawn cystal ag unrhyw ddyn.'

Nodiodd y Cyrnol wrth benlinio. 'Wyt,' meddai'n dawel. 'Wyt, mi wn i hynny.' Anwesodd Bili. 'Roedd fy mab i wedi gwirioni ar gŵn.

105

Roedd yntau hefyd yn fachgen gwych ... Mi ddywedon nhw wrtha i wedyn ei fod o wedi mynd dros y top, ac yna ymlaen, yn ei flaen. A chadwodd i fynd yn ei flaen, hyd yn oed ar ôl iddo fo golli pawb arall a oedd yno wrth ei ochr. Ond wrth iddo fo ddod â charcharorion yn ôl efo fo, mi gafodd o'i daro gan un o sieliau ei fyddin o'i hun ... *Falling short*, dyna oedd y term ddefnyddion nhw.'

Roedd Steffan yn dawel, wedi ei lorio gan alar amrwd, agored y Cyrnol.

'Roedd yntau, hefyd, mor uffernol o ifanc, Steffan.'

Dydd Iau, 7 Mawrth 1918
Shoeburyness, Essex

Eto fyth, cerddodd Steffan i fyny ac i lawr stryd fawr Shoeburyness. Dwy awr bob pnawn am bedair wythnos, meddyliodd, tra bo'r dynion eraill naill ai'n gorffwys neu'n nofio yn yr aber. Be ydi pwynt hyn, a minnau falla'n gaeth i'r lle yma am byth? meddyliodd. Falla bod y Cyrnol yn gofalu amdana i, ond dim ond un brawd sy gen i, ac ma'r brawd hwnnw drosodd yn Ffrainc, ac yn Ffrainc y dylwn inna fod hefyd.

Ond eto, roedd hi'n braf cael bod allan yn yr haul fel hyn, gyda Bili, ac roedd Bili wedi gwella gryn dipyn. Doedd o ddim wedi chwyrnu ar neb heddiw, nac ychwaith wedi gwgu'n gas ac yn ddrwgdybus ar bobol.

Meddyliodd Steffan am Lanaber a Chae'r Drain. Tybed oedd rhywun o gwbl wedi poeni amdano? Beth am Miss Puw, pan ddechreuodd golli'r ysgol? Gyda phwy oedd Jo'n chwarae cardiau erbyn hyn? Ochneidiodd Steffan. Oedd ei dad wedi gwneud rhywbeth pan sylweddolodd fod Steffan wedi mynd? Oedd unrhyw ots gan y dyn?

Doedd dim rhagor o gŵn newydd wedi cyrraedd, er gwaethaf holl alwadau'r Cyrnol, a phetai rhagor *yn* dod, yna byddai'n rhaid i Steffan dreulio chwe wythnos arall yma'n eu hyfforddi. Ond o leiaf byddai wedyn yn cael mynd drosodd i Ffrainc. Roedd pedwar diwrnod i fynd cyn i'r criw nesaf o geidwaid a chŵn orfod cael eu hanfon i Folkestone. Yfory, roedd yna un prawf Homing Run arall, ac ar ôl hynny byddai'r Cyrnol yn cyhoeddi pwy fyddai'n cael eu drafftio allan. Roedd Bili am wneud y prawf – ond i be? Ochneidiodd Steffan gan aros o flaen stondin bapurau newydd. Roedd pennawd mawr arni, o'r *Daily Express*, a darllenodd Steffan o yn y gobaith o fedru meddwl am rywbeth arall.

Roedd y trafodaethau heddwch rhwng Rwsia a'r Almaen wedi dirwyn i ben. Byddai mwy o ddynion gan yr Almaen yn awr, a mwy o arian nag erioed. Ond lle oedd Twm? Beth oedd hyn i gyd yn ei olygu i Twm?

Y noson honno, gorweddai Steffan yn effro yn ei wely bync. Roedd y dynion eraill a gafodd dri chi yr un yn chwyrnu cysgu o'i gwmpas. Syrthiai'r glaw ar y to haearn uwch ei ben â sŵn fel bwledi gynnau-peiriant.

O'r diwedd, wrth wrando ar y glaw, llithrodd Steffan i gwsg aflonydd. Breuddwydiodd fod yna ddŵr yn diferu o'r to ac yn creu pyllau tywyll ar y llawr. Tyfodd y pyllau gan uno gyda'i gilydd, a dechreuodd y dŵr godi a llenwi'r cwt. Ac roedd yn codi'r tu mewn i Steffan hefyd. Doedd o ddim yn gallu siarad nac anadlu oherwydd roedd ei wddf yn llawn dŵr ac roedd o'n boddi. Uwch ei ben, yn y dŵr, gallai weld tameidiau o wair aur. Ceisiodd estyn amdanyn nhw drwy'r dŵr du ond yr unig beth y gallai ei deimlo rhwng ei fysedd oedd darnau o hen sach.

Fore trannoeth, eisteddai'r ceidwaid yng nghefn y lori, yn aros am anerchiad y Cyrnol.

'Ydach chi'n gallu clywed hynna?' gofynnodd rhywun. Ar y gwynt, gallen nhw glywed adlais iasol y saethu'n dod dros y môr o'r Ffrynt Gorllewinol.

'Alla i ddim aros – allwch chi? Am y cafalri, am y drymiau'n taro,' meddai Trigyr Doyle. Edrychodd Steffan arno mewn braw. Doedd o'i hun erioed wedi dyheu am ryfel, ac roedd yn gas ganddo feddwl am un dyn yn lladd dyn arall. Yr unig beth roedd Ffrainc yn ei olygu i Steffan oedd y ffaith bod Twm yno'n rhywle ac nad oedd ei dad yn agos – dim mwy na dim llai na hynny.

Edrychodd Trigyr arno'n ddisgwylgar. 'Dwyt ti ddim yn un am siarad, wyt ti, Steffan Roberts?'

Ond yna cododd ei ysgwyddau, ddim yn disgwyl i Steffan ei ateb. 'Ma' hynny'n tshampion. Mi arhoswn ni gyda'n gilydd, ti a fi, ac mi wna i'r siarad i gyd.' Roedd Trigyr yn amlwg wedi penderfynu mai ei le o oedd codi hwyliau Steffan bob hyn a hyn, a doedd o byth i'w weld yn hidio'r un iot fod Steffan yn un mor dawedog.

Roedd Bili'n awr yn gallu cyflawni'r Homing Run yn wych, ac roedd yn gi cryf a digon o egni ganddo. Yn ystod y tair wythnos diwethaf roedd y swyddogion bob prynhawn wedi mynd â'r cŵn gryn bellter oddi wrth eu ceidwaid, gan wneud iddyn nhw wedyn ffeindio'u ffordd yn ôl eu hunain, dros dir dieithr. Aethon nhw i ffwrdd gan gerdded i ddechrau, ac yna mewn ceir modur. Erbyn hyn, am y tro cyntaf, roedden nhw am gael eu cludo i ffwrdd mewn bocs a oedd yn cael ei dynnu'r tu ôl i gar modur. Wedi iddyn nhw gyrraedd man penodol, byddai'r swyddogion yn eu rhyddhau o'r bocs, yna'n rhoi neges yn eu silindrau'n dweud faint o'r gloch oedd hi, cyn gollwng y cŵn yn rhydd a dweud wrthyn nhw am fynd.

Dechreuodd y Cyrnol siarad. 'Gall neges sy'n cyrraedd yn ddiogel o'r llinell flaen i'r un gefn – neu fel arall, o'r un gefn i'r un flaen – olygu'r gwahaniaeth rhwng llwyddiant neu fethiant unrhyw fenter ymosodol. Mae'n hawdd i'r gelyn

110

wrando'n slei ar alwadau ffôn, ac mae'r un peth yn wir am negeseuon sy'n cael eu trosglwyddo dros y weiarles. Yn wahanol i golomen, mae ci'n gallu gweithredu dan gysgod nos, neu mewn niwl neu law trwm, ac yn gallu nofio dros afon neu gamlas neu dwll. Mae defnyddio ci fel negesydd yn gallu arbed marwolaeth trist a diangen rhedwr dynol. Dyna pam rydyn ni wedi canolbwyntio cymaint ar allu'r cŵn i ffeindio'u ffordd adref yn ystod y cyrsiau hyfforddi hyn. Heddiw mi gawn ni weld pa gŵn sy'n barod ar gyfer y gwaith peryglus ond hollbwysig hwn.'

I ffwrdd â'r cŵn yn eu bocs ac aeth y ceidwaid draw at eu safle priodol. Newidiai'r golau bob yn ail funud wrth i gymylau wibio ar draws yr awyr eang. Caeodd Steffan fotymau ei gôt i fyny reit at ei wddf, gan sathru'r ddaear a chwythu ar ei ddwylo, a'i lygaid wedi'u hoelio ar dŵr eglwys a welai'n bell ar y gorwel. Gallai weld yr holl dir oedd wedi ei aredig rhwng yr aber hon a'r un nesaf. Roedd Bili wyth milltir i ffwrdd oddi wrtho erbyn hyn, draw acw wrth dŵr yr eglwys. Am dri o'r gloch ar ei ben byddai'n cael ei ollwng yn rhydd. Byddai aelodau staff y gwersyll rhwng y fan honno ac yma i gyd yn gwylio hunanddisgyblaeth y cŵn, eu gallu i ymwrthod â themtasiynau eraill ac i symud drwy draffig. Byddai'r Cyrnol ei hun yn gwylio o guddfan ar y morfa, lle y gallai weld cymaint â phosib.

Edrychodd Steffan ar ei wats. Deng munud wedi tri. Fyddan nhw ddim yn hir cyn dod i'r golwg, meddyliodd, un ar ôl y llall ac fesul un.

Hyd yn oed pan fyddai Bili'n cael ei gludo ymhellach i ffwrdd, a phan fyddai'n gorfod dringo dros giatiau uwch a dod drwy ffosydd lletach a gwifrau pigog mwy trwchus, byddai wastad yn dod yn ei ôl – a byth ar hyd y ffordd y gadawodd, ond mewn llinell syth. Oedd, roedd yn wych am ffeindio'i ffordd adref, ond roedd y cwrs heddiw'n cynnwys y Dril Saethu, yr union ddril a roddodd gymaint o drafferth iddo. Wel, meddyliodd Steffan, yn y pen draw doedd fawr o bwys a fyddai Bili'n gwneud yn dda neu beidio.

Crwbanodd pob munud heibio. Yn bryderus, ciciodd Steffan y glaswellt o gwmpas ei draed. Yno, bron iawn o dan ei droed chwith, gwelodd ben brithog gwyfyn rhisglyd y derw – yr un cyntaf iddo'i weld eleni. Galwodd Steffan ar Trigyr, a oedd hefyd â diddordeb mewn gwyfynod. Doedd gwyfynod rhisglyd y derw ddim yn hoffi'r oerni, felly dyma arwydd bod y tywydd yn dechrau cynhesu. Tybed, meddyliodd Steffan, a oedd y cynffonnau ŵyn bach allan ar y coed cyll gartref yng Nghae'r Drain?

Drwy ei sbienglas gallai Steffan weld y cŵn cyntaf – ie, dacw nhw! – yn llifo fel ton flewog drwy'r giât gul ac ar y rheilffordd. Gollyngodd y ceidwaid eu sigaréts a'u diffodd, pawb yn llawn tensiwn bellach fel petaen nhw'n gwylio ras geffylau yn y Derby a hwythau wedi betio bob ceiniog. Cododd pob un ei sbienglas i'w lygaid. Dechreuodd Byrdi roi'r bêls gwair ar dân. Roedd y cŵn yn dringo glannau'r afon a redai heibio i'r pen yma o'r pentref ac roedd un ci ym mhen pella'r cae cyntaf – Bili, roedd o mor dal, mor hawdd ei adnabod – ac yn ei daflu'i hun i mewn i'r dŵr. Gallai Steffan ei ddychmygu'n brwydro'n erbyn y llif, yn poeri dŵr a'i ben ar yr wyneb, ei goesau cyhyrog yn mynd fel coblynnod yn yr ewyn.

Roedd o allan yn awr, y cyntaf i fyny ar y lan agosaf ger y goeden ac yn llamu'n hawdd tuag at y gwifrau a oedd yn ymestyn dros ganol y cae, bum troedfedd o uchder ac â dim ond troedfedd rhwng pob un clwstwr pigog. Roedd y ddau gi mwyaf, sef Bili a Jipsi, ci Trigyr, am y cyntaf i gyrraedd y gwifrau – Na! – Bili oedd ar y blaen, a theimlai Steffan y balchder yn chwyddo'r tu mewn iddo wrth iddo wylio Bili'n codi fel eryr dros y gwifrau. Rhuthrai'r cŵn i gyd mewn un haid erbyn hyn – pob lliw a llun, pob oed – tuag at y giatiau, bob un â'i drwyn yn pwyntio i fyny i'r awyr. Neidiodd Bili dros y giât gyntaf, yna'r ail, a'r nesaf wedyn, bron iawn fel petaen nhw ddim yno o gwbl.

Roedd y fflamau'n dawnsio allan o fêls gwair Byrdi yn awr, a chymylau o fwg yn byrlymu ohonyn nhw. Doedd hi ddim yn hawdd iawn gweld erbyn hyn, ond dyna lle roedd Bili, ar y blaen ac yn arafu am eiliad fel petai'n gwgu ar y mwg, cyn hedfan i mewn i'w ganol ac ailymddangos yr ochr yma iddo, ei bedair troed ar y ddaear, yna yn yr awyr, yn carlamu fel ceffyl rasio.

Roedd y cŵn wedi cyrraedd y corsydd, a darn gwaethaf y cwrs o'u blaenau. Yno yn y corsydd, o'r golwg yn y brwyn, roedd y milwyr traed gyda'u reifflau a'r swyddogion gyda'u bomiau mortar yn aros amdanyn nhw. Unwaith eto, Bili a Jipsi oedd ar y blaen. Na – Bili yn unig yn awr, yn ysu am gael cyrraedd adref. Roedd Trigyr wedi colli arno'n llwyr ac yn chwifio'i gap, ei wallt du gwlanog dros y lle i gyd a'i wyneb yn goch wrth iddo weiddi. Daeth cawod o dwrw a thân oddi wrth y gynnau, a gwreichion ymhobman ynghyd â chymylau o fwg llwyd a du. Llanwyd yr aer ag arogl llosgi cryf. Beth, tybed, fyddai Bili'n ei wneud? Oedd o'n debygol o ddod yn ei flaen drwy'r corwynt hwn o fwledi blanc?

A dyna fo – wedi sefyll yn stond pan ddechreuodd y gynnau danio. Llifodd y cŵn eraill heibio iddo fel afon o gwmpas craig. Roedd Bili'n dal i arafu, a'i ben ar un ochr fel petai'n ceisio penderfynu beth i'w wneud.

'Na, Bili! Ty'd trwodd! Yn syth trwodd! Ty'd yn dy flaen.'

Dechreuodd Bili droi oddi wrth y gynnau. Roedd Trigyr yn neidio i fyny ac i lawr, yn siŵr ei fod o am ennill. Brathodd Steffan ei wefus, gan sibrwd, 'Ty'd, Bili, ty'd. Ty'd ata i. Ty'd yn dy flaen, yn syth trwodd.'

Cymerodd Bili un cam ymlaen, ac aros. Un cam arall, ac aros eto.

'Ty'd, Bili. Ty'd.'

Dechreuodd Bili bawennu'r ddaear. Cododd ei ben gan edrych i gyfeiriad y gynnau a chyfarth. Yna camodd ychydig yn ei flaen gan edrych yn debyg iawn i geffyl yn dangos ei hun mewn sioe. Arhosodd yn agos iawn at y gynnau. I lawr â'r pen, i fyny â'r gynffon, a dechreuodd redeg.

'Ty'd, Bili! Ty'd, was, ty'd!'

Diflannodd y ci o'r golwg.

'Ty'd, was! Ty'd yma!'

Lle goblyn oedd o? Craffodd Steffan a'i lygaid yn llosgi â'r straen o syllu.

Dyna fo! Roedd wedi'i wneud o – heibio i'r gynnau ac yn cyflymu gyda phob cam, yn nesáu at y cŵn blaen ac yn rhedeg â'i holl nerth, ei safnau'n erbyn ei gilydd yn benderfynol a'i gamau hirion yn mynd ag o'n nes ac yn nes at y blaen gan adael y cŵn eraill ymhell y tu ôl iddo. Syrthiodd Trigyr ar ei hyd wrth i Jipsi luchio'i hun ar ei feistr fel ffrwydrad o gynffon a choesau a thafod. Neidiodd Bili ymlaen at lle roedd Steffan ar ei liniau'n disgwyl amdano, ei ben yn erbyn y gôt felfedaidd a'i fraich wedi'i lapio am y gwddf cyhyrog.

'Hogyn da,' sibrydodd Steffan. Tynnodd Bili ei hun yn rhydd o'i afael cyn ysgwyd ei hun, gan daflu diferion crisial o ddŵr i bob cyfeiriad fel conffeti gwlyb. Yna cofiodd ei ddyletswydd ac eistedd ar y ddaear a'i ochrau'n pwmpio fel megin i fyny ac i lawr. A'i dafod allan wrth iddo gael ei wynt ato, cododd ei ben er mwyn i Steffan fedru agor y silindr am ei wddf.

'Hogyn da!' Doedd Steffan erioed wedi teimlo mor falch o'r anifail arbennig hwn, yr anifail ffyrnig a ffyddlon hwn.

'Geidwad Roberts.'

Neidiodd Steffan wrth glywed llais y Cyrnol. Roedd y Cyrnol yn gwenu wrth siarad, ond anodd iawn oedd clywed y geiriau dros dwrw cyfarth yr holl gŵn eraill. 'Mi wnaeth o'r cyfan fel roeddet ti'i isio am fod arno isio bod yma gyda ti. Rwyt ti wedi llwyddo i goncro'i reddf naturiol o, a'i dywys o adra atat ti.'

Gan deimlo'n hynod o flin fod Bili wedi dod mor bell, heb ddim pwrpas, camodd Steffan yn ei flaen am ychydig, cyn i'r Cyrnol ei atal.

'Y peth olaf dw i isio'i wneud, Roberts, yw dy anfon di drosodd i Ffrainc ... dw i'n methu'n glir â hyd yn oed ystyried y peth ... ond does gen i ddim dewis. Mae d'angen di yno – mae angen dy gi di yno. Mae'n rhaid i ti fynd yno, hyd yn oed os mai ond un ci sydd gen ti.'

Syrthiodd Steffan i'w liniau, ei foch yn erbyn wyneb anferth Bili.

'Bili,' sibrydodd. 'Bili, glywaist ti hynna?'

Ysgydwodd y Cyrnol ei ben wrth edrych arnyn nhw, mewn ffordd addfwyn ond trist. 'Rwyt ti wedi gwneud yn dda iawn, Roberts – yn wych. Mae Bili wedi etifeddu ei ddewrder a'i synnwyr o anrhydedd oddi wrthyt ti. Mi fydd yn gi triw, yn ffyddlon ac yn ddewr hyd at ddiwedd ei oes, gan fod yn barod hyd yn oed – dwi ddim yn amau – i aberthu ei fywyd drosot ti.' Tawodd y Cyrnol am funud gan graffu ar Steffan. 'Beth bynnag sy'n aros amdanoch chi'ch dau, cofia un peth: iddo fo, ti yw ei holl fywyd.'

A chan ysgwyd ei ben unwaith eto, yn dyner ac yn dadol, bron, trodd y Cyrnol a cherdded i ffwrdd.

9 Mawrth 1918
Folkestone

Dilynodd ceidwaid y cŵn lwybr cul i lawr hyd ochrau'r clogwyni. Oddi tanyn nhw roedd y môr, ac ar y môr roedd yna long ysbyty wen a stemar lwyd, a llong ddistryw ynghyd ag ambell long arall yn ei dilyn. Ar y stemar roedd sylw Steffan. Honno fyddai'n ei gludo ar draws y Sianel. Unwaith y byddai arni, meddyliodd wrth symud i ochr y llwybr er mwyn i griw o filwyr allu mynd heibio, fyddai yna ddim troi'n ôl. Cafodd fraw o weld wynebau tenau, blinedig y milwyr a'u dillad di-raen. Gallai glywed eu tynnu coes.

'Maen nhw'n sgleinio fel swllt – ond ddim am yn hir iawn eto.'

'Hogia bach ydyn nhw – mi eith y Jyrmans drwy'r rhain fel cyllell drwy fenyn.'

Rhoddodd Steffan ei law ar ben Bili wrth i filwr arall chwerthin. 'Cŵn yr wsnos yma. Mi fyddan nhw'n anfon merched drosodd cyn bo hir.'

Edrychodd Steffan ar ei gôt fawr ei hun, a phob botwm wedi'i gau i'r gwddf, ar ei esgidiau

118

a oedd yn wir yn sgleinio fel dau swlltyn, ar y rhwymyn braich glas a gwyn ar ei benelin a'r baneri wedi'u croesi ar ei lawes. Herciodd y criw o ddynion blinedig, bwyta-gwellt-eu-gwelyau heibio iddo. Oedd pob milwr yn edrych fel hyn erbyn cyrraedd adref? Brathodd Steffan ei wefus gan ddechrau meddwl, am y tro cyntaf, beth yn union oedd yn aros amdano fo a Bili dros y dŵr.

I fyny â nhw ar yr *SS Victoria* a bu Steffan yn lwcus i ddod o hyd i ychydig o fodfeddi gwag ar fwrdd y llong i eistedd am ychydig. Fel plentyn mawr, mynnai Bili bob gafael gael eistedd mor agos â phosib at Steffan – arno fo, os y gallai, a'i safnau'n glafoerio'n hapus dros fraich Steffan.

Gwyliodd Steffan y chwiloleuadau'n crwydro dros arfordir Lloegr wrth i'r *SS Victoria* fynd â fo'n bellach nag erioed o Gymru fach, dros y môr am y tro cyntaf yn ei fywyd, i wynebu doedd wybod beth. Roedd dwy long torpedo bob ochr i'r stemar, yno i'w gwarchod rhag y gelyn slei, sef y llongau tanfor Almaenaidd a oedd efallai'n symud fel siarcod drwy'r dyfroedd duon o'u hamgylch. Rywle ar y darn tywyll o dir y tu ôl iddo roedd Cae'r Drain, yno'n rhywle roedd ei dad yn ei gadair goch, ei dad a Roced wrth ei draed. Doedd Steffan ddim yn teimlo fawr o hiraeth – dim ond colled. Ac er gwaethaf popeth, efallai'n wir – petai wedi gallu gwneud hynny – y byddai wedi neidio i mewn i'r tonnau creulon, nofio'n ôl i'r lan a gwneud un ymdrech arall i adennill y tad roedd o wedi'i golli.

Crynodd a thynnu coler ei gôt fawr yn dynnach am ei wddf, gan syllu dros y môr tywyll. Roedd y tristwch a deimlai am bethau a oedd yn awr y tu ôl iddo wedi'i foddi gan bryder dros beth bynnag a oedd o'i flaen, nes iddo, o'r diwedd, syrthio i mewn i gwsg aflonydd.

Ychydig cyn y wawr, gollyngodd yr *SS Victoria* ei hangor yn Le Havre. Disgynnodd y dynion oddi arni mewn glaw mân a thywyllwch, i gyfeiliant bloeddio a rhegi'r swyddogion. Ymunodd Steffan a Bili â'r llinell hir o ddynion a oedd yn nadreddu ar hyd y cei o gwmpas llwythi anferth o nwyddau'r fyddin, mulod a thomenni arfau.

Mewn llecyn agored wrth ochr y cei, safai tywyswyr yn galw enwau'r gwahanol gatrawdau. 'Royal North Lancashires ar y dde!' 'King's Liverpool ar y chwith!' Symudodd uned Steffan draw at y Royal Engineers. Roedd Trigyr ac yntau wedi cael gorchymyn i gofrestru gyda'r Central Kennels HQ, unwaith yr oedden nhw wedi cyrraedd yn Etaples. O'u cwmpas wrth iddyn nhw aros, cerddai gwahanol werthwyr stryd yn gwerthu da-da a sigaréts.

Wrth i'r wawr dorri dyma nhw'n gweld criw o

filwyr wedi eu hanafu yn anelu am y cei, pob un yn edrych yr un peth yn yr hanner-goleuni, eu hwynebau llwyd wedi'u britho gan fwd a baw. Edrychodd Steffan i mewn i'w llygaid marwaidd wrth iddyn nhw fynd heibio, ac ynddyn nhw cafodd gipolwg sydyn o'r holl bethau erchyll roedden nhw wedi'u gweld. Cofiodd y geiriau ar gerdyn post Twm – "fydd yr hen fyd yma fyth yr un fath eto i'r rhai ohonom sydd yma". Na fydd, meddyliodd Steffan, fydd o ddim – fydd yr hen fyd yma fyth yr un fath i mi, beth bynnag, nid yn unig oherwydd yr hyn sydd i ddod ond hefyd oherwydd yr hyn sydd wedi bod. Diolch i'r hyn a wnaeth fy nhad, fydd dim byd yr un fath eto.

Er hynny, wrth i'r milwyr oedd wedi eu hanafu ymlusgo i ffwrdd, diflannodd rhywfaint o ddewrder Steffan wrth iddo sylweddoli nad oedd o erioed wedi meddwl go iawn am y rhyfel. Nid i ennill unrhyw anrhydedd y daeth o yma i Ffrainc, nac ychwaith oherwydd unrhyw gariad tuag at ei wlad neu gasineb tuag at yr Almaen – ond er mwyn cael bod gyda Twm.

Swatiodd Steffan a Bili mewn cornel gul y tu mewn i dryc gwartheg, a oedd mor dywyll â bol buwch, a'r geiriau '8 CHEVAUX ou 40 HOMMES' arno mewn llythrennau mawr du.

Byddai wedi bod yn gynt cerdded, a phan arhosai'r y trên eto ac eto am ba bynnag reswm, agorai'r drysau a dringai mwy fyth o ddynion i mewn. Penderfynodd Steffan drio bwyta rhywbeth tra oedd y drysau ar agor. Agorodd ei ddogn o gorn-bîff, a dychryn pan welodd ei fod yn goch fel gwaed. Diflannodd pob awydd i fwyta. Caewyd y drysau a dychwelodd y tywyllwch, ond roedd Bili reit wrth ei ochr, a'i arogl cyfarwydd yn llenwi ffroenau Steffan; gallai deimlo corff solet a chynhesrwydd y ci, ac roedd y ffordd roedd Bili'n derbyn pob profiad newydd mor ddiffwdan yn helpu'r bachgen i gryfhau.

Meddyliodd Steffan am Twm, a sut roedd o am ddod o hyd iddo ac yntau yma rŵan yn Ffrainc. Byddai Twm, druan, yn siŵr o gael ffit binc o weld ei frawd bach yma, mewn iwnifform, a chanddo swydd hollbwysig yn gofalu am gi hardd.

Linc-di-lonciodd y trên yn ei flaen ac am y tro cyntaf dechreuodd Steffan sylweddoli pa mor anferth oedd y rhyfel mewn gwirionedd; efallai'n wir na fyddai'n ymladd ochr yn ochr â Twm, ac efallai'n wir hefyd y byddai yna filltiroedd ar filltiroedd rhyngddyn nhw. Roedd Twm gyda'r Ffwsilwyr Cymreig, ond pa gorfflu? Doedd Steffan erioed wedi meddwl gofyn. Byddai'n rhaid iddo felly gael gwwybod pa un heb dynnu sylw ato'i hun – gan beidio ag edrych fel bachgen bach coll yn trio dod o hyd i'w frawd mawr.

'I fyny â nhw. Chwith-dde, chwith-dde.'

Dwy filltir a hanner yr awr – dyna beth, yn ôl y rheolau, oedd cyflymder y martsio i fod. Chwyddodd amheuon Steffan ynglŷn â chael hyd i Twm fwyfwy wrth iddyn nhw fartsio dros y tywod gwyn tuag at yr hyn a edrychai fel dinas o bebyll a chytiau bychain. Â'i galon yn suddo, syllodd yn hurt ar y gwersyll anferth a drewdod hen fwyd yn llenwi'r aer gan droi'i stumog. Dyma nhw'n cerdded heibio i bebyll, mwy o bebyll, a mwy fyth o bebyll.

Pan gyrhaeddon nhw'r Pencadlys – GHQ Central Kennels – cafodd Bili ei dywys gan swyddog i ardal fechan lle roedd yna resi o gytiau. Gan deimlo'i golli ond eto wedi llwyr ymlâdd, ymlwybrodd Steffan tuag at babell ar siâp cloch lle roedd o a phymtheg o ddynion eraill am gysgu.

Clywodd sŵn gynnau'n saethu cyn iddo fynd i gysgu'r noson honno, a Trigyr Doyle yn sibrwd yn wybodus, 'Gynnau. Maen nhw wastad i'w clywed pan fo'r gwynt yn chwythu o'r dwyrain.'

'Faint o ddynion sy 'ma, yn Etaples?'

'Deng mil, medden nhw, a mwy yn cyrraedd yma bob dydd. Un llwyth ar ôl y llall. Mae'r gelyn ar fin gneud dyn a ŵyr be, ac mae Haig yn brysur yn paratoi.'

Swniai'r cyffro a'r balchder yn llais Trigyr mor wahanol i'r amheuon mawr a oedd yn llenwi bron Steffan.

Deg mil. Sut oedd o'n mynd i ddod o hyd i Twm? Yna cofiodd fod yna ffasiwn beth â'r Cross Post, sef gwasanaeth post yn cael ei redeg gan y Fyddin. Tybed a oedd y Cross Post yma'n cael ei sensro? Fwy na thebyg, meddyliodd. Petai Twm yn ateb ei frawd bach, byddai'n sicr o ddweud ei fod yn rhy ifanc i fod yma ac y dylai fynd adref: doedd ond eisiau i'r sensoriaid ddarllen hynny, a byddai'r swyddogion yn cael gwybod. Ta-ta, Ffrainc fyddai hi ar Steffan wedyn.

Roedd ei holl reddf yn sgrechian arno i osgoi'r sianelau swyddogol i gyd. Gallai ofyn i Trigyr be fyddai o'n ei wneud, ond doedd wybod be ddywedai o. Petai Steffan yn cael ei anfon adref, fyddai nunlle ganddo i fynd a byddai'n rhaid iddo adael Bili ar ôl, gan mai'r Fyddin oedd piau'r ci.

Na – roedd cysylltu â Twm trwy gyfrwng y Cross Post yn rhy beryglus. Byddai Twm yn sicr o ofalu bod Steffan yn cael ei anfon adref. Roedd yn rhaid i Steffan gael gwybod lle'n union roedd uned Twm, a dim ond pan welai Twm wyneb yn wyneb y gallai egluro popeth yn iawn wrtho.

Roedd Etaples yn galetach na Chatham – yn galetach na dim byd i Steffan ei brofi erioed. Roedd yn rhaid i bopeth gael ei wneud *at the double* ac roedd pawb yn gweiddi drwy'r amser. Ar ôl wythnos roedd o'n llawn tensiwn, wedi llwyr ymlâdd ac wedi cael llond bol ar yr holl lwch a thwrw diddiwedd.

Safai mewn rhes yn ôl trefn yr wyddor yn disgwyl am ei gyflog. Poen oedd cael enw'n dechrau â'r llythyren *R*; gallai awr gyfan fynd heibio cyn bod y Sarjant-Mêjyr yn ei gyrraedd.

Roedd Steffan wedi dechrau hel meddyliau am Twm pan sibrydodd Rigby, yr 'R' yn y rhes o'i flaen o, 'Maen nhw'n dweud ein bod ni'n lwcus fod petha wedi bod mor dawel hyd yma, ond ma' hynny i gyd am newid. Ma'r tawelwch yn golygu fod Ludendorff yn paratoi ar gyfer rhywbeth, ei fod yn atgyfnerthu ei filwyr ... wedi rhoi chwe adran newydd ar ffrynt Amiens.'

Gwyddai pawb fod Ludendorff, y Cadfridog Almaenaidd, yn llusgo'i ynnau mawr yn nes at ddinas Amiens. Roedd angen iddo gipio Amiens cyn y gallai ymosod ar Baris. Doedd fawr o ddiddordeb gan Steffan yn hyn i gyd a gwenodd yn gwrtais ar Rigby. Twm oedd yn bwysig iddo – a Bili, wrth gwrs – felly dim ond rhyw hanner gwrando roedd o, a hanner arall ei feddwl yn canolbwyntio ar sut roedd o am wario'i gyflog.

Mynd draw gyda Trigyr i gwt yr YMCA, efallai, i brynu siocled a thuniau o fricyll, cyn rhedeg gyda'r cŵn draw i'r tŷ ffferm lle roedden nhw'n gwerthu torthau o fara a oedd yn mesur llathen, yn boeth ac yn feddal a'r crystyn yn flasus.

Camodd Steffan at y bwrdd, gan saliwtio a dal ei law chwith allan i dderbyn ei gyflog. Roedd Etaples yn llawn o hen reolau bach gwirion, ac roedd yn rhaid i chi dderbyn eich cyflog yn eich llaw chwith.

Crwydrodd Trigyr ac yntau i gyfeiriad yr YMCA, gan wau'u ffordd yno rhwng yr holl bebyll a'r lorïau a'r criw o bentrefwyr a oedd yn dod draw yma am dro ar ddydd Sul. Drwy'r amser cawson nhw eu dilyn gan fechgyn bach Ffrengig yn gwerthu geiraduron, da-da mint a grawnwin. Wrth fynd heibio i un lori dyma nhw'n gweld offeiriad yn penlinio wrth focs pren. Roedd yno resi o ddynion yn penlinio rhwng bocsys o fwledi, fel petaen nhw mewn eglwys. Roedd rhain ar fin gadael am y Ffrynt. Roedd pawb yn cael cynnig Cymun cyn iddyn nhw fynd.

Sylwodd Steffan ar esgidiau'r offeiriad yn sbecian allan o dan ei wenwisg: roedd ganddo sbardunau'n sownd ynddyn nhw. Marchog ceffylau, felly. Cafodd Steffan syniad – gallai holi'r offeiriad.

Roedd Trigyr yn chwerthin. 'Bydd cael Cymun fel hyn yn eu gwneud nhw'n fwy nerfus nag y maen nhw'n barod.'

Roedd offeiriaid yn enwog am gadw cyfrinachau, meddyliodd Steffan eto; byddai ei gyfrinach yn sâff gyda hwn. Wrth weld y ddau hogyn yn hofran, cododd un o'r milwyr a chynnig copi o Drefn y Gwasanaeth iddyn nhw, gan feddwl mai dod yno i addoli roedden nhw. Y Tad Bill Loveday, darllenodd Steffan ar ben y ddalen, oedd yn cynnal gwasanaeth y Cymun.

'Diolch,' meddai Steffan. 'Paid â disgwl amdana i,' meddai wrth Trigyr. Ei fwriad oedd aros tan ddiwedd y Cymun cyn cael gair gyda Bill Loveday, a'i sbardunau gloyw. Oherwydd ei fod yn eglwyswr ac yn ddyn ceffylau, teimlai Steffan yn gyfforddus yn ei holi ynglŷn â sut i gael hyd i Twm.

'Rhyngot ti a dy betha,' oedd sylw Trigyr.

Penliniodd Steffan ac aros.

Brynhawn trannoeth, arhosai Steffan yn yr arena ymarfer corff. Roedd tua phum mil o ddynion yn gwneud ymarferion yn y cylch anferth hwn bob awr o'r dydd, felly gallai tipyn o amser fynd heibio cyn i'w uned gael yr alwad i fartsio allan. Roedd Bili'n rhy boeth; roedd ei dafod allan a'i ochrau'n codi i fyny ac i lawr. Gan ei fod yn fwy na'r cŵn eraill, roedd yn tueddu i flino'n gynt.

Gwyliodd Steffan uned o filwyr troed yn gwneud dril, ac yn ymosod ar ddymi gwair oedd yn gwisgo helmed Almaenaidd am ei ben yn hongian oddi ar bostyn. 'Lladdwch y diawl!' gwaeddodd rhyw swyddog, wrth i'r milwyr ruthro tuag ato â bidog ar flaen eu reifflau. Teimlai Steffan braidd yn anghyfforddus wrth wylio hyn, a meddyliodd am Twm. Oedd Twm yn gwenu wrth baratoi i saethu? Faint o ddynion oedd Twm wedi'u lladd? Sut deimlad oedd lladd dyn arall?

Doedd o ddim wedi clywed gair oddi wrth yr offeiriad ers iddyn nhw sgwrsio. Dywedodd y Tad Bill ei fod o'n gadael am y Ffrynt yn syth ar ôl y Cymun, ond y byddai'n holi cyn gynted ag y byddai'n dod yn ei ôl.

Cododd Bili ei glustiau a chyflymu ei gam wrth iddyn nhw nesáu at faneri croes cyfarwydd y Central Kennels. Trodd y ddau am dyllau'r bomiau. Amser bwyd, gwyddai Bili, gan boeni'r un iot – yn wahanol i Steffan – am yr holl gig ceffyl ffres a oedd ar gael. Bob amser bwyd, ceffylau Cae'r Drain oedd ar feddwl Steffan; poeni amdanyn nhw, ac a oedd Arglwydd Penrhyn yn dal i gredu mai gwych o beth oedd i geffyl fynd i ryfel. Bob dydd, hefyd, teimlai

Steffan yn ddiolchgar nad oedd ei dad yno i weld tyllau'r bomiau.

★

Ddeuddydd yn ddiweddarach, safai Steffan a Trigyr mewn rhes yn disgwyl am eu brecwast. Doedd Steffan byth wedi clywed gair oddi wrth y Tad Bill â'r sbardunau gloyw. Cyrhaeddodd Steffan flaen y rhes a chymryd te mewn mỳg tun o'r cwt cyntaf, a darn o fara wedi ei orchuddio mewn saim bacwn o'r ail. Roedd yn falch o'r saim bacwn, gan ei fod yn gwneud y bara'n haws ei gnoi.

'Ty'd, Bili,' meddai Steffan a'i geg yn llawn o fara. Roedd newydd weld criw cynhyrfus o ddynion y Royal Engineers y tu allan i'r Swyddfa Bost.

'Cerdda heibio. Fydd yna ddim post i chdi na fi.' Doedd dim rhaid i Steffan boeni am Bili'n chwyrnu ar bawb y dyddiau yma, nid dyna be oedd; os nad oedd yn disgwyl cael llythyr gan rywun, yna doedd o ddim yn debygol o gael ei siomi. Onid oedd cael cwmni Bili'n well na chael unrhyw barsel neu lythyr? Felly tueddai Steffan a Trigyr i gerdded yn syth heibio i'r Swyddfa Bost heb gydnabod y lle na sôn gair am lythyron ac ati.

'Roberts! Roberts!'

Carlamodd calon Steffan. Trodd Trigyr a syllu arno, ei lygaid yn llawn difyrrwch a chwilfrydedd. Rigby oedd wedi gweiddi ar Steffan o ddrws y Swyddfa Bost. Gan mai Rigby oedd yr agosaf at Steffan yn ôl trefn yr wyddor, byddai'n siŵr o wybod os oedd llythyr yno i Steffan. Trodd Steffan – a Bili wedi drysu'n lân – yn ôl at swyddog y post, ei ddwylo'n chwysu'n barod. Roedd Bili'n rhyw dynnu'n ôl, ddim yn hoffi'r newid annisgwyl hwn i'w rwtîn arferol.

Gwnaeth Steffan ei orau i edrych yn ddi-hid, i beidio â chynhyrfu. Go brin mai llythyr oddi wrth ei dad neu Twm oedd yn aros amdano, ond gallai fod yn un oddi wrth y Tad Bill, gyda newyddion am leoliad Twm.

''Mond parsel ydi o, wnaiff o mo'th frathu di,' meddai'r swyddog, gan wthio parsel mewn papur brown at Steffan. Arafodd calon Steffan. Parsel? Nid oddi wrth y Tad Bill, felly.

Cerddodd mewn penbleth i gyfeiriad y cytiau cŵn. Doedd y parsel ddim yn un mawr iawn, ond roedd yn weddol drwm serch hynny. 'APO S11' meddai'r stamp. Dyna be oedd stamp y Swyddfa Bost yn Etaples. Roedd y geiriau 'ON ACTIVE SERVICE' i'w gweld yn glir dros ran uchaf y parsel ac yn gwneud i Steffan deimlo'n rêl boi, a dweud y gwir, er gwaetha'i bryder.

Uwchben hynny roedd stamp arall: 'PASSED BY 2959 CENSOR'. Roedd rhywbeth cyfarwydd ynglŷn â'r llawysgrifen ond allai Steffan ddim dweud yn union be, chwaith. Roedd parsel, meddyliodd, yn arwydd go lew. Tueddai newyddion drwg i ddod mewn llythyron, nid parseli.

Rhedodd Steffan at gwt Bili. Suddodd i lawr y tu ôl i'r cwt a setlodd y ci ar ei draed. Rhwygodd Steffan y papur oddi ar y parsel. Dangosodd Bili fwy o ddiddordeb yn y papur nag yn ei gynnwys. Pum bynsen, y rheiny hefyd wedi'u lapio mewn papur brown, a rhywbeth arall oddi tanyn nhw, rhywbeth trymach. Pot o fêl. Teimlai Steffan yn llipa oherwydd yr un caredigrwydd bychan hwn ar ôl yr holl fisoedd unig a chaled. Dim ond athrawes bywydeg Steffan oedd wedi trafferthu chwilio amdano – roedd hi wedi dod o hyd iddo ac wedi anfon pot o fêl ato. Ond doedd meddwl Steffan ddim gyda Lara Puw ond yn hytrach gyda'i dad. Doedd hwnnw ddim wedi gwneud affliw o ddim byd felly.

Syllodd Bili â dirmyg ar y mêl, â diddordeb ar y byns a chyda phryder ar ei feistr, y tri emosiwn i'w gweld yn glir yn ei lygaid.

Roedd Miss Puw'n gwybod lle roedd Steffan a doedd hi ddim yn flin gydag o neu go brin y byddai hi wedi anfon parsel iddo. Tybed a oedd hi wedi dweud wrth ei dad? Roedd llythyr yno'n rhywle, hefyd, siŵr o fod. Sgrialodd Steffan drwy'r papur. A dyna fo, yn y gwaelod. A rhywbeth arall hefyd – pac o gardiau. Oddi wrth Jo, mae'n siŵr. Edrychodd Steffan ar Bili, gan ddal y llythyr yn ei law. Roedd eu tynged yn dibynnu ar y ddau ddarn yma o bapur.

'Be ti'n feddwl, Bili? Ydan ni am ei agor o?'

Symudodd Bili ei ben yn nes at y byns gan feddwl mai sôn amdanyn nhw roedd Steffan.

Y Bwthyn, Llanaber

Mawrth 17eg, 1918

Annwyl Steffan,

Rwyf wedi bod yn poeni'n ddirfawr amdanat. Dyfalais beth oedd wedi digwydd i ti'r bore cyntaf hwnnw i ti beidio â bod yn yr ysgol, ac euthum yn syth bìn i Gae'r Drain. Ddywedodd dy dad ddim gair, ond roedd dy nodyn di ganddo ar ei lin a rhoddodd ef i mi gan ysgwyd ei ben drosodd a throsodd. Darllenais dy nodyn, a gwn yn awr beth a ddigwyddodd a pham yr oeddet wedi dy ddychryn a'th gynhyrfu i'r fath raddau. Rwy'n deall pam dy fod wedi gadael a pham na ddoi di'n ôl adref yma i fyw ar dy ben dy hun gyda'th dad unwaith eto. Oherwydd hyn, cymerodd .gryn dipyn o amser i mi ddod o hyd i ti gan i mi fod yn hynod ofalus wrth chwilio amdanat, er mwyn sicrhau nad oeddwn yn dy fradychu drwy ymddangos yn bryderus yn dy gylch.

Syrthiodd ysgwyddau Steffan mewn rhyddhad.

Ond, Steffan, fore heddiw daeth dy dad i'r Bwthyn a gofyn i mi edrych ar ôl Roced. Roedd golwg bryderus iawn arno ac roedd yn cerdded yn ôl ac ymlaen yn ddi-baid, gan edrych fel na phetai wedi bwyta na chysgu ers wn i ddim pryd. Does gen i ddim syniad ynglŷn â'r hyn y mae'n bwriadu ei wneud na pham ei fod wedi gadael Roced gyda mi, ond teimlaf yn sicr ei fod am geisio dod o hyd i ti a'th orfodi i ddychwelyd adref.

Hyd yn hyn, dydw i ddim wedi dweud wrth Twm ble rwyt ti - ac yntau yn y Ffosydd. Dydw i ddim eisiau iddo boeni dim mwy nag y mae'n ei wneud yn barod. Ond bydd Twm gartref yr wythnos nesaf, a fydd gen i ddim dewis ond dweud wrtho ble rwyt ti, ac alla i ond dychmygu pa mor ofnus y bydd amdanat ti.

Twm ar wyliau'r wythnos nesaf? Trodd Steffan y dudalen yn ôl er mwyn edrych eto ar y dyddiad. Cafodd y llythyr ei sgrifennu ar yr 17eg, a heddiw oedd yr 20fed. Efallai'n wir fod Twm yng Nghae'r Drain erbyn hyn – ac na fyddai'n ôl yn Ffrainc am bythefnos arall o leiaf. Erbyn hynny byddai Steffan yn y Ffrynt ei hun. Roedd popeth yn mynd o chwith – Twm yng Nghymru, Steffan yn Ffrainc. A Lara Puw fyddai'r un i ddweud wrth Twm lle roedd o, nid Steffan ei hun. Beth, tybed, fyddai hi'n ei ddweud? Beth fyddai ymateb Twm? Darllenodd Steffan ymlaen, a'i feddwl yn corddi:

Dywedodd y Cyrnol Richardson wrthyf mai gyda'r Gwasanaeth Signalau yr wyt ti'n gweithio, a'th fod y tu ôl i'r llinellau'r rhan fwyaf o'r amser. Dywedodd mor falch yr oedd o glywed oddi wrth rywun sydd yn gysylltiedig â thi, gan ddweud hefyd fod gen ti ddawn anhygoel wrth drin anifeiliaid. Dywedodd ei fod wedi'th anfon i Ffrainc ag ond un ci er mwyn lleihau'r tebygolrwydd y byddet yn cael d'anfon i'r mannau mwyaf peryglus pan ddeuai'r angen am ragor o gŵn.

Steffan bach, gwell o lawer fyddai i ti ddychwelyd o'th wirfodd yn hytrach na chael d'orfodi i wneud hynny gan dy dad neu dy frawd. Nid yw'r Ffosydd yn lle i ti, Steffan, a gweddïaf y doi di ataf i, i'r Bwthyn. Rwyf yn erfyn arnat i ysgrifennu a dweud dy fod am ddod i fyw gyda mi. Hoffwn, yn anad dim, fedru dweud wrth Twm dy fod am ddod fel na fydd ei wyliau - ac yntau wedi disgwyl amdanynt cyhyd - yn cael eu difetha.

Gwn nad yw dy dad wedi dangos fawr o garedigrwydd tuag atat yn ddiweddar a'i fod wedi gwneud rhywbeth ofnadwy, ac nad wyt ti'n teimlo y byddi'n gallu maddau iddo fyth, ond teimlaf yn sicr y byddi, gydag amser, yn dod i werthfawrogi'r hyn y gall galar ei wneud i ddyn. Tan hynny, rhaid i ti gofio faint mae dy dad wedi'i golli'n barod, a'i fod o'n dal i fod yn dad i ti, ei fod o'n dy garu di'n aruthrol ac yn dyheu am dy weld di'n dychwelyd.

Bendith Duw arnat, a boed Iddo dy warchod a'th ddychwelyd adref yn ddiogel atom ni oll.

Lara Puw.

Gwthiodd Steffan ei law i mewn i'w boced nes i'w fysedd ddod o hyd i'r bocs matsys Bryant & May. Trodd y bocs drosodd a throsodd wrth iddo feddwl am bopeth a allai ddigwydd ar ôl i Lara Puw ddweud wrth Twm. Bydd, meddyliodd, mi fydd Twm yn siŵr o ddeall pam na allwn i aros adref ar ôl yr hyn a wnaeth 'Nhad. Trodd Steffan y bocs yn gyflymach. Byddai Twm yn siŵr o weld – byddai Twm yn deall.

Yna llonyddodd ei fysedd. Byw yn y Bwthyn? Ciliodd ei bryder ynglŷn ag ymateb Twm wrth i Steffan deimlo'i hun yn dechrau gwylltio. Os oedd ei dad yn ei "garu'n aruthrol", pam nad oedd o wedi gwneud dim byd i ddod o hyd iddo? Ei athrawes oedd wedi chwilio amdano. Chwaraeodd ei fysedd â'r bocs matsys, yn gyflymach a chyflymach. Doedd ei dad ddim wedi dod ar gyfyl Chatham na Shoeburyness nac Etaples; chlywodd Steffan yr un smic oddi wrtho. Doedd o erioed wedi dod i chwilio am ei fab, felly be gythraul oedd o'n bwriadu ei wneud pan adawodd Roced yng ngofal Lara Puw?

Mor hawdd fyddai sleifio'n ôl adref, llithro'n ôl i mewn i fywyd ysgol a byw yn y Bwthyn gyda Lara Puw. Roedd oed ifanc Steffan yn golygu y câi ymadael â'r Fyddin yn syth – dyna be oedd ei gerdyn trymp; ond fyddai hynny ddim yn helpu Bili, druan. Y Fyddin oedd piau Bili a

byddai mynd â fo oddi yma'n drosedd. Na –
roedd mynd yn ôl adref allan o'r cwestiwn, dim
ots be fyddai gan Twm a Lara Puw i'w ddweud.

'O, Bili! Be gythral ydw i'n mynd i'w wneud?'

Edrychodd Steffan i fyny ar yr awyrennau
Prydeinig yn ei gwenynu hi i gyfeiriad llinellau'r
Almaenwyr. Gallai weld cymylau bychain o fwg
gwyn, gwyrdd a melyn yn codi o'u cwmpas nhw
fry yn yr awyr las.

Rhoddodd Bili ei drwyn gwlyb ar lin Steffan.
Byddai, mi fyddai'n braf cael mynd yn ôl i'r
ysgol a byw yn y Bwthyn. Ond Bili? Na. Roedd
Bili'n perthyn iddo fo bellach, ac roedd yntau'n
perthyn i Bili. Beth bynnag fyddai'n dod i'w
rhan, byddai'r ddau ohonyn nhw'n ei wynebu
gyda'i gilydd.

21 Mawrth 1918
Etaples

Wrth i Steffan gerdded i gyfeiriad cytiau'r cŵn, rhedodd Trigyr ato a'i wynt yn ei ddwrn ac wedi'i gynhyrfu'n lân. Gwthiodd gopi ddoe o'r *Daily Express* i ddwylo Steffan:

50 MILES OF OUR LINE ATTACKED
ON A VASTER SCALE THAN EVER BEFORE

'Pedair mil o ynnau'r gelyn – *hurricane bombardment,* 'achan! Ma'r Almaenwyr yn ysu am gael eu bachau ar Baris, dyna i ti be sy'r tu ôl i hyn i gyd. 'Drycha – ma' ganddyn nhw fwy o ddynion rŵan, mwy o danciau, mwy o bres, mwy o arfau. Ma' rhywbeth yn y gwynt – dyna pam rydan ni wedi cael ein galw.' Doedd dim diwedd ar frwdfrydedd Trigyr dros ymladd a martsio i guriad y drwm, meddyliodd Steffan, hyd yn oed os oedd mwy o lawer o bopeth gan y gelyn nag a oedd gan Brydain.

Gwaethygu roedd y newyddion o'r Ffrynt bob dydd. Roedd mwy a mwy o swyddogion wedi ceisio cael rhagor o gŵn, ond dal i ddisgwyl am gŵn newydd yr oedden nhw. Gallai Steffan deimlo'r panig yn yr aer o gwmpas y Cenelau Canolog.

Roedd staff y Cenelau'n brysur yn trefnu a rhannu'r ceidwaid i unedau gwahanol, a'r unedau wedyn i blatŵnau mwy.

'Doyle, Rigby, Roberts. Rydych chi'ch tri'n ffurfio un Uned Gŵn, dan oruchwyliaeth Ail Fataliwn y Defoniaid. Brigâd Dau Ddeg Tri o'r Ddeunawfed Adran, y Pedwerydd Corfflu ar Ddeg. Rydach chi dan orchymyn i baratoi ar gyfer mynd ymlaen ar y trên ar doriad gwawr yfory. Er mwyn gwneud pethau'n haws yn weinyddol, ry'ch chi'n rhan o'r Royal Engineers.'

'Neb gwell!' meddai Trigyr, yn wên o glust i glust wrth iddyn nhw aros wrth stafell y swyddogion am eu rhwymyn braich glas a gwyn. 'Neb gwell na'r Ddeunawfed. Rydan ni'n hogia lwcus, Steffan.'

Ymlaen â nhw i storfa'r swyddog cyflenwi. Heb fawr o frwdfrydedd, casglodd Steffan ei offer bychan, sef blanced a chynfas-lawr a oedd hefyd yn gallu gweithredu fel côt law, gan fod ganddi goler yn rhedeg i lawr canol un ochr ohoni.

Daeth rhagor o newyddion drwg y noson honno. Roedd yr Almaenwyr wedi dechrau symud yn eu blaenau i gyfeiriad Amiens. Fydden nhw ddim yn hir wedyn cyn bwrw ymlaen am Baris, oherwydd roedd Amiens yn ganolfan rheilffordd a ffyrdd pwysig, ac yn hanfodol os oedd yr Almaenwyr am gipio'r brifddinas. Y bore hwnnw, hefyd, roedden nhw wedi saethu gwn newydd, y Paris Gun, a fedrai saethu dros wyth deg milltir. Buon nhw'n tanio'r gwn yma bob chwarter awr, drwy'r dydd, ac roedd y siel gyntaf wedi glanio ar lannau afon Seine am saith o'r gloch y bore.

Gorweddai Steffan yn ei wely, yn hanner gwrando ar sgwrs ddigalon ac ofnus y dynion eraill yn y babell. Clywai enw un pentref arbennig, sef Villers-Bretonneux, yn cael ei ddweud yn reit aml. Dim ond naw milltir oedd rhwng Villers ac Amiens ei hun, ac roedd reit yng nghanol y llinell ymosod. Ymosodiad ofnadwy, hefyd, yn ôl pob sôn, ond roedd y llinell wedi dal.

'Mi fydd Ludendorff yn ymosod eto, unrhyw funud rŵan . . . mae'n awyddus i 'neud hynny cyn bod yr Americanwyr yn cyrraedd. Ma'r Americanwyr yn ei 'neud o'n nerfus iawn.'

'Mi gawn ninnau ein hanfon yno. Mi gewch chi weld, yno fyddan ni'n mynd fory, i sector Villers.'

Swniai'r saethu'n nes nag erioed. Wrth droed

140

gwely Steffan roedd dwy helmed nwy, gogls, helmed ddur a chant ac ugain rownd o fwledi. Pam mae'r fyddin yn gwastraffu cymaint o fwledi ar rywun a fyddai yn y rhesi cefn, yn aelod o'r Orsaf Signalau? meddyliodd Steffan. Edrychai'r ddau fwgwd nwy – un iddo fo a'r llall i Bili – fel dau fwgan yn syllu'n ôl arno. Pam yr holl ffys? Pam oedden nhw wedi gorfod cysgu â'u hesgidiau am eu traed a'u careiau wedi eu clymu'n dynn?

A be gythral oedd o'n ei *wneud* yma? Gyda Twm yng Nghymru, pam roedd Steffan ar ei ffordd i ymladd am Villers, Amiens a Pharis? Pam?

★

Martsiodd Steffan a'i uned, gyda'u cŵn, ar hyd ffordd lydan a choed poplys yn tyfu ar ei hyd, gan wrando ar ganu allan-o-diwn y cogyddion a gerddai'r tu ôl iddyn nhw, eu ffroenau'n llawn o arogl chwys a mwg a'u traed yn cadw rhythm pendant. Teimlai fel bod y byd i gyd yn symud tua'r dwyrain, yn un afon ddiddiwedd o geffylau, milwyr a throliau arfau. Yr unig bethau i deithio'r ddwy ffordd, yn ôl ac ymlaen, oedd y cerbydau ambiwlans, dwsinau ohonyn nhw'n mynd a dod. Edrychai fel bod yma gyflenwad di-ben-draw o'r cerbydau hyn, ac o gig ceffyl.

Dyma nhw'n cerdded drwy un pentref o'r enw Aubigny, ac un arall o'r enw Fouilloy. Gwnâi Steffan ei orau i frwydro'n erbyn y boen yng nghyhyrau ei wddw dan bwysau'r helmed ddur, a hefyd yn erbyn y boen wahanol a oedd yn dod o'r swigod ar ei draed, diolch i'w sgidiau trwm, ond roedd y cŵn i'w gweld yn ddigon bodlon eu byd wrth gael mynd am dro fel hyn.

Cyn bo hir, dyma nhw'n cyrraedd un pentref a oedd wedi cael ei adael yn wag, a'i strydoedd yn un anialwch o beiriannau gwnïo, mangyls, beiciau, sosbenni, pedyll a llestri tsieina. Safai clwstwr o groesau wedi'u codi ar groesffordd, yn sinistr a llwm. Crynodd Steffan er gwaetha'r gwres. Roedd ei ofn yn tyfu'n fwy gyda phob munud a âi heibio, ac â phopeth newydd a welai yn y lle yma.

Safai un tŷ ar ei ben ei hun, yr ochr draw i'r croesau a'r tai gwag eraill. Roedd blaen y tŷ wedi diflannu'n llwyr ac edrychai pob stafell fel ceg wedi'i hagor mewn sgrech fud. Roedd bron fel tŷ doliau. Tybed lle oedd y plentyn a arferai wthio'r goitsh fach wellt acw? meddyliodd Steffan. Wrth droed y grisiau carreg y tu allan i'r tŷ, yn cymryd dim sylw o'r cymylau tew o lwch a godai o'r holl draed a fartsiai heibio iddo, eisteddai hen ddyn a'i ben yn ei ddwylo.

Edrychai ei wallt gwyn mor debyg i wallt

142

gwyn ei dad, a theimlodd Steffan y ddaear yn rhoi oddi tano wrth i bob rheol a rheswm wibio i ffwrdd am funud. Efallai'n wir fod ei dad o'i hun, filltiroedd lawer i ffwrdd, yn eistedd fel hyn yn union a'i ben gwyn yn ei ddwylo. Tynnodd Bili ar y tennyn ond trodd Steffan ei ben er mwyn syllu ar y dyn. Cododd y dyn ei ben, ei wyneb yn drwm gan boen, a neidiodd Steffan fel petai newydd weld ysbryd.

'O Dduw mawr,' meddai. 'Be ydw i wedi'i *neud*?'

Cychwynnodd yr hen ddyn yn ei flaen a'i freichiau allan yn llydan agored, gan sefyll felly am rai eiliadau torcalonnus a'i ddwylo'n crynu yn yr awyr wag. Yna syrthiodd yn ôl ar ei eistedd a'i ddwylo dros ei lygaid.

Tynnodd Bili eilwaith ar y tennyn. Martsiodd Steffan yn ei flaen fel petai'n cerdded yn ei gwsg drwy freuddwyd gas – cerdded rhwng doedd wybod faint o groesau pren a chyrff ceffylau marw, ymlaen heibio arwydd a orweddai mewn tomen o rwbel, pob carreg â mwstard gwyllt yn tyfu drosti. Pentref oedd y rwbel yma ar un adeg, a'r arwydd yn dwyn ei enw'n falch. Â phen gwyn unig yr hen ŵr hwnnw ar ei feddwl, cerddodd Steffan yn ei flaen heibio i adfeilion rhagor o dai oedd wedi eu dymchwel, olion rhagor o fywydau wedi eu dinistrio, rhagor o deuluoedd wedi eu chwalu am byth. Roedd yn dechrau teimlo'n fwy a mwy ofnus gyda phob cam, gan sylweddoli ei fod yntau, fwy na thebyg, wedi gwneud niwed mawr i'w deulu ei hun.

Llusgodd hanner can munud arall heibio. Daeth gorchymyn i bawb aros am ychydig er mwyn i'r dynion gael yfed o'u poteli. Roedd mwy o lanast eto i'w weld ar ochrau'r ffordd – cewyll adar, doliau, coitsys, fframiau gwely. Gorweddai Bili ar lawr, ei ystlys fel megin unwaith eto a'i drwyn yn gorffwys ar draed Steffan. Rhoddodd Trigyr gic i'r llawr.

'Wedi cael eu colbio'n llwyr. Dim byd ar ôl yma ond llwch. Mae'n rhaid eu bod nhw wedi ymladd yma fesul llathen . . . pentrefi cyfan wedi cael eu troi'n ddim byd ond llwch . . .'

Tywalltodd Steffan ychydig o ddŵr i Bili wrth wrando ar Rigby a Doyle yn siarad, gan weld gwg dywyll yn ffurfio ar dalcen Trigyr. Roedd ei lais yn anghyffredin o isel.

'Roedden nhw'n dweud fod petha'n go erchyll yma . . . pawb wrthi, pob math o bobol ar y lein . . . golchwyr poteli, cogyddion, gyrwyr lorïau . . .'

Tyfodd ofn Steffan a rhoddodd ei law ar ben Bili. 'Pawb wrthi . . .' – roedd hynny'n cynnwys ceidwaid y cŵn hefyd. A fyddai yntau hefyd, wedi'r cyfan, yn gorffen ei oes ar y llinell flaen?

Fo a Bili? Aeth sawl ambiwlans arall heibio, gan greu rhagor o gymylau llwch.

Roedd llais Trigyr yn dal i fod yn dawel. 'O Villers y maen nhw, y Tin Lizzies 'ma . . . i gyd o Villers.'

'Maen nhw wedi'i chael hi go iawn yma,' meddai Rigby. 'I gyd oherwydd Paris. Os caiff yr Almaenwyr eu bachau ar Amiens mi allan' nhw anelu eu gynnau i gyd at Baris.'

'Y sôn ydi eu bod nhw am ymosod ar Villers unwaith eto,' meddai Trigyr. 'Ludendorff – does 'na ddim pall ar y dyn. Dyna pam ry'n ni i gyd ar ein ffordd i fyny yno . . . mae Haig yn ein hanfon ni i gyd yno i drio achub Amiens.'

Pan gliriodd y llwch, sylwodd Steffan fod yna dŷ tafarn yn dal i sefyll yng nghanol adeiladau eraill a oedd yn adfeilion i bob pwrpas. 'Estaminet Au Cheval Noir,' meddai'r arwydd. Roedd ei do a'r llawr uchaf wedi diflannu ond roedd yna geffylau – yn perthyn i dîm o saethwyr, efallai – yn defnyddio'r stafelloedd gwaelod fel stablau. Yno, gydag ambell furddun arall o'u cwmpas yng nghanol yr holl ddinistr, edrychai'r ceffylau mor gysglyd a heddychlon â phetaen nhw'n pori mewn cae gwyrddlas gartref.

Y tu allan i'r pentref, uwchben iseldir eang a chamlesi'n sarffu trwyddo, roedd yna fryniau coediog. Dros y tir anwastad hwnnw y gorweddai'r llinellau cefnogol. Arhosodd y milwyr. Daeth troedfilwr o'r Defoniaid draw i gyfarfod ag uned Steffan. Cafodd hwnnw dipyn o sioc pan welodd mor fawr oedd Bili, a gofalodd fod cryn bellter rhyngddo a'r ci wrth iddo'u siarsio i beidio ag ysmygu na siarad. Mewn un rhes ddistaw i lawr â nhw i mewn i ffos ddofn a oedd yn arwain tuag at y llinellau cefn.

Roedd yr aer yma'n hen, yn boeth ac yn fyglyd. Ciliodd pryder Steffan ddigon iddo fedru syllu o'i gwmpas â chwilfrydedd. Edmygodd y ffordd yr oedd y ffos wedi cael ei greu, â waliau dwfn o glai a gorchudd cuddliw uwch ei ben a glaswellt wedi ei wau i mewn i'r tyllau rhwng y gwifrau. Meddyliodd am yr holl oriau caled o dyllu a gafodd eu chwysu yma, a theimlai'n falch nad oedd wedi cael ei anfon yma gyda'r Engineers. Roedd Bili'n fawr ac yn lletchwith, fel cawr yn y llecyn cul hwn, a chafodd y creadur ei alw'n bob enw gan y dynion eraill wrth iddyn nhw orfod gwasgu heibio iddo wrth gludo nwyddau i fyny ac i lawr y ffos.

Aethon nhw ar hyd cangen arall o'r ffos, un gulach fyth, gan ddod allan yn y llinellau cefn. Yno, roedd rhagor o dywyswyr yn aros i fynd â gwahanol gwmnïau i fyny i'w safleoedd yn y llinell flaen. Mewn distawrwydd llwyr, dilynodd

Steffan a Bili – ynghyd â Doyle a Rigby a'u cŵn hwythau – filwr o'r Signalau a dwy faner yn gwthio allan o'i becyn wrth iddo eu harwain yn igam-ogam drwy'r ffos am tua milltir. 'Baeau' oedd y gair am y darnau syth yma, ac roedd pob un o'r rheiny'n llawn o ddynion, rhai'n pwyso'n erbyn y waliau a oedd wedi eu gwneud o sachau'n llawn o dywod, yn ysmygu ac yn edrych fel petaen nhw wedi syrffedu'n lân. Eisteddai eraill ar duniau petrol yn chwarae cardiau neu'n darllen. Estynnodd un dyn ei law at Bili. Doedd hynny ddim yn beth da. Roedd sylw Bili'n mynd oddi ar ei waith petai rhywun yn rhoi bwyd neu'n ei anwesu. Mae'n rhaid nad oedd neb wedi siarsio'r milwyr traed yma i beidio â rhoi bwyd i'r cŵn, meddyliodd Steffan.

'Na!' meddai Steffan yn siarp, gan synnu ei hun. 'Dim anwesu, a dim bwyd.'

Gwenodd Trigyr arno a dal chwe bys i fyny; yn ddiweddar, roedd o wedi dechrau cyfri'r geiriau roedd Steffan yn eu dweud. Gwenodd Steffan yn ôl arno.

Pan oedd Steffan yn cael cyfle i sbecian dros ochr y ffos, gallai weld yn glir i bob cyfeiriad. Rhedai'r llinell gefn hon ar hyd crib fechan, gan edrych i lawr dros lethrau bryncyn a'r tir gwastad yn y gwaelod a'r coed o'i gwmpas – ac afon, hefyd. Dyma fi, felly, meddyliodd Steffan, dwi yma. Dwi wedi cyrraedd y Somme. A'r tir gwastad ofnadwy hwn, a'r ffosydd fel creithiau cyllell drosto i gyd – dyma lle roedd Twm wedi bod yn ymladd.

Golygfa foel iawn oedd hi: y caeau tatws i gychwyn, yna'r bryncyn, yna'r tir gwastad – ac yna ffensiau'r Almaenwyr a'u gwifrau pigog. Gorweddai pentref Villers-Bretonneux gryn bellter y tu draw i'r llinell, ar flaen y llwyfandir, mewn lle da ar ganol hen ffordd Rufeinig. Dim rhyfedd fod yr Almaenwyr yn awyddus i gael eu bachau ar Villers, meddyliodd Steffan.

Daeth tywysydd newydd allan i gyfarfod Steffan a mynd ag o i'r orsaf gefn, Pencadlys y Bataliwn, a dweud wrtho am roi ei enw i'r Corporal Hunter, y swyddog a oedd yn gyfrifol am y Signalau gyda'r Defoniaid, yr XIV Corps. Dyma nhw'n dod at gornel siarp a grisiau cul, pren. Gwnaeth arwydd ar Steffan i fynd i lawr y grisiau ac ar Rigby a Doyle i fynd yn eu blaenau. Rhoddodd Trigyr ei fraich am ysgwydd Steffan, ond â Bili roedd o'n siarad: 'Ma'r cyfan yn dibynnu arnat ti rŵan, ti fydd yn gorfod siarad dros hwn. Edrych ar ei ôl o. Gofala amdano fo.' Yna wrth Steffan meddai, 'Pob lwc, Steffan.'

'Pob lwc, Trigyr.'

Aeth Steffan a Bili i lawr y grisiau, ryw ddeg troedfedd o dan y ddaear, a'r aer yma'n fwy clòs ac anghynnes fyth, cyn mynd i mewn i stafell fach fyglyd ac un golau trydan, gwan yn ei goleuo. Pyst pren oedd yn dal y nenfwd rhag syrthio ac roedd yna styllod pren ar hyd y waliau. Roedd y nenfwd yn isel a bu raid i Steffan blygu rywfaint wrth sefyll yn y stafell.

Syrthiodd Bili i'r llawr wrth draed Steffan, allan o wynt yn lân. Chymrodd neb ddim sylw ohonyn nhw. Doedd dim sŵn na symud yn y stafell; roedd pawb yn llonydd ac yn canol-bwyntio. Eisteddai dynion o'r Signalau ac o'r Royal Engineers o gwmpas weiarles fawr a chlustffonau am eu pennau. Roedd yna lampau ar gyfer signalau nos, a heliograff – sef y peiriant syml ond clyfar hwnnw a allai anfon negeseuon drwy gyfrwng y Côd Morse, drwy ddefnyddio fflachiadau o heulwen ar ddrych bychan. Roedd stafell fechan arall, un lai na hon, ym mhen arall y stafell, ac ynddi cafodd Steffan gipolwg ar negeswyr eraill – y dispatch riders a'r rhedwyr.

Roedd gwifrau trwchus, fel nadroedd, drwy'r stafell gyfan ac yn arwain allan trwy'r drws. Gwelodd Steffan seinwyr a ffonau Fuller ym mhen pella'r stafell. Diolch i'w gwrs signalau yn Chatham, gwyddai Steffan fod y gelyn yn gallu gwrando i mewn ar y seinwyr heb fawr o drafferth ond roedd y ffonau Fuller – sef peiriannau symudol ar gyfer anfon signalau – yn

149

gallu cael eu defnyddio gyda gwifrau teliffôn neu delegraff, ac felly'n fwy diogel o lawer.

Roedd un ffigwr yn edrych dros fap anferth a'i glust yn erbyn chwyddleisydd.

'Corporal Hunter?' mentrodd Steffan.

Trodd y dyn ei ben gan graffu ar Steffan, yna sylwodd ar Bili. Ymsythodd Corporal Hunter yn sydyn, a'i ben – fel pen Steffan – bron â tharo'n erbyn y nenfwd isel. Roedden nhw bron iawn yr un taldra, ac astudiodd y ddau ei gilydd a'u gyddfau wedi plygu. Neidiodd llygaid y Corporal at Bili unwaith eto.

'Brenin trugaredd – ci?' Tynnodd y Corporal hances o'i boced a sychu'i dalcen. 'Ci? Ci, a phlentyn . . ?'

Be – doedd dim angen Steffan a Bili wedi'r cwbwl? Oedd y dyn yma'n gwybod am waith y cŵn? Doedd o erioed wedi eu defnyddio nhw ar y llinell? Edrychodd Steffan eto ar yr holl offer, ar y gwifrau a'r holl geriach o amgylch y corporal, a dechreuodd amau oedd o yn y lle iawn. Eisteddai Bili'n llonydd, yn disgwyl am ryw fath o orchymyn.

Rhoddodd Hunter y gorau i sychu ei dalcen. Rhythodd eto ar Bili mewn anghrediniaeth.

'Hogyn ysgol, a'i gi . . .'

'Ma'r ci hwn, syr, cystal ag unrhyw ddyn am wneud y gwaith,' meddai Steffan yn bigog.

Edrychodd Hunter arno'n syn cyn ysgwyd ei ben a gwneud sioe fawr o golli ei amynedd. Chwifiodd ei law yn ddilornus i gyfeiriad Steffan.

'Fidget, cer i ddangos i'r bachgen 'ma lle mae o'n cysgu, wnei di?'

Fidget? Lle? Bydda gweld wyneb cyfarwydd yn wych, meddyliodd Steffan. Cododd un o'r ffigyrau amwys o'r gornel gan droi'n siâp hir a thenau cyn dod am y drws a thuag ato. Ie, Fidget oedd hwn, yr un llinyn trôns a welodd Steffan ddiwethaf yn Chatham – hwnnw oedd â'i chwaer yn un dda am wneud teisennau ffrwythau. Cychwynnodd Steffan tuag ato ond trodd Fidget i ffwrdd gan wneud sioe o gerdded yn ofalus heibio i Bili.

'Pen bach!' ebychodd Steffan, yn flin eto, wrth iddo gamu allan trwy'r drws. Tynnodd Bili i'w ddilyn nes eu bod nhw wedi cornelu Fidget, y tri ohonyn nhw yn y fynedfa gul. Doedd o ddim yn hapus fod Fidget, yn amlwg, yn ceisio ymddwyn fel roedd y Corporal yn dymuno iddo ymddwyn.

Taflodd Steffan salíwt i gyfeiriad Hunter a throi, a neidiodd Bili ar ei draed mewn eiliad: anodd credu bod y ci wedi bod yn martsio drwy'r dydd. Arweiniodd Fidget nhw'n ôl i fyny'r grisiau ac ar hyd rhyw ddeg llath ar hugain o'r ffos, heibio i gorneli'r gweision ac at dwll bychan nad oedd fawr mwy na chrafiad yn y wal.

Gwenodd Fidget yn nerfus. 'Dy stafell wely di. Funk-hole – dyna yw'r enw amdanyn nhw yma.' Chwarddodd a rhoi'i law ar ysgwydd Steffan, ychydig yn fwy cyfeillgar, bellach, gan eu bod o olwg Hunter. Ysgydwodd Steffan hi i ffwrdd.

Roedd dau bolyn pren yn dal y nenfwd i fyny. Roedd yna ddau blatfform wedi'u gwneud o ford galed, un uwchben y llall, a bagiau tywod drostyn nhw. Yn ogystal, roedd yna un silff yn dal tuniau o bwli-bîff, tun o jam, tun o *café au lait* ac un arall o fenyn, a hanner torth o fara. Ar silff arall wedyn ar yr ochr, roedd drych, matsys, canhwyllau a thun o sigaréts. Roedd Steffan yn falch o weld y jam, y bara a'r menyn, ac efallai y gallai gyfnewid y bwli-bîff a'r sigaréts gyda rhai o'r milwyr am bethau eraill. Gyferbyn â'r funk-hole gwelodd fod yna silff arall wedi'i thorri'i mewn i wal y ffos, ryw ddwy neu dair troedfedd uwchben llawr y ffos, a rhedai ar hyd y wal yn wynebu'r gelyn. Pe baech chi'n sefyll ar y gris tân, yna byddech yn medru sbecian dros y parapet.

Eisteddodd Fidget ar blatfform isaf Steffan, ar y bagiau tywod, gan gymryd arno fownsio i fyny ac i lawr arnyn nhw. 'Cyfforddus!' meddai, gan ofalu bod ei wyneb yn mynegi rhywbeth *ond* cysur. Diflannodd i mewn i'r funk-hole nesaf a dod yn ôl allan â rhaw. 'Mae croeso i ti ledu rhywfaint arno fo.'

Roedd Fidget yn loetran, yn amlwg ddim ar frys i ddychwelyd i orsaf signalau Hunter. Roedd o'n prysur fynd ar nerfau Steffan erbyn hyn; roedd Steffan yn boeth ac wedi blino, ac yn bigog am ei fod yn gorfod cysgu wrth ymyl dyn oedd ond newydd esgus nad oedd o'n ei adnabod. Yn y cyfamser, roedd sylw Bili – a safai a'i gynffon i fyny'n stiff – wedi ei ddenu gan rywbeth yn rhan Fidget o'r twll. Gwelodd Steffan beth oedden nhw wrth iddo 'nôl Bili.

'Colomennod?' meddai.

'A be sy'n bod ar golomennod?' gofynnodd Fidget yn ansicr; roedd ganddo'i falchder, chwarae teg, ac roedd dirmyg amlwg Steffan wedi'i frifo. Symudodd nes ei fod yn sefyll rhwng y Bili mawr, ffyrnig, a basged fechan y colomennod. Chwarddodd Steffan eto – ei dro o i deimlo'n anghyfforddus bellach. Efallai mai creadures go dwp oedd y golomen, ond roedd Hunter yn amlwg yn defnyddio'r adar i gludo negeseuon.

Yn ôl Richardson, roedd yna dros ugain mil o golomennod yn gwasanaethu'r fyddin. Collodd Fidget ei wên ansicr a dechrau amddiffyn ei adar.

'Mae'r Corporal wastad wedi gallu dibynnu ar fy ngholomennod i. Dwi ddim yn meddwl fod angen ci arno fo.'

Nac oes – oherwydd does yna'r un ci erioed

wedi gweithio yn y sector yma, meddyliodd Steffan. Dyna pam. Colomennod Fidget fyddai dewis cyntaf y Corporal bob tro, felly go brin y câi Bili, druan, ddim cyfle.

'Ehedydd,' meddai Fidget yn ddigon addfwyn gan graffu i fyny drwy nenfwd agored y ffos, a chanu uchel yr aderyn wedi cipio ei sylw. Dringodd yr ehedydd yn uwch ac yn uwch ar adenydd prysur gan greu cylchoedd llydain yn yr awyr borffor. 'Maen nhw'n bwyta ehedyddion, wyddost ti hynny? Y Ffrancwyr. Maen nhw'n eu bwyta nhw.'

Sylweddolodd Steffan cyn lleied roedd yn ei wybod am Ffrainc. Doedd o erioed wedi meddwl ryw lawer am y Ffrancwyr, heb sôn am eu bwydydd. Ond dyma fo rŵan, yma ar y lein – yma yn amddiffyn pobol a oedd yn mwynhau bwyta ehedyddion.

Roedd Fidget yn dal i hofran ac yn ceisio meddwl am rywbeth arall i'w ddweud, a synhwyrodd Steffan ei fod yn awyddus i fod yn ffrindiau. Un od fuodd o erioed, cofiai Steffan, gan deimlo'n euog am fod mor gas tuag ato'n gynharach; doedd dim drwg yn Fidget – un fel yma oedd o, dyna'r cwbl. Yn awr, trawodd ysgwydd Steffan yn ysgafn.

'Ma' hi'n o lew yma, unwaith rw't ti wedi dechrau arfer â'r lle. Ac ma'r Corporal wastad yn swta gyda dynion newydd. Ty'd – mi wna i baned i ni'n dau, ia?'

Llanwodd Steffan bowlen ddŵr Bili, ac roedd wrthi'n gwylio'r ci'n yfed pan ddaeth Fidget yn ôl yn annisgwyl. Byddai'n rhaid i Steffan arfer â thuedd Fidget i ymddangos o nunlle fel rhyw ysbryd.

'Hanner awr o baratoi – a be sy gynnon ni wedyn? Dŵr ffos cynnes, ar y gorau.' Rhoddodd dun o de i Steffan, cyn llyfu'i wefusau a llyncu ei de ei hun. 'Ty'd, yfa fo – *toute suite.*' Roedd rhywbeth rhyfedd ynglŷn ag wyneb y te, ond roedd syched ar Steffan felly cododd y tun i'w geg yn ddiolchgar. Chwarddodd Fidget wrth i Steffan besychu a phoeri.

'Wn i – blas petrol! Mae o ar bopeth yn y lle 'ma. Hen duniau petrol ydi'r bili-cans i gyd.'

Yn nes ymlaen, pan ddaeth yn amser bwyd – neu Rations Up – roedd yr un sglein anghynnes i'w weld dros y cawl llysiau McConochie a gafodd Steffan gan y Cogydd. Methodd yn glir â'i fwyta.

Daeth y nos, tywyllwch a thawelwch, a goleuadau'r pentrefi pell i'w gweld mewn ambell i glwstwr ar y gorwel. Gorweddai Steffan ar ei fagiau tywod, yn ei gôt a'i sgidiau, un flanced drosto a'i fag cit fel gobennydd dan ei ben.

Er bod arno eisiau bwyd, roedd rhyw gysur i'w gael o wrando ar anadlu trwm Bili. Roedd mor falch bod Bili yma'n gwmni iddo – yma, lai na dwy filltir oddi wrth fyddinoedd anferth y Kaiser. Neidiai Steffan fel sgwarnog bob tro y byddai dynion yn cerdded heibio, yn ôl ac ymlaen, wrth iddyn nhw symud drwy'r ffos. Trodd ar ei ochr. Siaradai Fidget yn ei gwsg o bryd i'w gilydd, a byddai'n cymryd tipyn go lew i Steffan ddod i arfer â hynny, yn ogystal â'r bagiau tywod felltith yma.

Drwy rwyd y nenfwd gallai Steffan weld y sêr, a theimlo awel fain y nos yn anwesu ei wyneb. Petai Twm ond yn sgrifennu ato! Roedd yn sicr o wneud hynny, unwaith roedd Lara Puw wedi dweud y cwbwl wrtho, ac roedd hi'n sicr o fod wedi gwneud hynny bellach, siawns. Dim ots beth fyddai ymateb Twm i'r ffaith fod Steffan yn y fyddin, byddai'n dda clywed oddi wrtho'r un fath – a chlywed sut oedd ei dad, hefyd. Efallai y byddai Lara Puw'n sgrifennu ato eto gan ddweud ei bod hi wedi gweld ei dad, a'i fod yn iawn. Pa mor aml y gallai bachgen ysgol ddisgwyl i'w athrawes bywydeg sgrifennu ato? Efallai, hefyd, y byddai hi'n anfon rhywbeth arall i'w fwyta, gyda'r llythyr.

Gwnaeth Bili sŵn cwynfan yn ei gwsg a gwenodd Steffan wrth feddwl bod y ci efallai'n

156

breuddwydio am golomennod Fidget. Tipyn o dasg fyddai cadw Bili'n ddigon pell oddi wrth y colomennod. 'Yn driw, yn ffyddlon ac yn ddewr, hud guriad olaf ei galon', oedd geiriau Cyrnol Richardson. Wrth iddo sibrwd y geiriau, gwyddai Steffan mai i Bili roedd ei ddyletswydd gyntaf, dim ots faint roedd arno eisiau gweld Twm; gwyddai fod gofyn iddo yntau hefyd fod yn driw, yn ffyddlon ac yn ddewr, gan aros gyda Bili – dim ots beth fyddai ar Twm eisiau iddo'i wneud. A phetaen nhw'n cael y cyfle, yna roedden nhw am ddysgu gwers i Corporal Hunter – gan ddangos iddo'n union beth allai 'hogyn ysgol a'i gi bach' ei wneud.

31 Mawrth 1918
Ychydig filltiroedd i'r dwyrain
o Villers-Bretonneux

Trawodd llygoden faes ddeilen sych â'i phawen flaen. Doedd hi'n ddim mwy na maint pêl tenis-bwrdd, ond roedd Bili wedi sylwi arni, a gorweddai'n awr ar ei fol a'i drwyn yn crynu'n beryglus a'i nerfau i gyd yn dynn fel gwifrau piano. Tynhaodd Steffan ei afael ar dennyn y ci, gan deimlo edmygedd mawr tuag at y llygoden fechan hon. O'i chwmpas hi ym mhobman drwy'r tir peryglus hwn, roedd yna ddigon o ddur i rwygo perfedd y ddaear ac i chwythu rhywbeth bach fel hi fil o droedfeddi i fyny i'r awyr.

'Na,' meddai Steffan, gan siarsio Bili i adael llonydd i'r llygoden faes. Am wyth diwrnod bellach doedd Ceidwad Roberts, o Ddeunawfed Adran yr 2ail Ddefoniaid, wedi gwneud dim byd mwy cyffrous na gwylio Bili'n hambygio'r llygoden faes. Os nad oedd Bili'n rhythu'n fygythiol arni, yna roedd yn syllu ar fasged y colomennod. Roedd Corporal Hunter yn meddwl y byd o'i ffôn Fuller ac o'i golomennod, a doedd o ddim yn gweld fawr o werth mewn cŵn.

Yn y prynhawniau byddai Steffan a Fidget yn chwarae rymi gan ddefnyddio'r pac o gardiau a anfonodd Jo ato. Er ei fod wedi ennill ddoe, teimlai Steffan bwl o hiraeth bob tro yr edrychai ar y cardiau. O leiaf roedd ei lwc wrth chwarae cardiau wedi aros gyda fo bob cam o Lanaber i'r Somme. Efallai mai gan Fidget roedd y colomennod roedd Hunter mor hoff ohonyn nhw, ond roedd y cardiau gorau wastad gan Steffan.

Cododd Steffan i nôl brws Bili a neidiodd Bili i'w draed, gan anghofio popeth am y llygoden. Byddai'n ymateb i bob un wan jac o symudiadau Steffan – hyd yn oed i symudiad ei fys bach – rhag ofn mai arwydd oedd o fod ar Steffan angen iddo wneud rhywbeth. Teimlai Steffan bigiad yn ei galon bob tro y gwelai'r brwdfrydedd hwn, y parodrwydd i gael ei anfon i ben pella'r byd petai ei feistr yn dymuno iddo wneud hynny. Petai'r Corporal ond yn rhoi un cyfle bychan iddyn nhw!

Taflodd Steffan olwg dros ymyl y parapet wrth iddo godi. Gwelodd bioden yn loetran yng nghanol y chwyn yn syth o'i flaen, a'r tir gwastad yn fwy a mwy sinistr wrth i'r ddau elyn wylio'i gilydd yn ofalus, ill dau'n ofni'r ymosodiad oedd yn sicr o ddigwydd yn hwyr neu'n hwyrach, ond yr un ohonyn nhw'n gwybod pryd. Roedd y tir hwn yn hollol lonydd yn ystod y dydd ond yn llawn prysurdeb yn ystod y nos, a dynion yn symud drosto fel moch daear, yn tyllu a thwnelu a gosod gwifrau.

Doedd dim tamaid o liw i'w weld arno yng ngolau cryf yr haul. Dim gwrychoedd, chwaith – dim un fronfraith, dim dail a dim coed. Dim ond pïod. Pïod a phryfaid gleision – y naill yr un mor farus â'r llall. Rhyw le rhyfedd ar y naw oedd hwn, o ystyried bod cymaint o ddynion yn barod i frwydro amdano. Doedd yn ddim byd tebyg i fryniau a chlogwyni a hen gloddiau carreg Llanaber. Roedd yn werth ymladd dros rywle fel Llanaber.

Cododd cwmwl o lwch llwyd oddi ar gôt Bili wrth i Steffan ei brwsio. Pan oedd o'n lân, roedd y streipiau melyn ar gôt Bili'n gallu sgleinio fel aur. Sychodd Steffan y llwch o'i lygaid cyn mynd ati i dorri rhywfaint ar y ffwr a oedd yn tyfu rhwng pawennau Bili, tra oedd hwnnw'n gorwedd ac yn canu grwndi'n hapus braf, a'i lygaid wedi'u hoelio ar y llygoden. Chwifiodd Steffan ei siswrn ar gwmwl o wybed. Os nad oedd yna bryfaid yn eich poeni yn y lle yma, yna roedd y gwybed wrthi. Neu Fidget. Roedd hwnnw wastad yno, yn fwrlwm o newyddion drwg. Byddai Trigyr yn well cwmpeini o lawer. Tybed a oedd ei gŵn o wedi cael eu defnyddio bellach?

Sychodd Steffan y chwys oddi ar ei dalcen.

'Mae hi'n rhy dawel, yn rhy dawel o beth wmbredd,' cwynodd Fidget, gan chwythu cylch o fwg o'i sigarét Woodbine i gyfeiriad y nenfwd rhwyd. 'Dwi ddim yn leicio'r tawelwch yma. Ma'n golygu bod yr ymosodiad am ddigwydd unrhyw funud, Steffan, yr ymosodiad ar y ffrynt yma. Ma' gynnon ni un deg naw adran o filwyr troed, tra bo ganddyn *nhw* . . .' – chwifiodd Fidget ei Woodbine i gyfeiriad y gelyn – ' . . . chwe-deg pedwar ohonyn nhw. Maen nhw wedi taro Paris â'u bomiau eto fyth, glywist ti? Ar Sul y Blodau, ac yna wedyn ar ddydd Gwener y Groglith. Roedd pawb yn yr eglwys, Steffan, ar eu gliniau'n gweddïo, pan fuon nhw farw.'

Y peth callaf i'w wneud oedd anwybyddu Fidget a'i holl straeon, ond roedd Steffan yn gwybod bod llawer o'r milwyr troed *yn* tueddu i wrando arno. Roedd dynion y gwasanaeth Signalau'n gwybod mwy o gryn dipyn nag a wyddai'r milwyr troed cyffredin, a oedd bron byth yn cael gwybod dim byd, felly roedd geiriau Fidget yn cael eu hailadrodd ymhob twll a chornel i fyny ac i lawr y lein. Roedd y straeon hyn yn cael eu cyfnewid yn ystod pob amser bwyd, gan gryfhau drwy'r amser, a Fidget oedd yr un i'w dechrau nhw yn y lle cyntaf.

'Heddiw, ma'r hen Fritz yn brysur i'r de o'r rheilffordd, yn gwthio'r Ffrancwyr yn eu holau. Ond yma – wel, mae'n rhy dawel yn y sector yma. Ma' hi am fod yn uffernol yma, Steffan, dyna i ti pam mae Haig yn anfon mwy a mwy o filwyr – o Awstralia, ac o Seland Newydd, ac o ble bynnag y mae'n gallu eu cael nhw – maen nhw i gyd ar eu ffordd i fyny yma.'

Aeth tridiau arall o'r tawelwch bygythiol, sinistr hwnnw heibio. Âi'n boethach ac yn boethach gyda phob un diwrnod – pob munud, hyd yn oed. Trodd Bili'n aflonydd ac yn fwy blin wrth i fasged y colomennod aros ar gau. Roedd y llygoden faes wedi hen fynd i rywle arall, a dim ond basged y colomennod oedd gan Bili i fynd â'i sylw'n awr. Chwyrnodd wrth i filwr fynd heibio'n llusgo gwifrau ar hyd y ffos, ac edrychodd Steffan arno'n bryderus. Roedd tipyn o amser ers i Bili chwyrnu fel yna ddiwethaf, ond erbyn hyn roedd o mor bigog â theigr mewn caets. Ac roedd yna oleuni rhyfedd yn ei lygaid aflonydd heddiw. Edrychodd Steffan ar y llyfr Negeseuon Maes, y llyfr gwyrdd a'r rhif 153 arno lle roedd o i *fod* i nodi popeth roedd o wedi'i wneud, pob dyletswydd, a orweddai ar y silff wrth ymyl y gannwyll. Dim ond tasgau bychain, dibwys a gâi Steffan i'w gwneud gan Corporal Hunter, pethau pitw fel glanhau'r heliograff a'r lamp Aldis.

Y tu ôl i Fidget, roedd un o negeseuwyr y gatrawd yn paratoi ei fflagiau coch a gwyn ac yn agor ei focs dur, du. Hwn fyddai'n dod heibio â'r post bob amser swper. Ble bynnag y byddai'n agor ei focs, yno roedd lleoliad Swyddfa Bost Pencadlys y Bataliwn. Os oedd y bocs ar agor a'r faner i fyny, yna roedd y Swyddfa Bost ar agor.

Wrth iddo wylio'r negesydd, meddyliodd Steffan mor braf fyddai cael rhagor o fyns a mêl. Dim ond 'nôl yn y gwersyll cychwyn roedd hawl derbyn parseli, ond gallai Steffan anfon cerdyn post at Lara Puw rŵan yn diolch iddi ac yn holi ynghylch ei dad. Efallai y byddai hithau wedyn yn anfon rhywbeth yn ôl ato.

Daeth Steffan o hyd i gerdyn post yng ngwaelod ei bac. Roedd golwg ddi-raen arno, a ddim ond yn ddigon da i'w anfon at athrawes os oeddech chi'n sgrifennu ati o'r ffosydd. Roedd un diwrnod ar ddeg bellach ers iddo dderbyn ei llythyr hi. Byddai Twm wedi cael gwybod y cyfan erbyn hyn. Trodd Steffan y cerdyn yn ei law, drosodd a throsodd. Pan oedd o'n hyfforddi yn Lloegr, doedd o ddim wedi ystyried beth fyddai ymateb Twm, dim ond meddwl am Ffrainc a dyheu am gael dod yma. Rŵan, ac yntau yma o'r diwedd, allai o ddim peidio â phoeni am y peth. Oedd Twm yn debygol o'i orfodi i fynd adref, yn swyddogol? Oedd ei frawd yn dal i fod gartref – neu oedd ei wyliau wedi dod i ben? Rhoddodd Steffan y cerdyn yn ôl yn ei bac, wedi penderfynu peidio â sgrifennu at Lara Puw wedi'r cwbwl. Roedd am aros nes iddo glywed rhywbeth oddi wrth Twm.

Gyda Fidget, cerddodd Steffan heibio i'r Swyddfa Bost ac i gyfeiriad y rhes o ddynion a oedd yn aros yn y gegin, pob un yn ei blyg.

Roedd hi'n amhosib i neb fedru sefyll i fyny'n syth yn ffos y Cogydd. Roedd y ddau ddyn a oedd yn sefyll o'u blaenau nhw ar ganol sgwrs.

'Mae Ludendorff wrthi'n adeiladu rheilffordd newydd . . . mae ei Wasanaeth Rheilffordd wrthi fel lladd nadroedd, ar gyfer yr holl arfau y mae o am eu cludo yma.' Wrth gwrs, roedd sgwrs ddigalon fel hon yn fêl ar fysedd Fidget. 'Ni yw'r bataliwn Prydeinig olaf ar yr ochr dde – 'mond y Ffrancwyr sydd yna ar ein holau ni . . .'

'Helô, 'ngwas i, ty'd i gael tamaid o ginio . . .'

Dyna beth ddywedai'r Cogydd wrtho bob amser bwyd. Roedd Steffan wedi hen arfer cael ei alw'n washi neu 'ngwas i – roedd y Cogydd wastad yn glên ac yn garedig wrth Bili. Fel y rhan fwyaf o'r dynion, teimlai ryw barchus ofn tuag at Bili.

Yn ôl yn ei funk-hole, rhoddodd Steffan ei dun bwyd i lawr gan droi'i drwyn. Os oedd y bwyd mor ddiflas â hyn yma, sut goblyn oedd o ar y Ffrynt ei hun? Un dorth o fara caled rhwng deuddeg o ddynion, yn ôl Fidget, a dim bwyd poeth o gwbwl. Roedd Fidget newydd roi ei ben-ôl ar focs gwag, arwydd pendant ei fod yn barod am gêm o rymi.

'Fory y bydd o, yr ymosodiad,' meddai Fidget am y canfed tro a'i lygaid yn neidio i bob cyfeiriad. Roedd o'n swnio'n sicr o hyn ddoe, ac echdoe, a'r diwrnod cynt, ac yn awr chwifiodd ei freichiau i gyfeiriad y tomennydd o arfau a bwledi a oedd wedi ymddangos ym mhobman ar hyd y lein.

Dyma nhw'n rhoi'r gorau i'w gêm er mwyn gwylio dau filwr yn mynd dros y parapet ar eu boliau gyda phleiars a riliau trwm o wifren. Gwaith y dynion hyn oedd gosod a thrwsio'r gwifrau. Doedd neb yn mwynhau'r gwaith ond roedd yn rhaid iddo gael ei wneud neu fel arall, fyddai'r ffôn Fuller ddim yn gweithio. Yn wir, roedd dros saith mil o filltiroedd o wifrau trwchus wedi'u cuddio a'u claddu ar hyd y Ffrynt hwn. Roedd yn waith peryglus dros ben. Doedd y tir ddim yn dir da iawn; petaech chi'n tyllu'n ddyfnach na thair troedfedd, fe fyddech chi mewn dŵr, ac roedd saethwyr y gelyn wrth eu bodd yn defnyddio'r milwyr lein fel targedau diddorol.

Roedd cardiau go dda gan Steffan . . . eto. Roedd ar fin ennill pum ffranc ac yn aros i Fidget ailddechrau chwarae pan gyrhaeddodd Corporal Hunter â reiffl yn un llaw a lamp Aldis yn y llall. Doedd symud ar hyd y ffos â chymaint o lwyth ddim yn hawdd a symudodd Steffan i'r ochr gyda Bili; roedd wedi hen ddeall mai peth doeth oedd cadw o'r ffordd pan fyddai Hunter yn galw heibio.

'Fidget – cer i baratoi'r colomennod i hedfan, wnei di? Dydi'r radio ddim yn sâff, ma'r Almaenwyr yn gallu clywed y signalau. Bydd rhywun yma i nôl y colomennod ymhen hanner awr.'

I ffwrdd â Hunter.

'Mi ddaw yn y bore – mi ddaw'r ymosodiad ben bore fory.' Roedd cymysgedd rhyfedd o bryder a balchder ar wyneb ansicr Fidget. 'Mi fydd o'n dibynnu ar 'y ngholomennod i.'

Amhosib oedd cysgu'r un winc y noson honno. Roedd angen archwilio'r holl wifrau, yna'u harchwilio eilwaith, ac angen gosod rhagor. Roedd dynion lein a thrwsio offer i mewn ac allan o'r Orsaf Signalau drwy'r nos. Gorweddai Steffan ar ei blatfform uwchben Bili, yn gwrando arno'n anadlu ac yn meddwl tybed, tybed a oedd Fidget yn iawn y tro hwn.

4 Ebrill 1918
Ychydig filltiroedd i'r dwyrain
o Villers-Bretonneux

A m hanner awr wedi pedwar fore trannoeth, safai Llinellau'r Cynghreiriaid yn barod mewn tywyllwch a hen niwl gwlyb, annifyr. Am chwarter i bump, dechreuodd gynnau mawr y gelyn fytheirio mwg a thân, mewn ymosodiad a wnaeth i'r nos grynu. Roedd y ddaear i gyd yn ffrwydro ac roedd calon Steffan yn carlamu'n wyllt fel petai'n ceisio efelychu taranau'r gynnau. Dechreuodd ei glustiau frifo oherwydd sgrechiadau'r ffrwydron Howitzer a gallai deimlo'r gwythiennau ar ei dalcen yn gwingo dan ei gnawd.

Uwch ei ben, roedd y bwledi hefyd yn sgrechian ac yn udo heibio. Cadwodd Steffan ei law ar ben Bili ond, yma yn y ffos ddwfn, dywyll, roedd Bili i'w weld yn ddigon bodlon – heblaw am lafoerio ychydig gan fod sŵn y ffrwydron, iddo fo, yn golygu bwyd.

Torrodd y wawr yn gyndyn, gan daflu goleuni

budur dros faes y gad. Ymddangosodd awyrennau Prydeinig allan o'r niwl cyn diflannu eto dros ffosydd y gelyn. Aeth yr ymladd ymlaen ac ymlaen, un awr ar ôl y llall, trwy'r bore, fel petai pob un gwn yn y byd yn tanio, a'r tir gwastad yn edrych fel petai'n llawn o lwyni tân, diolch i'r holl ffrwydron, a phob un yn sgrechian fel rhywun mewn poen.

Er ei fod bellach, i raddau, wedi dygymod â'r sŵn, roedd Steffan yn dal i grynu trwyddo ag ofn. Gwyliodd gan geisio dod o hyd i ryw fath o synnwyr a rheswm yn yr holl lanast o'i gwmpas. Ffrwydradau mawr oedd y rhai a oedd yn taro'r ddaear, gan daflu cerrig a phridd ddeg troedfedd ar hugain a mwy i fyny i'r awyr. Gwibiai darnau ohonyn nhw dros ddau ganllath i bob cyfeiriad – digon i ladd rhywun petai un ohonyn nhw'n digwydd eich taro. Shrapnel oedd y rheiny a ffrwydrai yn yr awyr. Roedd y gynnau hir yn cyfarth ac yna'n sgrechian wrth danio, a'r gynnau tair modfedd yn clecian ac yn chwyrnu'n ddi-baid.

A'i ddwylo'n crynu, cododd Steffan y perisgop ffos trwm. O'i ddefnyddio, gallai weld beth bynnag oedd yno i'w weld yn y niwl heb godi'i ben uwchben y parapet. Ceisiodd chwilio am safleodd gwylio blaen Corporal Hunter.

Roedd yna loches Brydeinig fwy neu lai'n

union o dan safle Steffan. Yno roedd Signalwyr blaen Hunter, un o dri safle lle'r arweiniai'r gwifrau tanddaearol trwchus. Roedd tair gwifren gysylltu bymtheg llath oddi wrth ei gilydd ond yn arwain i'r un cyfeiriad, gydag ysgolion yn eu cysylltu, bob hanner canllath, rhwng Gorsaf Signalau Hunter a'r safleoedd blaen hyn. Gallai'r llinellau hyn weithio hyd yn oed ar ôl cael eu torri mewn saith deg lle. Rhedai gwifrau eraill yn ôl o'r Orsaf Signalau i Bencadlys y Frigâd, lle roedd y swyddogion pwysig.

Llithrodd Fidget heibio i bostyn pren cuddfan Steffan, a'i aeliau'n neidio i fyny ac i lawr ar ei dalcen. Roedd y sŵn yn rhy uchel iddo fedru siarad yn glir, ond â'i ddwylo esgyrnog, tynnodd Fidget lun yn yr awyr o golomen yn esgyn o'r ddaear ac yn cylchdroi. Sylwodd Steffan fod bysedd Fidget hefyd yn crynu – diolch byth! – a bod golwg yr un mor ofnus â Steffan arno. Nawr, pwyntiodd Fidget at y niwl cyn rhoi'i fraich dros ei ben. Doedd y colomennod, meddai hyn i gyd, ddim yn hoffi'r niwl yma, ac roedden nhw'n gwrthod hedfan ynddo. Petawn i'n Corporal Hunter, meddyliodd Steffan, fyddwn i byth yn rhoi cymaint o ffydd mewn colomennod.

Ac roedd y lamp Aldis yn fwy di-ddim fyth mewn niwl fel hwn, ac roedd yr un peth yn wir am yr heliograff. Niwl oedd y tywydd gwaethaf posib i unrhyw Orsaf Signalau. Os na fedrai'r Corporal ddefnyddio'r radio, na cholomennod, na'r lamp Aldis a'r heliograff, yna byddai'n gorfod gweddïo y byddai'r gwifrau trwchus yn dal, gan ddibynnu ar y rhedwyr, neu fel arall byddai pob bataliwn yn y sector yma'n methu â chysylltu â Phencadlys y Frigâd.

'Mae'n ôl reit, Steffan!' bloeddiodd Fidget wrth iddo adael am yr Orsaf Signalau. 'Maen nhw'n dal eu gafael ar y llinell flaen yma. Mae bechgyn y Ddeunawfed yn dal eu tir yn reit dda.'

Erbyn hanner dydd, roedd sŵn tanio'r gelyn yn debycach i gorwynt gwyllt na dim byd arall. Cafodd y ddaear, druan, ei cholbio gan y ffrwydron nes iddi chwydu ei pherfeddion i fyny i'r cymylau. Doedd bosib fod y llinellau cyswllt yn dal i fod yn gweithio? Ac os oedden nhw, yna sut yn y byd oedden nhw wedi dal drwy'r holl ffrwydradau? Roedd y Man Gwylio – yr unig un a oedd yn ddigon agos i fedru cael ei weld yn y niwl – yn ei chael hi go iawn.

Trodd Steffan oddi wrth y perisgop. Doedd yna fawr o bwynt edrych trwyddo gan ei fod yn neidio dros y lle i gyd bob tro y byddai'r ddaear yn crynu dan nerth y ffrwydron. Amhosib oedd gwybod be oedd yn digwydd.

Daeth Fidget yn ei ôl, a'i lygaid penwaig yn

awr yn llawn braw. 'Mae'r Pedwerydd ar Ddeg – y rheiny oedd yn y llinell flaen, yn y gogledd – maen nhw wedi syrthio'n ôl!'

Cydiodd Steffan yn ei berosgop, a chan ddefnyddio'i fysedd i wneud y twll yn ochr y ffos yn ddigon mawr iddo fedru gweld trwyddo â'r ddwy lens, edrychodd allan. Roedd y Man Gwylio'n siglo fel cwch mewn storm . . . ac yna chwalodd yn ddarnau mân o flaen ei lygaid, gan ddiflannu fel petai wedi ei wneud o flawd.

Gwaeddodd un o'r milwyr o waelod y grisiau pren, 'Allwn ni ddim cysylltu â'r Cwmni Blaen ar yr Ochr Chwith – rhyw wyth can llath i'r dwyrain o'r rheilffordd.'

Bloeddiodd Fidget yng nghlust Steffan, 'Maen nhw wedi torri'r gwifrau! Mae'r holl ffrwydron wedi effeithio ar y gwifrau!'

Ar orchymyn Corporal Hunter, sgrialodd dau ddyn lein ar eu boliau allan dros y parapet. Gyda braw, gwyliodd Steffan nhw'n cropian i lawr y llethr a dim byd ond eu gwifren mewn un rholyn mawr, eu pleiars, eu tâp, eu pinnau a'u cyllyll poced. Oedden nhw, mewn difrif calon, yn gobeithio cael y gwifrau teliffôn i weithio pan oedd y byd cyfan yn cael ei droi â'i ben i lawr fel hyn? Tybed a fyddai o, meddyliodd, petai rhywun yn gorchymyn iddo, yn ddigon dewr i allu cropian i lawr y llethr ofnadwy yna?

Llithrodd y dynion lein yn eu blaenau, gan aros i daro'r lein bob hyn a hyn a galw'r orsaf signalau. Gallai Steffan glywed atebion y milwyr oddi tano.

'Signalau Cwmni A yn iawn.'

Yna galwad arall, oddi wrth weithredydd y ffôn Fuller i'r Pencadlys: 'Mae'r wifren drwchus wedi'i thrwsio, mae'r lein drwodd i Gwmni A.'

'Dim cysylltiad â Chwmni B!' gwaeddodd y milwr. 'Dim signal oddi wrth Gwmni B!'

Yna daeth ffrwydradau sydyn, fel mellt haf. Ffrwydrodd cawod o oleuni a gwreichion glas o ochr bellaf y gamlas.

Ac yna daeth sŵn gongiau'n cael eu taro a chesi pres gwag yn cael eu waldio – hwn oedd y larwm, neu'r seiren nwy. Roedd yr Almaenwyr yn ateb gynnau'r Prydeinwyr gyda ffrwydron nwy.

'Anfonwch y dynion allan i'r awyr agored!' sgrechiodd rhywun o'r Orsaf Signalau. Roedd y niwl yn awr yn llawn o fysedd melynwyrdd, sinistr, tew.

Cydiodd Steffan ym mraich Fidget. Gallai weld rhywun yn rhedeg tuag at eu ffos, allan yng nghanol y ffrwydron a'r cymylau o gerrig a phridd. Ai rhedwr o Gwmni B oedd o? Roedd yn nes yn awr, bron iawn â chyrraedd y parapet, a safai Corporal Hunter yno wrth y gris tân, yn barod i'w adael i mewn.

Gwelodd Steffan y rhedwr yn siarad, a'r corporal wedyn yn troi ac yn ailadrodd ei neges drwy ei floeddio i lawr y grisiau.

'*Enemy outposts* . . . milwyr y gelyn! Tu ôl i'r llinell flaen, i'r gogledd-ddywrain . . . Cwmni B wedi cael ei wthio'n ôl, ac un orsaf signalau wedi ei dinistrio'n llwyr. Mae'r Pedwerydd ar Ddeg wedi gorfod tynnu reit yn ôl. Mae'r gelyn o fewn pedwar canllath i Villers.'

Lle oedd y rhedwr arall? Roedden nhw wastad yn cael eu hanfon allan mewn parau, hyd yn oed os mai ond un neges oedd ganddyn nhw, yn y gobaith y byddai o leiaf un ohonyn nhw'n llwyddo i gyrraedd y pen arall. Cipiodd Steffan ei berisgop eto a rhythu allan – a dyna fo, yn baglu'i ffordd i fyny'r llethr a staen mawr tywyll ar ei fron, fel blodyn mawr coch yn agor fesul tipyn. Doedd bosib ei fod wedi mynd yn bell iawn gyda'r fath anaf? Gallai Steffan ei glywed yn sgrechian, hyd yn oed dros udo byddarol y gynnau. Rhoddodd Steffan un droed ar y gris tân ond tynnodd Corporal Hunter ef yn ôl; gyda'i gilydd, safodd y ddau yno'n methu â gwneud dim byd wrth i'r rhedwr, druan, syrthio a'i law ar ei fron, a marw yno ond hanner canllath oddi wrthyn nhw. Crynodd Steffan o'i gorun i'w sawdl. Doedd *neb* yno a allai helpu'r creadur? Roedd Fidget a'r dynion eraill i gyd

173

wedi troi eu pennau i ffwrdd. Arhosodd Steffan yno'n rhythu, yn chwilio am unrhyw arwydd o fywyd, nes iddo weld y swigod coch yn byrlymu allan o geg y rhedwr.

Yna trodd yntau ei ben i ffwrdd, hefyd.

'Maen nhw wedi tynnu'n ôl, mae'r llinell flaen wedi tynnu'n ôl!' gwaeddodd Hunter. 'Fedran nhw ddim gwneud heb y Pedwerydd ar Ddeg!'

Cipiodd y Corporal berisgop Steffan a rhythu drwyddo. Roedd dau grych dwfn yn ffrydio i lawr ei dalcen fel dau ddyffryn. Gwaeddodd ar ddau ddyn lein arall i fynd allan dros y top i drwsio'r gwifrau, a gwelodd Steffan ei lygaid yn dawnsio i gyfeiriad y wal o dân yr ochr arall i'r gamlas. Oedd y Corporal o ddifri'n credu fod unrhyw obaith gan y dynion yma? Oedd o, wrth eu hanfon nhw allan, yn gwybod nad oedden nhw'n debygol o ddod yn eu holau? Roedd dyn lein arall yn gwthio'i ffordd ar hyd y ffos at Hunter.

'Ma'r holl ffrwydron wedi torri'r gwifrau i gyd, syr . . . Does dim pwynt, syr, maen nhw'n cael eu torri'n ddarnau mân cyn gynted ag y maen nhw'n cael eu gosod.'

'O Dduw mawr . . .' sibrydodd Hunter, a'i wyneb yn bictiwr o fraw. 'Dim signalau, ac allwn ni ddim gosod llinellau newydd nes iddi dywyllu. 'Mond y rhedwyr sy gynnon ni a does dim gobaith caneri ganddyn nhw – mae'r Almaenwyr wedi cymryd y twnnel o dan y gamlas – byddai'n rhaid iddyn nhw nofio drosodd.'

Brysiodd Hunter yn ôl i lawr i'r Orsaf Signalau. Oddi yno daeth rhagor o weiddi, amhosib ei ddeall. Gwaeddodd Fidget ar Steffan i ddweud bod y Ffrynt Blaen wedi tynnu'n ôl eto, a'u bod nhw'n methu â dal eu tir. Daeth dyn i fyny'r grisiau a'i wyneb yn wyn a'i lygaid yn llawn ofn – rhedwr newydd, a Hunter y tu ôl iddo. Edrychodd Hunter i gyfeiriad y gamlas a'r tân a oedd yn dod yn nes ac yn nes bob awr.

Edrychodd Steffan ar wyneb y rhedwr. Yna edrychodd i lawr ar Bili, a oedd yn eiddgar a pharod. A fyddai ei angen o rŵan? gofynnodd ei lygaid crwn. Gyda thon o gariad yn codi'r tu mewn iddo, gwelodd Steffan y pen mawr sgwâr a'r ddwy glust fel dwy aden, a theimlo lwmp yn codi'r tu mewn i'w wddf. Lle Bili oedd mynd, yn hytrach na'r dyn druan hwn – roedd y ci'n gyflymach, yn is oddi ar y ddaear, ac roedd ganddo well siawns o lawer.

'Na, syr. Peidiwch ag anfon dyn arall. Anfonwch fy nghi i, syr.'

Trodd Hunter. 'Anfon *ci*?' Ysgydwodd ei ben yn biwis.

'A-anfonwch y ci, syr,' meddai Steffan. 'Arbedwch y dyn ac anfonwch y ci.' Symudodd

Bili'n nes at Steffan, ei gynffon yn dechrau ysgwyd. 'Mae o wedi cael ei hyfforddi ar gyfer hyn, syr.'

Edrychodd Hunter allan dros y tir gwastad.

'Mae o gystal ag unrhyw ddyn, syr. Yn *well* nag unrhyw ddyn. Anfonwch o i fyny at Gwmni B gyda'r rhedwr, syr, ond gadewch i'r ci redeg yn ôl â'r neges. Mae o'n nofiwr cryf, syr.'

'O'r gorau.' Caeodd Hunter ei lygaid a nodio. 'O'r gorau, fe rown ni gynnig arni.'

'Bendith Duw arnat ti, boi,' sibrydodd y rhedwr, o waelod ei galon, wrth Steffan.

Penliniodd y bachgen ar y llawr simsan wrth ymyl Bili. Roedd y ci mor dal ac mor falch, teimlodd Steffan ei galon yn chwyddo.

'Gwna dy ora, Bili bach! Ma' hyn yn bwysig. Cadw dy hun yn isel. A thy'd yn ôl. Yn fwy na dim, Bili, ty'd yn ôl.'

Cododd Steffan a rhoi'r tennyn yn llaw parod y rhedwr.

Ddwy awr yn ddiweddarach
Ychydig filltiroedd i'r dwyrain
o Villers-Bretonneux

Roedd y ddwy ochr yn aros, y ddwy'n gwylio, a'r ddwy ar bigau'r drain. Tawelodd y sŵn ffrwydro fesul tipyn, ac wrth i'r niwl ddiflannu'n raddol, daeth mwy a mwy o'r tir gwastad i'r golwg. Doedd braidd dim o'r llinell flaen ar ôl, dim ond ambell i blatŵn yma ac acw. Tomennydd digalon o rwbel oedd llochesi Cwmni A a Chwmni B bellach. A doedd dim modd cysylltu â Chwmni C.

Safai Hunter wrth ochr Steffan, yn gwrando ar un o'r dynion lein.

'Gormod o doriadau, syr, llawer gormod o doriadau – does gyda ni ddim syniad lle mae'r dynion – *os* ydyn nhw'n dal yn fyw . . .'

Teimlai Steffan yn swp sâl wrth iddo graffu dros y tir gwastad. Cafodd Bili a'r rhedwr eu hanfon at Gwmni B, neu at ble roedd Cwmni B ar un adeg, ychydig i'r chwith oddi wrth lle roedd Steffan – tua deg o'r gloch ar wyneb cloc.

Ac yn ôl Fidget, roedd yna glystyrau o'r gelyn yn sicr o fod wedi croesi llinell Prydain, ond ychydig i'r gogledd. Steffan anfonodd Bili allan. Doedd ganddo neb i'w feio ond fo'i hun. Ac os oedd rhywbeth wedi digwydd i'r ci, yna doedd profi ei fod yn fwy effeithiol na'r ffôn Fuller ddim yn bwysig o gwbl.

Am y canfed tro, edrychodd Hunter i fyny ac i lawr y llinell hyd ochrau'r gamlas, ei dalcen yn sgleinio â chwys. Trodd yn sydyn at Steffan.

'Ydi o wedi gwneud hyn o'r blaen? Ydi'r ci yna wedi gweithio'r sector yma cyn heddiw?'

'Nac ydi, syr, ond mi lwyddith o. Cewch weld, syr.'

Tynnodd y Corporal ei gap er mwyn sychu'i dalcen, ac am y tro cyntaf sylweddolodd Steffan nad oedd Hunter fawr yn hŷn na Twm.

'Ydi o wedi gweithio ar unrhyw linell cyn hyn, yn unrhyw le o gwbwl?'

'Nac ydi, syr, ond mi fedrith o neud y gwaith, wir i chi. Lawn cystal ag unrhyw ddyn.'

Roedd Steffan yn hyderus y byddai Bili'n llwyddo: roedd y ci'n gwybod beth i'w wneud. Gallai redeg adref o rywle, o unrhyw bwynt ar y cwmpawd. Roedd yn gryf ac yn hollol ddi-ofn, a phetai ond yn fater o redeg o'r llinell flaen i'r llinell ôl, byddai Bili'n sicr o lwyddo – ond os oedd y llinell flaen wedi'i chwalu, ac os oedd y gelyn wedi'i chroesi . . .

'Ydan ni o ddifri wedi dod i hyn? Gorfod dibynnu ar gi?' gofynnodd Hunter gan sychu'i dalcen drosodd a throsodd.

Cydiodd Fidget ym mraich Steffan, a phwyntio. 'Steffan – fan acw!'

Daeth sŵn y Cogydd yn bloeddio o'r gegin.

'Dacw gi'r hogyn hwnnw – fan acw – drychwch!'

A rhagor o weiddi o wahanol rannau o'r ffos.

'Ci'r hogyn bach hwnnw – mae'r ci wrth y gamlas!'

Rhedodd dau filwr atyn nhw gan sefyll wrth ochr Hunter. Edrychodd Steffan allan a'i galon yn carlamu'n wyllt. A dyna lle roedd o, yr ochr yma i'r gamlas, y cawr brenhinol, can pwys o gryfder pur, yn ei ysgwyd ei hun cyn rhedeg yn ei flaen yn ddidrafferth a di-frys. I lawr â fo'n awr at y reilffordd a oedd o'r golwg. Daliodd Steffan ei wynt.

'Ci clyfar, 'na hogyn da – dyna chdi, aros o'r golwg,' sibrydodd Steffan. Llusgodd y munudau heibio. Rhy hir, rhy hir – dylai Bili fod i fyny'n ei ôl erbyn hyn. Cafodd Steffan gip o gornel ei lygad ar Hunter yn ysgwyd ei ben o ochr i ochr. Brathodd Steffan ei dafod. Na, roedd Hunter yn anghywir, roedd Bili'n siŵr o ddod i fyny'n ei ôl, ond ble? Yna cydiodd Fidget yn ei fraich eto, gan bwyntio. Roedd y ci allan yn awr ac yn cadw'n isel at y ddaear, fel teigr, ei gorff pwerus yn sarffu heibio i dyllau a thomennydd rwbel a darnau peryglus o haearn. Gwyliodd pawb wrth i Bili symud mewn hanner cylch heibio i ochr twll dwfn.

'Gwyrthiol . . .' meddai Hunter.

Yn ei galon, gallai Steffan weld y clustiau triongl du a'r llygaid gloyw, a chlywed trotian cadarn y pawennau dros wyneb y ddaear. Petai Bili ond yn gwybod, byddai'r neges bychan hwnnw am ei wddf yn teithio oddi wrth Hunter i Bencadlys y Frigâd, yna gyda milwr ar feic modur i Gadlywydd y Corfflu, ac yna dros y teliffôn i Bencadlys y Fyddin, yna at y Prif Gadlywydd, ac wedyn yr holl ffordd dros y Sianel i'r Swyddfa Ryfel yn Llundain.

Bron yn feddw gan falchder, gwyliodd Steffan Bili'n rasio dros y tir gwastad. Fi sy wedi hyfforddi'r ci yna, meddai wrtho'i hun, gan ei weld ei hun yn agor y silindr, yn tynnu'r neges ohono, yn gwneud nodyn o'r amser yn ei Lyfr Cadw Record, cyn rhoi'r neges yn nwylo'r Hunter syfrdan a diolchgar.

Safai Steffan, Hunter a Fidget yn agos at ei gilydd, i gyd yn canolbwyntio ar Bili. A'r ochr draw i Fidget, roedd rhes o ddynion yn gwneud yr un peth, yn teimlo'r un tensiwn. Diflannodd Bili i lawr eto, i mewn i ffos fach, ac meddai Hunter, 'Anhygoel . . . Mae'n cuddio o'r golwg eto . . .'

'Ty'd, Bili – ty'd,' sibrydodd Steffan.

Dim ond tua phedwar canllath oedd ganddo i fynd yn awr. Dechreuodd Steffan baratoi i agor i'r ci gan dynnu'r rhwyd oddi ar y gris tân a byseddu'r fisged roedd ganddo yn ei boced, yn barod â'r geiriau, 'Ci da, ci da.'

Ond yna, ffrwydrodd mortar yn annisgwyl i'r chwith o ble roedd Bili a chafodd ei daflu i fyny i'r awyr, fel petai mynydd tanllyd o bridd a darnau o ddur oddi tano. Wedi'i barlysu gan fraw, syllodd Steffan ar Bili a'i goesau i fyny yn yr awyr fel ci tegan wedi'i stwffio. Teimlodd Steffan ei goesau ei hun yn rhoi oddi tano. Gan feddwl yn siŵr ei fod am daflu i fyny, chwiliodd y fan lle roedd y ci y tro diwethaf iddo'i weld.

'O le goblyn ddaeth y mortar yna?' meddai Hunter. 'Allwch chi weld y ci, rywun?'

'Fan'cw, syr! Tua chanllath i'r gogledd, syr, lle mae'r llinell wedi'i chwalu – ychydig i'r chwith – y gelyn, tu ôl i'r linell!' gwaeddodd Fidget.

Tro Hunter oedd hi i gydio ym mraich Steffan yn awr. 'Dacw fo – mae o yno – mae dy gi di ar ei draed . . .'

Methodd Steffan â gweld i ddechrau, gan ei

fod yn crynu cymaint. Yna gwelodd – roedd Bili ar ei draed, ond yn edrych i'r cyfeiriad anghywir.

'Bili!' gwaeddodd, gan ddechrau dringo i fyny ochr y parapet. Tynnodd Hunter o'n ei ôl. 'Bili!' gwaeddodd Steffan eto. Trodd pen Bili un ffordd, yna'r llall. Roedd o wedi'i ddrysu. Roedd naill ai'r ffrwydrad neu'r codwm a gafodd wedi ei ddrysu. Plannodd Steffan ei ddwrn yng nghledr ei law, yn sâl gan ofn, ond roedd Bili'n igam-ogamu fel coblyn gan edrych fel petai'n mynd i bob cyfeiriad dan haul. Ymlaen ac ymlaen â fo, ei du ôl i fyny'n grwn. Rhegodd Hunter. Cychwynnodd Steffan i fyny'r grisiau tân eto. Doedd y ci ddim yn dda, roedd yn rhaid iddo alw arno fo'n ôl – doedd Bili byth yn mynd i bob cyfeiriad fel hyn. 'Bili!' gwaeddodd. 'Bili . . !'

Tynnodd Hunter o'n ei ôl eto. 'Na . . . Na . . .' Roedd braich Hunter am ei ysgwydd yn awr. 'Aros i lawr, o'r golwg. Gad i'r ci fynd.'

Ymysgydwodd Steffan o'i afael gan gychwyn i fyny eto.

'Cer lawr, Roberts! Dyna orchymyn i ti!' cyfarthodd Hunter.

Aeth dwy awr heibio'n boenus o araf. Craffodd Steffan dros y tir gwastad, un fodfedd ar ôl y llall, drosodd a throsodd a throsodd. Os oedd Bili'n fyw, byddai'n siŵr o ddod yn ôl; wedi'i glwyfo, efallai, ond os oedd o'n dal i allu rhedeg . . .

Aeth yn anos gweld y chwyn a'r gwifrau ar wefus y parapet wrth iddi dywyllu. Yn bell i'r gogledd, dechreuodd gynnau'r gelyn rwgnach unwaith eto gan fytheirio fflachiadau o olau tân. Gan wybod yn iawn fod Steffan yn aros am Bili, ac nad oedd o am symud o'r fan nes i'r ci gyrraedd yn ei ôl, daeth Hunter â'i swper iddo. Er na ddywedodd Hunter yr un gair, gallai Steffan deimlo'i anobaith – anobaith pawb o'r Defoniaid, a dweud y gwir, oherwydd eu bod nhw i gyd yn dibynnu cymaint ar gynnwys y silindr bach hwnnw a hongiai am wddf Bili. Rhoddodd Hunter swper Steffan o'i flaen, a chan roi ei law ar ysgwydd y bachgen, meddai, 'Bwyta, Roberts, ma'n rhaid i ti . . .' Yna tewodd, yn gegagored, gan rythu i fyny'r ffos. 'Roberts . . .' meddai, ei lais yn wan.

Reit ym mhen pella'r ffos, y tu ôl i Fidget, safai'r Cogydd a channwyll yn ei law. Codai'r dynion i gyd i'w traed, llawer ohonyn nhw a'u tuniau bwyd yn eu dwylo, gan gamu i'r ochr, pob un wedi'i daro'n fud.

'Roberts . . . dy gi di – mae'n ei ôl . . .' Dim ond sibrwd y geiriau allai'r Corporal ei wneud.

Neidiodd Steffan ymlaen, ac aros yn stond. Roedd Bili'n baglu tuag ato ar goesau ansicr, fel petai ar goll yn lân ac mewn lle hollol ddieithr – be oedd yn bod? Symudai'n feddw a'i goesau'n

183

rhoi oddi tano a'i ben yn crafu'r llawr – be oedd yn bod? A'r llygaid gloyw rheiny – roedden nhw'n llawn o rywbeth. Roedd Bili'n ddall. Amhosib, bron, oedd edrych arno fel hyn, yn bwnglera yn ei flaen a phob urddas wedi mynd, a phob un cam yn torri'r galon – ond yn bictiwr o ddewrder a ffyddlondeb.

Rhoddodd y Cogydd ei gannwyll i'r dyn nesaf yn y rhes. Aeth y dynion eraill ati i oleuo rhagor o ganhwyllau, gan greu coridor bychan o oleuni a pharch i'r ci anferth a oedd yn benderfynol o faglu yn ei flaen tuag at ei feistr.

Camodd Steffan yn araf tuag ato, yn gyndyn o'i ddrysu ymhellach, gan ddal ei law allan wrth symud yn nes ac yn nes ato. Crynodd clustiau Bili. Cododd ei ben i fyny fodfedd neu ddwy.

'Dyna gi da,' sibrydodd Steffan. Cam poenus arall gan Bili. Un arall eto, a chyrhaeddodd at ei feistr gan syrthio i lawr wrth ei draed. 'O, hogyn *da . . .*' sibrydodd Steffan, ond roedd Bili, â'r mymryn o nerth roedd ganddo ar ôl, yn gwneud ei orau i godi, i sythu rywfaint ar ei goesau blaen crynedig, i godi ei ben at ei feistr.

Gwyliodd Steffan ei glustiau'n codi a'i gynffon yn crynu, a gwelodd y llanast a oedd yn llenwi ei lygaid.

'Hogyn da, ci da.' A'i fysedd yn crynu'n

afreolus, datododd Steffan y silindr a thynnu'r neges allan cyn ei rhoi i Hunter.

Syrthiodd pen Bili i'r llawr a glafoeriodd i ganol y llwch.

Roedd dwylo Fidget yn fflapian fel pethau gwyllt. 'Nwy, Steffan, mae o wedi cael nwy. Saetha fo – dyna'r peth mwya caredig i'w 'neud . . . ei saethu fo.'

'Mi saetha i *chdi* cyn saethu'r ci 'ma.' Roedd y gynddaredd i'w chlywed yn glir yn llais Hunter, a throdd Steffan mewn pryd i'w weld yn sychu'i lygaid wrth drio ddarllen y neges.

Yna llanwyd ei lais â phanig newydd wrth iddo alw am filwr, er ei fod yn dal i ddarllen y neges.

'Mae gan Gwmni B garcharorion Almaenig! Does yna ddim llinell flaen o unrhyw fath yno. Maen nhw'n sownd yno – a'r gelyn o'u cwmpas ar dair ochr, rhyw ddau gan troedfedd i'r dde o ble mae'r ffordd yn croesi'r rheilffordd. Mae eu holl offer signalau nhw'n yfflon rhacs. Ond yn ôl y carcharorion, mae yna ymosodiad arall ar y gweill ar gyfer heno. Wyth o'r gloch.' Edrychodd Hunter i fyny. 'Ymhen munudau – chwarter awr o rŵan – a does gynnon ni ddim llinell flaen yn y sector yma. Rydan ni amdani, hogia.' Rhoddodd Hunter y neges i'r milwr, cyn troi'n sydyn ac edrych ar Steffan, yna i ffwrdd eto, cyn petruso a throi'n ei ôl.

'Pymtheg munud . . . Dduw mawr! . . . Diolch i'r Bod Mawr, Roberts, am dy gi di. Faswn i byth wedi coelio'r peth, oni bai 'mod i wedi'i weld o â'm llygaid fy hun.' Neidiodd Hunter i ffwrdd gan alw am filfeddyg, wrth iddo redeg am yr Adran Signalau.

Funudau wedyn, llifodd panig ac anhrefn fel trydan i lawr y lein.

'Symudwch yn ôl, yn eich holau. Yn ôl, yn ôl i lawr y ffos.'

'Yn eich holau . . . ac eto . . .'

Eisteddodd Steffan ar ei ben ei hun yng nghanol y llif o ddynion a symudai at y ffos gysylltu, a phen Bili ar ei lin wrth i'w fysedd pryderus ddawnsio dros gorff y ci, yn chwilio am anafiadau. Dim ond chwarter awr cyn i'r Almaenwyr ymosod. Teimlodd rywbeth yn crafu'i fys yn boenus. Roedd yna glwyf go ddwfn yn rhedeg ar hyd ochr bol y ci, tua'r un hyd â braich plentyn, a'r croen wedi'i rwygo ac ysgaredd Bili'n frith o ddarnau bychain o ddur. Clywodd Steffan ei hun yn igian crio, a'i fysedd yn hofran yn ddi-ddim uwchben y clwyf. Bili – yn ddall. Gwifrau dur yn ei berfedd a nwy yn ei ysgyfaint. O, lle gythraul oedd y milfeddyg? Allai Steffan ddim cario'r ci – oedden nhw am gael eu gadael ar ôl wrth i bawb arall gilio?

O'u cwmpas doedd dim ond gweiddi a bloeddio dryslyd. Byrlymodd llif hir o ddynion ar hyd y ffos gysylltu, gweddillion adran gyfan yn brysio heibio iddyn nhw'n ddall i bopeth. Neidiodd Steffan i'w draed gan droi'n wyllt. Stretsier – roedd yn rhaid iddo ddod o hyd i stretsier. Heb feddwl, edrychodd allan dros y parapet. Gwelodd gysgodion yn troi'n ddynion solet, ffigyrau carpiog yn baglu i gyfeiriad y ffos gysylltu mewn sgidiau trymion a helmedau anferth, gan ddefnyddio'u reifflau fel ffyn baglau. Wrth i rannau o'r ffos orlenwi, dringodd nifer o'r dynion allan i'r awyr agored, gan sgrialu dros domennydd rwbel a thrwy byllau dŵr, heibio i hen droliau a wagenni. Bustachodd criw o saethwyr y gynnau-trwm i fyny'r bryn, a'r milwyr ofnus yn chwipio'r ceffylau druan yn ddidrugaredd. Gwelodd Steffan un milwr yn gwthio un arall mewn berfa, ei wyneb yn biws â'r ymdrech a'i lygaid fel llygaid penwaig yn ei ben. Berfa! Gallai Steffan gario Bili mewn berfa . . . ond lle? Lle oedd yna ferfa arall?

'Steffan. Brysia.'

Fidget oedd yno. Fidget. Roedd ganddo stretsier. Teimlai Steffan yn wan â chymysgedd o ryddhad a diolchgarwch.

'Brysia, Steffan. I fyny â fo. Brysia!' Roedd Fidget wrthi'n clymu ei fasged colomennod am ei gefn.

Gwaeddodd rhywun o'r ochr arall i'r parapet, 'Lle mae'r linell flaen?'

'Does yna'r un!'

Datododd Steffan gortynnau'r stretsier a'i roi ar y platfform; gyda'i gilydd, cododd y ddau y ci druan, a'i roi i orwedd arno, a dynion yn gweiddi ac yn rhegi o'u cwmpas drwy'r amser. 'Symudwch yn eich holau. Brysiwch. Ewch o dan draed. Siapiwch hi, siapiwch hi.'

Ymunodd Steffan a Fidget â'r afon o ddynion a lifai i gyfeiriad y llinellau cefn, gan gyrraedd y fan lle roedd eu ffos nhw yn uno â'r ffos gyswllt, a chlywed – ymhen eiliadau ar ôl iddyn nhw droi – sŵn ffrwydro a waliau'n cwympo.

Daeth rhagor o weiddi a sgrechian oddi wrth y dynion a oedd yn rhedeg am y llinelau ôl.

'Mae yn nwylo'r gelyn! Y llinell flaen – mae hi i gyd yn nwylo'r gelyn!'

'Mae gan yr Almaenwyr safleoedd a rhannau o'r ffos ond ganllath a hanner oddi yma!'

'Mae'r gelyn yn dilyn y tu ôl i ni!'

Daeth ergyd arall a wnaeth i Steffan neidio allan o'i groen wrth i gawod o bridd a baw syrthio i lawr dros y ffos gyswllt.

'O'r nefoedd,' meddai Fidget wrth iddo yntau

a Steffan droi at ei gilydd mewn braw gan sychu'r llwch a'r llanast a'r chwys oddi ar eu hwynebau. Edrychodd y ddau yn eu holau â'r un ofn.

'Cydia yn hwn.' Gwthiodd Steffan ei hanner o o'r stretsier i mewn i'r dwylo agosaf cyn neidio i fyny. Roedd nenfwd yr Orsaf Signalau wedi cwympo i mewn, ac roedd yna gymylau o fwg yn llifo allan ohoni. Hunter! meddyliodd. Roedd y Corporal yn siŵr o fod yno'n dinistro'r offer cyn ei adael i'r gelyn. Cafodd gip ar ffigwr tal yn cyrraedd y grisiau tân, yna'n syrthio ar ôl dau gam arall gan wingo ar y llawr. 'Hunter,' sibrydodd Steffan.

Crynodd corff Hunter trwyddo cyn llonyddu, yn stiff fel procer tân. Daeth ffrwydrad arall. Yn wan gan sioc, neidiodd Steffan i lawr yn ôl i'r ffos gyswllt, cyn edrych ar Fidget ac ysgwyd ei ben yn araf. 'Hunter,' meddai. 'Maen nhw wedi lladd Hunter.'

Gwthiodd y milwr y stretsier yn ôl i ddwylo Steffan, a diflannu i mewn i'r mwg.

Safai swyddog â reiffl wrth geg y llinell gefnogi, yno i rwystro dynion a oedd â'u bryd ar redeg i ffwrdd. 'Arhoswch!' gwaeddodd. 'Arhoswch lle 'dach chi. Reit – y sector acw!'

Gadawodd i Steffan a Fidget fynd heibio gan

chwifio'i fraich i gyfeiriad Gorsaf Cymorth Cyntaf y Milfeddygon. Ymlaen â nhw heibio i griwiau o filwyr a oedd yn brysur yn tyllu beddau newydd, yna heibio i resi o ddynion wedi'u hanafu a'u lapio mewn blancedi, yn disgwyl eu tro y tu allan i Safle Cymorth Cyntaf y Gatrawd, rhwng cludwyr stretsiers eraill, trolïau, ystordai arfau a bwledi a milwyr iach a ffres, a thrwy'r amser sibrydai Steffan wrth Bili, 'Bili, aros gyda ni'r hen foi, aros gyda ni. Mi fyddi di'n tshiampion, 'rhen ddyn, mi gei di weld . . .'

'Fan 'cw.' Pwyntiodd Fidget at hen dryc cludo gwartheg, lle roedd yna ddau ddyn yn trin ci a oedd yn gorwedd ar fwrdd pren bychan. Daeth milfeddyg atyn nhw, dyn ag wyneb hir, main, a chrwydrodd ei lygaid blinedig dros Bili.

'Nwy . . . achos go ddrwg.'

Heb ddweud gair, cydiodd Steffan yn nwylo'r swyddog a thywys ei fysedd at y wifren bigog y tu mewn i stumog Bili. Edrychodd y swyddog i fyny. 'Mae hon yn ormod o job i'r Uned Symudol,' meddai.

Bron yn chwil â chymysgedd o ofn a blinder, rhoddodd Steffan ei law dros ei lygaid wrth siarad.

'D-does yna dd-ddim gobaith?'

Cydiodd y milfeddyg yn ei law. 'Rydan ni'n trin cannoedd o anifeiliaid – bob un diwrnod –

ac mae rhyw saith deg y cant ohonyn nhw'n ddigon iach wedyn i ddychwelyd i'r llinell flaen.'

'Be sy'n d-digwydd . . . i'r rheiny sy *ddim* yn ddigon iach i fynd yn ôl yno?'

Dywedai llais y swyddog yn glir fod ei galon yn torri wrth iddo ateb. 'Rydan ni wedi cael ein gorchymyn i saethu'r anifeiliaid rheiny sy'n methu â dychwelyd i weithio.'

Gwasgodd law Steffan yn dyner cyn ei gollwng a dangos iddo lle roedd yna ambiwlans arbennig ar gyfer anifeiliaid. 'Ysbyty Milfeddygol Rhif Deg,' meddai. Gyda chymorth Fidget, codwyd Bili i mewn i gefn yr ambiwlans. Trodd i fynd.

'Pob lwc i ti, Steffan,' meddai. 'A bendith Duw ar Bili.'

Ar ei ben ei hun yng nghefn yr ambiwlans, dechreuodd Steffan grio o'r diwedd. Criodd dros Bili, a oedd wedi rhedeg yn ddall drwy frwydr a oedd fydoedd lawer y tu hwnt i'w ddealltwriaeth syml o'r byd.

Noson 4 Ebrill 1914
Ysbyty Milfeddygol rhif Deg,
Neufchâtel, ger Etaples

Aneb arall yn gwmni iddyn nhw, teithiodd Steffan a Bili gyda'i gilydd dan gysgod y nos, a gyrrwr yr ambiwlans yn gyrru heb oleuadau hyd ffordd a oedd yn frith o dyllau, heibio i filwyr traed, gwŷr ar geffylau, a cherbydau arfau diddiwedd nes, o'r diwedd, y daethon nhw at babell fawr wen a edrychai fel pabell syrcas. Chwythai baner wen a chroes las arni ar bolyn y tu allan i'r babell.

Daeth milwyr atyn nhw i gario Bili o'r ambiwlans a heibio i adeiladau bwyta wedi'u goleuo â golau gwan, fatiau golchi, cytiau neilltuo, wardiau niwmonia ac wardiau mansh, nes dod o'r diwedd i'r stafell lawdriniaeth.

Daeth swyddog atyn nhw, yn gwisgo ffedog wen dros ei ddillad caci: roedd cylchoedd duon ganddo o amgylch ei lygaid.

'Is-gapten Fielding, Jolyon Fielding.' Ysgydwodd law â Steffan. Y tu ôl iddo safai rhesi o geffylau, mewn sblintiau neu gadachau, yn cael eu golchi a'u gwisgo.

Rhoddodd Fielding ei law ar galon Bili, gan graffu ar Steffan wrth wneud hynny. Tynnodd y flanced i lawr. Syllodd y ddau ar y gôt streipiog yn sgleinio fel melfed yng ngoleuni melyn y lantern, yna ar yr ysgaredd pinc a gwyn a'r darnau ffiaidd o ddur yn eu britho.

'O . . .' Edrychodd Fielding i fyny. 'Paid â dweud ei fod o . . . ei fod o wedi rhedeg adref fel hyn?'

Nodiodd Steffan: roedd ei lais wedi mynd i rywle. Syllodd Fielding arno am eiliad neu ddwy cyn ysgwyd ei ben.

'Does yna ddim byd y galla i ei wneud, mae'n ddrwg gen i.' Cydiodd yn llaw Steffan. 'Ychydig iawn o amser sy ganddo ar ôl. Mae'n rhaid i ti aros yn gwmni iddo . . . tan y diwedd.'

Nodiodd Steffan eto, yn hollol fud. Gwyliodd Fielding wrth i Steffan ddringo i fyny ar ben y bwrdd a gorwedd wrth ochr y ci.

'Hogyn da, 'na hogyn da,' meddai Steffan, gan osod ei ben wrth ymyl pen Bili, ei law ar ystlys y ci er mwyn teimlo'r anadlu ysgafn, gwan. Tynnodd Fielding y flanced dros y ddau ohonyn nhw gan ddweud y byddai'n ei ôl cyn bo hir.

'Ci da . . . hogyn da. Cer . . . cer, 'rhen ddyn, mae'n amser mynd,' sibrydodd Steffan, gan anwesu'r clustiau mawr a'r wyneb anferth. 'Amser mynd, Bili.' Llifai'r dagrau i lawr ei ruddiau. 'Cer, 'rhen ffrind. Cer.'

Aeth tua awr heibio cyn i Steffan deimlo un glust yn crynu'n erbyn ei foch, mor ysgafn â churiad aden aderyn bach.

Fore trannoeth
Etaples

Bron yn feddw â blinder, a'i galon wedi'i thorri'n ddwy, cerddodd Steffan heibio i filwyr a phebyll heb weld na chlywed yr un ohonyn nhw, i gyfeiriad Pencadlys y Central Kennels. Doedd neb wrth ei sawdl na'r un pen mawr, meddal dan ei law. Dim ond un syniad oedd ganddo yn ei ben – sef mynd adref, adref i Lanaber, at Lara Puw. Ei fwriad oedd casglu ei gyflog, cyfaddef wrthyn nhw ei fod o dan oed, ac yna mynd adref.

'Ceidwad Roberts, syr.' Cynigiodd Steffan y salíwt i'r Uwch Gapten a eisteddai y tu ôl i ddesg Pencadlys y Cytiau Cŵn.

'A!' Neidiodd y swyddog i'w draed. 'Ceidwad Roberts.' Symudodd oddi wrth ei ddesg a sefyll o flaen Steffan. 'Mae'n ddrwg gen i, 'ngwas i. Fe gawson ni neges oddi wrth Corporal Hunter yn dweud . . . Rydan ni i gyd wedi clywed, Roberts – rydan ni i gyd yn gwybod am yr hyn a wnaeth dy gi di.'

'Corporal Hunter,' meddai Steffan yn dawel.

Nodiodd yr Uwch Gapten a chau'i lygaid. 'Ia, cawsom neges ganddo'n dweud bod y fataliwn wedi cael ei hachub, diolch i'r neges a gafodd ei chario gan dy gi di. Ond nid Cwmni C. Doedd – doedd yna ddim byd y gallai neb fod wedi'i wneud – ond y llinell gefn, a gweddillion y llinell flaen, mi ddaethon nhw'n eu holau. Ddeng munud ar ôl anfon ei neges olaf, cafodd yr Orsaf ei tharo. Lladdwyd Hunter yn syth. Mae'n dweud yn y neges fod y ci yna'n haeddu medal Croes Fictoria, a bod ei ddewrder a'i synnwyr dyletswydd gystal â rhai unrhyw ddyn.'

Gan deimlo dim byd ond gwendid mawr, gadawodd Steffan i'r Uwch Gapten ei dywys at y drws.

'Talwyd y pwyth yn ôl yn hwyr yn y prynhawn gyda milwyr ffres – yr Awstraliaid, dan Cyrnol Milne – ac fe gipion nhw ddwy adran Almaenig. Hyd yn oed os nad ydan ni wedi lladd eu breuddwydion nhw am gipio Villers, rydan ni o leiaf wedi llwyddo i'w cadw nhw draw am ychydig.'

Ychydig y tu ôl i'r Uwch Gapten, ciciodd Steffan y llwch gwyn dan ei draed.

'Ti yw un o'n dynion gorau ni, Roberts. Mi gawn ni chdi yno'n ôl cyn gynted ag y medran ni.'

'Na . . . na, dwi ddim, dwi ddim – *a'* i ddim – yn ôl yno, dwi ddim isio ci arall.'

'Dilyn fi.' Roedd yr Uwch Gapten yn giamstar am beidio clywed. 'Mae gynnon ni gi yn aros amdanat ti. Mi ddeudith y milfeddyg wrthot ti amdano fo. Falla'n wir y daw rhywbeth arall yn hwyr neu'n hwyrach, ond mi wnaiff hwn am y tro, a fyddi di ddim chwinciad cyn dychwelyd i'r Ffrynt.'

Heb ddim nerth ar ôl i wrthwynebu, gadawodd Steffan i'r swyddog ei arwain i Gwt Milfeddygon y Cytiau Cŵn. Fel plentyn, bron, cafodd ei basio ymlaen o ddwylo'r Uwch Gapten – a ddymunodd bob lwc iddo – i ddwylo Lefftenant-Cyrnol Thorne. Aeth Thorne â Steffan rownd i gefn y cwt. Cerddai hwn yn fân ac yn fuan ar draed bach, ystwyth. Roedd ganddo frest fel colomen, ac roedd hynny'n gwneud iddo edrych braidd fel penbwl a'i goesau bach prysur yn mynd fel coblyn.

'Dyma fo i ti. Pistol.'

Gwrthododd Steffan edrych ar y ci, ond syllodd yn hytrach ar Thorne; doedd dim eisiau ci arall arno. Edrychai Thorne yn fwy fel colomen gyda phob munud. Roedd hyd yn oed ei wyneb fel wyneb aderyn, gyda llygaid bach crwn a thrwyn pig, ond roedd yn gwenu'n awr, ei wyneb yn crebachu â gwên a oedd yn annisgwyl o hoffus wrth iddo ddisgwyl am ryw fath o ymateb gan Steffan. Edrychodd Steffan i lawr a chael cip ar gi llonydd, tawel, wedi'i gyrlio mewn pelen ar y ddaear lychlyd, tua thrigain troedfedd i ffwrdd oddi wrtho. Edrychodd Steffan yn ôl ar y Lefftenant-Cyrnol.

'Dwi ddim isio ci newydd. Dwi isio mynd adra.'

Sylweddolodd fod y Lefftenant-Cyrnol wedi clywed hyn o'r blaen, droeon – ac yn gymaint o giamstar â'r Uwch Gapten ar beidio â chlywed pethau o'r fath – ond doedd gan Steffan ddim mymryn o ddim byd ar ôl i'w roi: dim nerth, dim cariad, dim dewrder. Roedd colli Bili wedi ei lorio'n llwyr. Yr unig beth roedd arno'i eisiau oedd mynd adref. Roedd Milwr a Bili wedi mynd â'r cyfan ohono gyda nhw. Edrychodd i ffwrdd dros y ddinas wen o'i gwmpas, dros y cytiau a'r pebyll. Yr unig beth a welai oedd byd di-liw a dideimlad. Cynifer o ddynion, o ddynion, o ddynion, ond eto mor hawdd oedd boddi mewn unigrwydd. Ond ar y llaw arall, meddyliodd Steffan, pe na bai Bili wedi rhedeg adref â'r neges honno, byddai yntau, Steffan, wedi cael ei ladd gyda'r lleill.

'Mi alli di wneud byd o les i'r ci yma, ei helpu o . . . Mae o wedi cael sioc go ddrwg.'

Roedd Thorne yn symud yn betrusgar yn nes at y ci. Neidiodd y ci i'w draed a throi atyn nhw, yn gwingo ond hefyd yn chwyrnu, a'i wefusau'n ôl a chan ddangos ei ddannedd. Roedd wedi colli'i flew mewn rhai mannau, ond roedd ganddo flew lliw dur mewn mannau eraill. Methai Steffan ag edrych i fyw ei lygaid difywyd, nac ar y pen a hongiai'n llipa fel pwysau trwm, a chlwyfau poenus yn britho'r croen. Dechreuodd y ci wneud pi-pi yn y fan a'r lle, heb hyd yn oed godi ei goes. Bellach roedd yn gwingo'n ei ôl, yn ddim byd mwy na phelen o ofn aruthrol. Gan edrych braidd yn glwyfus, brysiodd y Lefftenant-Cyrnol yn ôl at Steffan.

'Be ddigwyddodd?' oedd cwestiwn Steffan. 'Pwy wnaeth hyn?' Roedd y ci'n sefyll mor isel, roedd y croen amrwd ar ei fol yn crafu'r ddaear.

'Wel. Mae hon yn stori go hir . . . Ci digartref oedd hwn, wedi'i gymryd gan yr heddlu oddi ar strydoedd Lerpwl. Dydyn nhw ddim yn lladd cŵn felly erbyn hyn, ti'n gweld, dyna sut y cafodd Cyrnol Richardson afael arno fo. Cafodd driniaeth gan Macy, y milfeddyg – roedd y mansh arno fo'n o ddrwg, dyna pam mae ei groen o mor arw, fel lledr mewn rhai mannau. Rhoddodd Macy olchfa-mansh iddo fo, ac mae o wedi dechrau mendio erbyn hyn.'

Ond edrych i ffwrdd roedd Steffan, ymhell tu hwnt i'r pebyll. Yr unig beth sy isio i mi'i 'neud yw dechrau cerdded, meddyliodd, troi ar fy sawdl a cherdded a cherdded nes i mi gyrraedd y llongau.

'Yli, Geidwad Roberts, falla nad ydi'r ci yma'n edrych yn fawr o beth, ond mae'n ysgafn ac yn gyhyrog, mae'n gryf ac yn glyfar. Mae digon ganddyn nhw yn eu pennau, fel arfer, y bridiau haf yma, a dyna be rwyt ti'i isio. Mae'n gi da – fydd dim rhaid i ti ddysgu dim byd iddo fo.'

Gwnaeth y ci sŵn crio a llifodd rhagor o bi-pi ohono. Roedd ei gynffon foel rhwng ei goesau wrth iddo suddo'n ôl i lawr ar y ddaear wlyb.

'*Na!*' Byddai Steffan wedi sgrechian hyn i fyny i'r awyr petai ganddo rywfaint o nerth ar ôl, ond allai o wneud dim mwy nag edrych ar Lefftenant-Cyrnol Thorne, ysgwyd ei ben, a dweud 'Na' yn uchel. Roedd yn rhaid i hwn wrando arno. Roedd *am* fynd adref. Ond efallai fod pob swyddog wedi hen arfer clywed dynion yn dweud 'Na' wrthyn nhw, oherwydd daliai ati i siarad. 'Paid â gadael i'r ffordd mae o'n edrych dorri dy galon di. 'Drycha – y darnau o groen yna o gwmpas ei wddf – ro'n nhw'n amrwd ar un adeg, ond rŵan maen nhw'n feddal, yn gwella – ti'n gweld? Mae blew newydd yn tyfu arnyn nhw. Gwella bob dydd wnaiff o rŵan. Mi wnei di filwr da ohono fo, unwaith y byddi wedi'i gael o i ymddiried ynot ti.'

Edrychodd Steffan ar y croen sych, clwyfus a

amgylch clustiau'r ci a'r darnau o gnawd amrwd. Teimlai'n sâl ac yn ddiysbryd a throdd i ffwrdd, yn methu'n lân a chuddio'i deimladau. Doedd yna ddim byd hoffus am y ci druan hwn. Doedd o ddim byd tebyg i Bili. Doedd yna'r un ci fel Bili. Roedd Thorne wrthi'n camu i mewn i'w gwt, i nôl rhywbeth, efallai.

'N-n-n-na,' meddai Steffan, yn rhy hwyr i Thorne allu'i glywed. 'A' i ddim 'nôl yno.'

Fel petai wedi colli pob cysylltiad â phopeth arall o'i gwmpas, allai o wneud dim byd ond meddwl, *Cerdded – dyna'r peth i'w 'neud, 'mond cerdded a cherdded a cherdded, ac os wnawn nhw drio fy rhwystro, mi ddweda i wrthyn nhw fy mod i'n rhy ifanc i fod yma.*

Dechreuodd y ci llwyd igian crio'n dorcalonnus, gan dynnu Steffan o'i feddyliau. Er ei waethaf, er gwaetha'r ffaith ei fod o wedi llwyr ymlâdd, aeth Steffan i lawr i'w gwrcwd ac aros felly am funud neu ddau'n syllu ar y ci.

'Pam wyt ti mor ddigalon?' sibrydodd.

Gan aros yn ei gwrcwd, symudodd Steffan yn nes ato. Gwingodd y ci'n ei ôl yn reddfol, gan ddangos ei ddannedd.

'Rwyt titha wedi ymlâdd hefyd, yn dw't ti? Mor wag a di-werth â dw innau'n teimlo.' Gan deimlo dim byd ond y blinder a'r tosturi mwyaf ofnadwy, arhosodd Steffan fel ag yr oedd o, a'i ben i lawr dros ei freichiau. Daeth Thorne i'r drws, a choler, tennyn a silindr negeseuon yn ei ddwylo. 'B-Be ddigwyddodd? Be ddigwyddodd iddo fo?' Byrlymodd y geiriau o geg Steffan. 'D-dydi mansh – dydi mansh ar ei ben ei hun ddim yn gallu gneud hyn i unrhyw gi!'

Cymerodd y Lefftenant-Cyrnol ei wynt cyn ateb, ei frest yn debycach i frest colomen nag erioed.

'Mi fuodd Pistol yn gwasanaethu ar y Ffrynt am gyfnod byr ond roedd ei geidwad . . . wel, dechreuodd ei geidwad ddioddef o siel-sioc – achos go ddrwg, drwg iawn a dweud y gwir. Collodd arno'i hun yn lân a chipio gwn i fyny a . . .' Rhoddodd Thorne ei law dros ei lygaid. '. . . yn ôl fel dwi'n deall, daliodd o'r gwn yn erbyn pen y ci, a thanio . . .'

Roedd Steffan yn gegrwth. Meistr Pistol ei hun wedi cydio mewn gwn ac wedi . . . Roedd Thorne yn dal i siarad.

'Neidiodd rhywun arno a gwthio'r gwn i un ochr, ond roedd y ci bach yn gwybod yn iawn . . .'

Pwyntio gwn yn y fath fodd at gi a oedd yn barod i roi popeth oedd ganddo – popeth! – i ti, meddyliodd Steffan. Teimlai'n swp sâl unwaith eto wrth edrych ar y ci llwyd diniwed a oedd yn gorwedd ar y ddaear.

'O,' meddai. 'O . . .'

Aeth sawl munud heibio.

Symudodd Steffan ychydig yn nes.

'Dim rhyfedd,' sibrydodd. 'Dim rhyfedd.' Yn ei gwman o hyd, gan gadw'i freichiau i lawr wrth ei ochrau, symudodd ychydig yn nes eto.

Trodd y ci ei ben ac edrych ar y bachgen. Aeth eiliad neu ddwy heibio ac yna crynodd trwyn y ci ryw fymryn, a chrynu eto. Caeodd ei lygaid a'u hailagor cyn symud ychydig yn ei flaen a'i wyneb bron iawn yn crafu'r llawr cyn aros a'i drwyn yn crynu. Yna dechreuodd ei gorff grynu trwyddo. Cododd ei ben ychydig wrth i'w gynffon foel symud ar hyd y ddaear gan godi cymylau o lwch. Arhosodd Steffan lle roedd o. Roedd y ci'n crynu o'i gorun i'w gynffon yn awr. Ddywedodd Thorne yr un gair, dim ond sefyll yno'n gwylio. Daeth y ci ychydig yn nes gan ysgwyd ei gynffon unwaith eto. Yn araf, agorodd Steffan ei law dan ên y ci. Yn arafach fyth, cododd ei law i fyny at y croen dolurus ar wddf y ci, yna'i symud yn uwch a'i gorffwys rhwng ei glustiau. Gorffwysodd y ci ei ben ar lin Steffan, a'i gynffon yn chwipio'n ôl ac ymlaen.

'Wel, awn i byth o 'ma!' meddai Thorne, yn wên o glust i glust a'i fron yn chwyddo.

'Ma' pawb arall . . .' sibrydodd Steffan, '. . . ma' pawb arall yn ddigalon hefyd. Wedi'u torri. Wedi dychryn am eu bywydau. Pob un dyn sydd yma.' Parhaodd Steffan i sibrwd, gan symud ei law'n ofalus ar hyd ystlys y ci a theimlo'r cryndod ofnadwy o dan ei fysedd. 'Dwi'n gallu'i weld o yn dy lygaid di. Rwyt tithau wedi dychryn hefyd, yn dwyt ti? Ond dwyt ti ddim yn hidio am ddim byd erbyn hyn. Rwyt ti wedi mynd y tu hwnt i hidio . . .'

Cymysgedd o ryw fath oedd Pistol; amhosib fyddai ceisio dweud pa frîd yn union oedd o nes byddai ei gôt wedi gwella, ond roedd ganddo fron lydan a choesau hir – trwyn hir, hefyd, coesau tenau a braidd dim bol. Gallai Steffan weld i mewn at enaid y ci hwn ac yno gwelodd – fel cyllell finiog yn ei galon – fod ganddo'r un hiwmor, yr un diniweidrwydd, yr un ystyfnig-rwydd a'r un brwdfrydedd â Bili. Gollyngodd Steffan ei ben. Na, meddyliodd, does gen i ddim nerth fy hun, alla i ddim edrych ar d'ôl di – alla i ddim hyd yn oed edrych ar f'ôl fy hun. Symudodd ei ddwylo nes eu bod nhw o dan ên y ci a chododd ei ben i fyny oddi ar ei lin, gan deimlo'r clwyfau sych y tu ôl i'r clustiau wrth iddo wneud hynny.

'Na.' Hanner cododd Steffan, gan ddweud wrtho'i hun, 'Alla i ddim mynd 'nôl yno, alla i ddim cymryd ci arall.' Wrth Thorne, meddai, 'Na. Dwi'n mynd adra.'

Trodd ar ei sawdl cyn iddo fedru clywed beth

bynnag oedd ymateb Thorne. Martsiodd i ffwrdd. Roedd am fynd yn ôl at yr Uwch Gapten a chyfaddef ei fod yn rhy ifanc i fod yma, fod arno eisiau mynd adref.

Ond arhosodd wrth ddrws y Pencadlys, ar ôl iddo sylweddoli fod y ci tawel, rhyfedd hwnnw yno wrth ei ochr.

'Na. Cer. Cer.' Edrychai'r ci fel petai'n torri'i galon. Chwyddodd rhwystredigaeth Steffan. 'Na. Cer o 'ma. Cer.'

Arhosodd y ci lle roedd o, yn hollol sicr mai yma oedd y lle i fod.

'Cer, gi. *Cer*!'

Cododd y ci ei bawen. Lle oedd ar y bachgen od hwn *eisiau* iddo fynd, os nad yma?

'Cer, gi, cer.'

Safai Steffan rhwng y drws a'r ci, yn hollol rwystredig. Roedd yn rhaid iddo siarad â Staff y Cytiau Cŵn, er mwyn gallu dweud yn syth ei fod am fynd adref – ond hefyd, roedd yn rhaid cael gwared ar y ci yma. Trodd a martsio'n ei ôl am gwt Thorne, a'r ci'n trotian yn ysgafn fel pluen wrth ei ochr, ei drwyn hir wedi'i godi er mwyn synhwyro llaw'r bachgen. Martsiodd Steffan yn gyflymach, gan deimlo'n flin ag o ei hun, ac yn flin iawn â'r hen gi llwyd yma. Dilynodd y ci reit wrth ei sodlau, a'i ben i fyny a'i geg ar agor mewn hanner gwên.

'Na,' hisiodd Steffan arno. 'Dwi mo d'isio di. Dwi'n mynd adra.'

Ateb y ci i hyn oedd rhwbio'i drwyn ar goesau Steffan. Ysgydwodd Steffan ef i ffwrdd a martsio'n ei flaen eto.

Dyna lle roedd Thorne, yn aros wrth y drws. Roedd o wedi gweld popeth. Tynnodd Steffan dennyn Pistol o'i boced, ei glymu'n sownd yn y ci a'i roi i Thorne.

'Na. Dwi ddim am fynd yno. Dydi o ddim yn lle i unrhyw gi.'

Nodio'i ben i fyny ac i lawr yn araf oedd Thorne. Trodd Steffan i ffwrdd heb roi cyfle iddo ddechrau siarad, ei gamau brysiog, blin yn codi cymylau o lwch wrth iddo fartsio i ffwrdd.

Wrth droed polyn baner las a gwyn y Central Kennels HQ, trodd ac edrych yn ôl er mwyn sicrhau fod y ci'n dal i fod gyda Thorne. Ar unwaith, gwelodd y ci'n troi fel mellten gan rwygo'r tennyn allan o fysedd Thorne; rhythodd mewn braw wrth i'r ci wibio tuag ato, gan rasio â'i holl nerth, ei gefn fel sbring pwerus, ei ben a'i gynffon i fyny, mewn un symudiad ystwyth a llyfn – yn gryf a phenderfynol. Roedd pen Thorne yn nodio i fyny ac i lawr eto, ond gyda thristwch y tro hwn, a daeth Steffan i sylweddoli ei fod yn dechrau hoffi'r dyn am ddangos y fath gydymdeimlad tuag at y ci, ac am beidio â dal dig tuag ato yntau, Steffan, am siarad mor bowld â swyddog. Cyrhaeddodd y ci wrth draed Steffan gan eistedd, yn fyr ei wynt ond a'i gynffon yn ysgwyd fel coblyn wrth iddo grechwenu i fyny ar yr hogyn.

'Steffan, *laddie*, ai ti sy yna?'

Trodd Steffan oddi wrth y ci gwirion hwn tuag at y llais cyfarwydd. Hamish oedd yno, yr un hen Hamish a edrychodd ar ei ôl yn Chatham, yn rhedeg tuag ato.

Cydiodd Hamish ynddo a'i gofleidio, cyn rhoi'i ddwylo ar ysgwyddau Steffan a chamu'n ôl er mwyn craffu arno'n ofalus. '*Aye*, mi ddwedon nhw wrtha i . . .' – amneidiodd ei ben i gyfeiriad y Pencadlys – 'mi ddwedon nhw wrtha i am dy gi di.'

Teimlodd Steffan y tristwch yn golchi drosto fel ton a nodiodd yn fud.

'Mae pawb yn dweud ci mor dda oedd o . . .'

Pan ddaeth Steffan ato'i hun, roedd Hamish yn plygu i lawr ac yn anwesu'r ci llwyd, rhyfedd a thawel. Ysgydwodd Steffan ei ben.

'Dwi byth am gael ci arall, Hamish, byth.'

'Och, dydi'r hen hogyn yma ddim yn rhy ddrwg . . . mae yna hyddgi ynddo fo'n rhywle. Bydd, mi fydd hwn yn ddigon call . . . un da ydi o. Un tawel, hefyd . . .' Rhwbiodd Hamish glustiau amrwd Pistol. 'Fel ei feistr.' Gwenodd

Hamish ar Steffan cyn troi'n ôl at y ci. 'Y creadur bach. Ac rwyt ti'n dal i fod yn ifanc, yn dwyt ti?' Gwthiodd Hamish wefusau'r ci'n ôl. 'Ifanc ar y naw, hefyd. Tua'r un oed â phlentyn naw oed. Wir, mae bridiau'r haf yn gallu dy synnu di wrth iddyn nhw dyfu. Dyna lle fyddi di'n meddwl yn siŵr mai rhyw gi maint canolig â chôt lyfn fydd gen ti – a phan edrychi di eto, mae wedi troi'n gawr mawr blewog. *Aye*, ci'r Ucheldiroedd ydi hwn, saff i ti, tywysog ym myd y cŵn, *laddie*.' Ac meddai wedyn wrth y ci, 'O ie – rwyt ti'n dipyn o gi, yn dwyt ti, was?'

Edrychodd Hamish ar Steffan unwaith eto, a'i astudio'n fwy manwl.

'Ty'd, mae gen i ddau feic sy'n perthyn i'r Signalwyr, mi awn i chwilio am rywbeth i'w fwyta. Dyna be sy'n dda am y bandiau glas a gwyn yma, mae gynnon ni fwy o ryddid i symud o gwmpas nag sy gan y milwyr traed druan, ac rwyt ti'n edrych fel tase eisiau llond bol o fwyd arnat ti. Awn ni â'n ffrind bach ni am dro hefyd?'

Meddyliodd Steffan am ychydig gan hanner troi; dyna lle roedd Thorne yn nodio'i ben eto, ond yn hapusach erbyn hyn. Adref – dyna lle roedd Steffan am fynd, ond adref i be? Lle oedd Twm? Petai'n mynd adref, yna byddai'n colli'r llythyr oddi wrth Twm, a oedd yn sicr o fod ar ei ffordd. Rhoddodd Hamish ei fraich am ei ysgwyddau, ac unwaith eto gadawodd Steffan iddo'i hun gael ei arwain i ffwrdd.

Roedd beic y fyddin yn drymach o lawer na hen feic Steffan gartref yng Nghae'r Drain, ac roedd beicio dros y cobls yn brofiad digon anghyfforddus. Gan wthio'i ddagrau'n ôl a chanolbwyntio ar y ffordd o'i flaen, dywedodd Steffan hanes Bili wrth Hamish mewn un don ddiddiwedd o eiriau. Dyma nhw'n pasio arwydd yn cynnig un wy a thatws wedi'u ffrio a the a menyn a phasteiod i gyd am 2 ffranc 40.

'Wel, dyna i ni fwy o eiriau gyda'i gilydd na chlywais i erioed gen ti o'r blaen,' meddai Hamish, gan aros wrth arwydd arall yn cynnig *dau* wy, tatws wedi'u ffrio, te a menyn a phasteiod, i gyd eto am 2 ffranc 40. 'Hwn ydi'r lle,' meddai Hamish gan osod ei feic i orffwys yn erbyn postyn yr arwydd. 'Dal ati i siarad, *laddie*.'

Bwytaodd Steffan fel ceffyl, wedi'i synnu cymaint roedd arno eisiau bwyd – ond allai o ddim cofio pryd oedd y tro diwethaf iddo fwyta. Teimlai'n well o fod yng nghwmni Hamish, yn well ar ôl gwledda ar yr wyau a'r tatws wedi'u ffrio a'r bara ffres, cynnes a'r te gyda llefrith iawn yn hytrach na llefrith powdwr – ond roedd ei law'n mynnu llithro i lawr ei ochr, ac yno, yn hytrach na phen mawr sgwâr Bili, roedd yr anifail hirgoes hwn, mor ysgafn â chysgod, ac wastad yno wrth ei ochr.

10 Ebrill 1918
Etaples

Cerddai Steffan a Pistol i gyfeiriad y twyni tywod. Ddoe, dywedodd Hamish wrth Steffan fod ei frawd, James, wedi cael ordors i fynd i fyny i'r Ffrynt – a'i fod yntau hefyd yn mynd, ac y byddai'n gwasanaethu o dan James. Dau frawd yn gweithio gyda'i gilydd. A doedd Steffan, ar ôl yr holl fisoedd o fod oddi cartref, byth wedi dod o hyd i Twm. Roedd yn dal i ddisgwyl am lythyr. Dim byd, chwaith, oddi wrth y Tad Bill, yr offeiriad hwnnw â'r sbardunau gloyw. Dim gair oddi wrth neb. Siawns na fyddai'n clywed unrhyw ddydd oddi wrth Twm, gan y byddai hwnnw'n siŵr o fod wedi sgrifennu'n syth bìn ar ôl i Lara Puw ddweud wrtho am Steffan.

Teimlodd drwyn gwlyb yn ymwthio i mewn i'w law. Roedd y ci'n ei fwytho eto. Roedd cariad sydyn a rhyfedd Pistol tuag at Steffan yn teimlo weithiau fel baich trwm, un a oedd yn rhy drwm i galon wag Steffan, ond gwnaeth ei orau i swnio'n siriol wrth ddweud, 'Cwrs

rhwystrau. Y cwrs rhwystrau i chdi, eto heddiw.'
Crychodd talcen Pistol ac ysgydwodd ei gynffon.
Gwenodd Steffan ychydig wrth iddo roi'r ci i un
o swyddogion y cytiau cŵn ei dywys i ffwrdd.

Gyda phob diwrnod, roedd ychydig flew
newydd yn dechrau tyfu'n fwy a mwy trwchus
ac yn troi'n lliw llwyd tywyll, fel llechen dros ei
gorff, ond roedd y gôt mor wahanol i gôt Bili –
yn hir ac yn arw ac yn ddieithr ar ôl llyfnder
melfed yr hen Bili. Ac roedd Pistol mor ysgafn.
Roedd Steffan wedi dod i arfer â phwysau trwm,
solet Bili'n pwyso'n erbyn ei goesau, ond yn ei
le'n awr roedd y cysgod sydyn hwn, yn drwyn ac
yn goesau i gyd.

Rhoddwyd yr arwydd a rhyddhawyd y cŵn
gan y swyddogion. I ffwrdd â Pistol gan dasgu
dros y naid gyntaf, dros yr ail, ac yna'r drydedd
a'r uchaf, clwyd pum-bar, yn gwbl ystwyth a
hawdd a llawen. Mae'r ci yma'n gallu neidio fel
ewig, meddyliodd Steffan wrtho'i hun; doedd o
erioed wedi gweld ci'n neidio fel yna o'r blaen.

Roedd y cŵn i gyd yn rasio am adref yn awr,
yn byrlymu drwy'r goedwig bin cyn eu taflu'u
hunain ar y tywod a thros y twyni. Daeth Pistol
i'r golwg. Ebychodd Steffan yn dawel: roedd gan
y ci ffordd o'i synnu bob tro – roedd yn carlamu
mor gyflym, a'i goesau ôl fel sbringiau pwerus
yn ei wthio'n ei flaen ac i fyny. Pistol oedd ar y

blaen gyda chwmwl o gŵn y tu ôl iddo, ei safnau'n agored wrth iddo ruthro yn ei flaen. Gwenai wrth redeg a'i gynffon i fyny yn yr awyr fel baner a'i goesau blaen hir yn rhoi'r argraff eu bod nhw'n ddi-ben-draw.

"Rargian, ma' hwn fel ci newydd, Geidwad Roberts.' Roedd Lefftenant-Cyrnol Thorne wedi dod draw i sefyll gyda Steffan. 'Mi gymerodd atat ti reit o'r cychwyn cyntaf. Ond mae wedi cael hen amser digon gwael, hefyd. Bydd yn ofalus efo fo. Cofia, yr holl bethau mae o'n eu gwneud, eu gwneud nhw i ti y mae o.'

Daeth Steffan o fewn dim i chwyrnu drwy'i drwyn. Doedd ganddo mo'r galon i gymryd cyfrifoldeb am gi arall: cafodd ei rwygo'n ddwy pan fu farw Bili. Ond llwyddodd i'w reoli'i hun cyn edrych i fyny a dweud, 'Wrth gwrs, syr.'

A phan gyrhaeddodd Pistol yn ôl ato, allan o wynt ac yn wên o glust i glust, am eiliad teimlai Steffan ei hun yn rhannu llawenydd syml y ci. Dim ond am eiliad.

Yn nes ymlaen y diwrnod hwnnw, a thun o fricyll a darn o siocled yn ei law, aeth Steffan i'r Swyddfa Bost unwaith eto, rhag ofn bod llythyr yn aros amdano. Wrth iddo nesáu, cododd y swyddog ei fraich a'i alw ato. Edrychai'n falch o fod yn gallu rhoi ychydig o newyddion da i

Steffan, ar ôl dyddiau o geisio swnio'n siriol wrth ddweud, 'Sori, washi, dim byd heddiw.'

Roedd calon Steffan yn ei geg wrth iddo gymryd yr amlen, un swyddogol, a stamp arno'n dweud URGENT BEF. ON ACTIVE SERVICE ar hyd y rhan uchaf, a stamp swyddog arno'n dweud 9 Ebrill. Twm! Mae'n rhaid mai oddi wrth Twm yr oedd o. Ond pam oedd o wedi anfon llythyr teligram? Gwyddai'n iawn fod y sensor yn darllen pob gair o'r rheiny. Roedd llawer iawn o stampiau Prydeinig ar y teligram ei hun, dwy geiniog am bob un gair – llwythi o stampiau, ac o ystyried mai teligram oedd o, llwythi o eiriau hefyd.

Rhwygodd Steffan o'n agored.

Gartref ar wyliau. Nhad wedi diflannu. Ddim yn ei lawn bwyll, medd Lara, tro diwetha iddo gael ei weld. Gadawodd nodyn, 'DO'N I DDIM YN DEG EFO'R HOGYN. GWNES GAM Â FO OND CHAWN NI MO'R CI'N EI ÔL.' Rhaid i ti ddod yn ôl – be bynnag ddigwyddodd, mae hyn yn bwysicach na rhyw gi bach. TYRD ADRA.
Twm.

Doedd Twm ddim wedi holi sut oedd ei frawd bach, pa waith roedd yn ei wneud nac a oedd yn ddiogel. Roedd mor wahanol i'r hen Dwm hoffus; roedd mor gas – dyna be oedd – mor *gas*. Doedd o ddim eisiau gweld Steffan, 'mond ei gael yn ôl am fod eu tad wedi diflannu. Ac am ryw reswm, ar Steffan roedd y bai am hynny. 'Mae hyn yn bwysicach na rhyw gi bach'. Roedd Twm yn awgrymu y gallai rhywbeth ddigwydd i'w tad. Roedd Twm yn amlwg yn meddwl mwy am eu tad nag am ei frawd.

Wedi'i siglo, pwysodd Steffan yn erbyn tomen o focsys nwyddau. Doedd Twm ddim yn gallu gweld bod Steffan wedi ymuno â'r fyddin am fod arno angen bod *gyda* Twm? 'Na wnaf!' meddai'n uchel, 'Na, dwi ddim am fynd adra!' Wedi gwylltio, gwasgodd y teligram yn belen fach. Doedd o ddim yn gallu dibynnu mwy ar Twm nag ar ei dad.

Martsiodd Steffan yn flin i gyfeiriad ei babell. Gormod, gormod – roedd hyn yn ormod i'w ddioddef. Nid arno fo roedd y bai fod ei dad wedi diflannu. Cerddodd yn gyflymach gan swingio'i freichiau a dyheu am fedru poeri fflamau o dân, fel draig, i rybuddio pawb, y byd i gyd ac yn enwedig Twm, i gadw'n ddigon pell oddi wrtho.

Clywodd sŵn sgwrsio a chwerthin wrth iddo nesáu at ei babell. Allai o ddim meddwl am fynd i mewn. Nid i ganol dynion eraill, a phawb yn chwerthin ac yn darllen llythyron eu brodyr, eu chwiorydd a'u mamau'n uchel i'w gilydd. Trodd, gan syllu'n ddall ar y môr anferth, unig o bebyll. Safai'n stond, ar goll yn lân, gan ddal ei afael ar y belen bapur, y bricyll a'r siocled. Amhosib oedd bod ar eich pen eich hun yng nghanol deg mil o ddynion.

Crwydrodd Steffan yn ddibwrpas o gwmpas y lle am ychydig nes iddo'i gael ei hun wrth y cytiau cŵn. Heb feddwl, aeth yn syth at gwt ei gi yntau. Doedd dim rhaid iddo siarad â'r ci. Gallai fod yn hollol fud, ond eto fyddai o ddim ar ei ben ei hun. Wel, os nad oedd eisiau ei frawd ar Twm, ac os nad oedd eisiau ei fab ar ei dad, yna byddai cwmni'r ci yn gwneud y tro'n iawn. Roedd arno *fo* ei eisiau – gallai Steffan berthyn i'r ci llwyd, rhyfedd.

Yno roedd Pistol yn aros amdano, fel petai wedi bod yn ei ddisgwyl drwy'r amser – ac yn barod i ddisgwyl amdano drwy'r nos, os byddai raid. Heb ddweud gair wrtho, eisteddodd Steffan yn erbyn y cwt, a gwneud dim byd ond eistedd yno, y bricyll ar ei lin a'r teligram yn ei law. Byddai Bili wedi dangos diddordeb mawr yn y siocled, ond nid felly Pistol.

'Dyna un od wyt ti,' meddai, yn gwybod bod Pistol yn gwylio'i wyneb yn ofalus iawn, a phob un o'i symudiadau. 'Mwy o ddiddordeb ynof i nag yn y siocled, ia?' meddai. Os wna i aros yn llonydd, meddyliodd Steffan, yna mi wnaiff y ci aros yn llonydd hefyd; os wna i symud, symud wnaiff y ci hefyd. Hmmm . . . tybed? Petai'n edrych i'r dde, a fyddai Pistol yn edrych i'r dde? Byddai. Petai'n troi i'r chwith, fyddai Pistol yn gwneud yr un fath? Byddai.

'Mi fyddai'n well o lawer i ti feddwl am siocled nag amdana i,' meddai wrtho'n drist.

Plannodd Steffan ei wyneb yn ei ddwylo, gan ddymuno na fyddai ei galon mor ddideimlad.

Syrthiodd y tun bricyll oddi ar ei lin. Roedd llaw Steffan yn ei boced, yn cydio yn y bocs matsys a oedd wedi bod ganddo ers iddo adael cartref, yr un â'r chwiban frwyn y tu mewn iddo. Doedd ei dad erioed wedi cyffwrdd â'r chwiban a wnaeth Steffan yn arbennig iddo – doedd yr un affliw o ddim byd yn golygu'r mymryn lleiaf i'w dad ddim mwy, nid ers i'r holl gariad lifo allan ohono ac ers i'r holl gynddaredd lifo i mewn iddo yn ei le.

Roedd y blwch wedi gweld ei ddyddiau gorau erbyn hyn ar ôl bod ar y Ffrynt, a phrin oedd y geiriau 'Bryant & May' i'w gweld. Agorodd Steffan o'n ofalus a gweld y chwiban frwyn – a chael cip yn ei feddwl o'r coed drain a'r dyffrynnoedd a'r cloddiau carreg gartref.

Yn ddigalon, cododd Steffan y chwiban at ei

geg a chwythu, gan deimlo'r frwynen yn crynu'r tu mewn iddi. Cododd y sŵn a ddysgodd ei dad iddo fel bwrlwm nant, yn glir ac yn loyw i fyny i'r awyr lychlyd. Chwyddodd hiraeth am gartref y tu mewn iddo. Neidiodd Pistol i'w draed o glywed y chwiban, gan sniffian Steffan yn ffyrnig. Gydag atgofion am Gae'r Drain yn llenwi'i ben, ysgydwodd Steffan y ci i ffwrdd oddi wrtho.

'I lawr, Pistol . . . i lawr! Cer i mewn! Cwt.'

Gan adael y siocled a'r bricyll ar y llawr, cododd Steffan i'w draed. Cydiodd yn y frwynen a'r teligram, a cherddodd i ffwrdd, gan edrych yn ôl er mwyn sicrhau nad oedd y ci yn ei ddilyn. Ond o weld y clustiau siomedig, y coesau hir, ysgafn a'r gynffon ansicr, trodd yn ei ôl ac anwesu'r croen garw lle bu'r mansh.

'Chdi a fi rŵan, 'mond chdi a fi.' Agorodd y ci ei geg a gwenu'n ei ffordd ryfedd, arbennig. Cafodd Steffan gip ar ddannedd miniog Pistol, a synnodd mor wyn oedden nhw.

'Roedd Hamish yn llygad ei le, rwyt ti'n iau o lawer nag y maen nhw'n ei dybio. D'yn nhw ddim yn hoffi cymryd cŵn sy'n iau na blwydd oed, wyddost ti hynny? Wel, dw innau'n rhy ifanc hefyd, ond dwi am aros yma. Alla i wneud y gwaith yma lawn cystal ag unrhyw ddyn – ac mi fedri dithau hefyd.'

14 Ebrill 1918
Etaples

Dechreuodd y diwrnod yn o lew. Aeth Steffan i gael ei frecwast, a thrwy gadw'i ben i lawr yr ail dro llwyddodd i gael llond ail blatiaid. Yn wir, roedd yn fore da er gwaetha'r ffaith fod Hamish wedi mynd, oherwydd yn hytrach na mynd i'r eglwys, aeth y dynion i nofio: martsio am bedair milltir dros laswellt pigog, heibio i gychod pysgota'n pori'n ddiog ar wyneb y dŵr, i dref glan y môr go swanc.

Tynnodd Steffan amdano. Roedd yn ysu am gael golchi'r llwch gwyn oddi ar ei gorff. Roedd y dynion eraill eisoes yn y dŵr, yn sblashio a chwerthin wrth nofio gyda'u cŵn. Byddai'r dŵr hallt yn gwneud byd o les i Pistol – doedd dim byd gwell na dŵr môr i wella'r croen, dywedai tad Steffan yn aml. Rasiodd Steffan i mewn i'r tonnau gan daflu'i hun i mewn iddyn nhw a mwynhau sioc y dŵr oer, glân. Cododd i'r wyneb gan ysgwyd ei ben cyn troi i wynebu'r traeth, ac edrych dros doeon pinc a llwyd y dref i fyny at bebyll gwynion y gwersyll a edrychai fel hwyliau gwyn ar lethrau'r bryn, a heibio iddyn nhw wedyn at y coed pin a'r bryniau yn y pellter.

Roedd Pistol yno ar y traeth, yn rhedeg yn ôl ac ymlaen, wrth ei fodd wrth brancio am y tonnau, dim ond i brancio'n ei ôl wrth i'r rheiny dorri, yn ysu am gael mynd at Steffan ond yn ansicr iawn ynglŷn â'r tonnau. Byddai Bili, meddyliodd Steffan, wedi edrych i lawr ei drwyn ar y tonnau, fel petai'n disgwyl iddyn droi'n ôl oddi wrtho. Gwenodd Steffan wên fach drist.

Wrth i Steffan redeg i fyny ac i lawr y traeth wedyn, gwthiodd Pistol ei drwyn i mewn i'w law wrth redeg wrth ei ochr, mor agos â chysgod. Yn wir, roedd yn glynu mor agos at Steffan nes bod y ceidwaid eraill yn teimlo'n reit genfigennus. A thrwy'r amser, yn llygaid Pistol, roedd y cwestiwn: Be wyt ti am i mi ei wneud?

Allan o wynt yn lân o'r diwedd, syrthiodd Steffan i lawr ar y tywod claerwyn gan daflu'i ben yn ôl er mwyn teimlo cusan gynnes yr haul ar ei wyneb. Setlodd Pistol wrth ei ochr. Yn ddiweddarach, wrth i Steffan eistedd i fyny, eisteddodd Pistol i fyny hefyd a syllodd y ddau allan dros y môr. Yr ochr arall i'r tonnau gleision acw, meddyliodd y bachgen, mae Prydain a Chymru a 'Nhad a Twm.

Na, doedd o ddim eisiau meddwl am hynny. Neidiodd i'w draed. 'Siocled,' meddai wrth

Pistol. 'Ma' gen i bum ffranc. Ar ôl cyrraedd yn ôl, mi awn ni i gwt yr YMCA eto, ia? A chael mwy o siocled a bricyll.'

Wedi mynd i fyny i sector Villers roedd Hamish, ynghyd â James, ei frawd, a oedd erbyn hynny'n Gapten yn gofalu am Orsaf Signalau'n cynnwys deg o ddynion. Roedd Steffan wedi clywed fod y sector yn disgwyl ymosodiad arall. Gwaethygu wnaeth y newyddion oddi yno: roedd Ludendorff yn dal i fod â'i fryd ar gipio Amiens. Collwyd rhywfaint o dir, ond enillwyd rhywfaint hefyd, ers i Steffan adael y linell; dim mwy na modfeddi'r ddwy ffordd.

Yn y gwersyll y noson honno, roedd yna lythyr yn aros am Steffan, a llawysgrifen Twm ar yr amlen.

'Be rŵan, Pistol? Be sy gan Twm i'w ddweud rŵan, 'sgwn i?' meddai Steffan mewn llais blinedig, cyn dechrau darllen yn uchel er mwyn y ci a edrychai fel petai'n deall bob gair.

Cae'r Drain
12fed Ebrill, 1918
Annwyl Frawd,
Mae fy ngwyliau am gael eu chwalu. Cefais
orchymyn i ddychwelyd ymhen deuddydd o heddiw.
Amser go anodd a gefais yma. Lladdwyd tad
Lara wrth wasanaethu yn y rhyfel fis yn ôl.
Mae 'Nhad yn dal i fod ar goll. Bu llawer o alar
a llawer o boen meddwl, o'th herwydd di ac
oherwydd 'Nhad – ond bu cryn hapusrwydd hefyd.
Priodwyd Lara a minnau ddoe yng nghapel Seion.
Nid oedd yn iawn, rywsut, hebddot ti a 'Nhad
yno, ond gan ein bod yn byw mewn byd mor
ansicr, a minnau dan orchymyn i ddychwelyd,
roedden ni'n teimlo mai'r peth gorau i'w wneud
oedd bwrw ymlaen.

Doedd ei dad byth wedi mynd adref? Pam?
Siawns y byddai eisiau bod yno a Twm gartref ar
wyliau? "Cefais orchymyn i ddychwelyd ymhen
deuddydd o heddiw"; roedd Twm yn dod 'nôl
felly – byddai'n ôl yn Ffrainc cyn bo hir.

Mae Lara a minnau wedi siarad cymaint amdanat ti ac am yr hyn a'th anfonodd i ffwrdd, a gwn yn awr dy fod wedi dioddef llawer iawn mwy nag a sylweddolais. Rwy'n fy meio fy hun am dy adael di yno ar dy ben dy hun gyda 'Nhad, a minnau, ym mêr f'esgyrn, yn gwybod ei fod yn bell o fod yn fo'i hun. Does dim rhaid i ti ddod adref, ond rwy am chwilio amdanat drwy bob twll a chornel yn Ffrainc, ac rwy am erfyn arnat i ddod. Fe edrychith Lara ar d'ôl di yn y Bwthyn a bydd popeth mor wahanol. Dealla mai cael ei ysgrifennu â chalon yn llawn ofn amdanat a wnaeth fy nheligram diwethaf i ti, ac mewn ofn am 'Nhad, yn hytrach nag â'r gynddaredd oedd ynddo. Roeddwn yn pryderu cymaint amdanat ti, doeddwn i ddim yn gwybod yn iawn pa ffordd i droi. Gall 'Nhad edrych ar ei ôl ei hun, ond y ti – paid ti â phoeni dim amdano, ond canolbwyntia ar aros yn ddiogel.

Gwenodd Steffan a thynnu Pistol yn nes ato. Yr hen Dwm oedd hwn unwaith eto.

Allaf i ddim dioddef meddwl am ddim byd yn digwydd i ti, na chwaith dy fod yn gweld yr holl bethau erchyll a welais i. Gweddïaf fod Cyrnol Richardson yn iawn pan ddywedodd fod dy waith yn dy gadw di'r tu ôl i'r llinellau. Ond er gwaethaf popeth, rwy'n ysu am gael clywed amdano, gan fy mod i wedi gweld cŵn yn gweithio i'r gelyn, ond eto i weld un yn gweithio gyda ni.

Mi ysgrifennaf eto cyn gynted ag y byddaf yn ôl yn Ffrainc. Arhosa'n ddiogel, Steffan, nes i mi ddod o hyd i ti.

Dy frawd annwyl, Twm.

Roedd Twm ar ei ffordd i Ffrainc!

Gwthiodd Steffan y llythyr i mewn i'w boced a brysio draw i'r cytiau cŵn, yr olaf i ymuno â'r rhengoedd o ddynion a oedd wedi heidio yno i wrando ar y Cadfridog Haig ar y weiarles, ond gyda geiriau llythyr Twm yn dal i lifo fel afon drwy ei ben wrth i lais y Cadfridog daranu allan o'r set radio.

'Dair wythnos yn ôl i heddiw, dechreuodd y gelyn ymosod yn giaidd arnom ni . . .'

Doedd Twm ddim yn beio Steffan am ddiflaniad eu tad, ond eto allai Steffan ddim peidio â theimlo bod yna rywfaint o fai arno serch hynny. Roedd y ddelwedd o'r hen ddyn hwnnw, a'i wallt mor wyn, yn ceisio cydio yn yr awyr wag, wedi dod yn ôl i'w boeni.

'Ei fwriad yw . . . dinistro'r Fyddin Brydeinig . . . rhaid i bob un safle gael ei amddiffyn, hyd at y dyn olaf; ni fydd yna dynnu'n ôl. Gyda'n cefnau'n erbyn y wal, ond gan gredu'n gryf yng nghyfiawnder ein hachos, rhaid i bob un ohonom ymladd hyd at y diwedd.'

Rhedodd cryndod i lawr asgwrn cefn Steffan, ac i lawr cannoedd o esgyrn cefn eraill wrth i'r weiarles gael ei diffodd. Yna daeth cyhoeddiad:

'Mae pob un adran gŵn i gael ei hanfon i fyny i'r Ffrynt, pob un dyn a phob un ci. I fynd i fyny yno ar eich union. Mae gwir angen y cŵn yno. Ewch ymlaen gan anrhydeddu'r enw da mae eich gwaith eisoes wedi'i greu.'

Casglodd y dynion mewn grwpiau gwahanol a disgwyl am ragor o gyfarwyddiadau. Gorchmynnwyd Steffan i fynd 'nôl yn syth i sector Villers-Bretonneux.

'Byddi di, Roberts, dan orchymyn y Capten James McManus, yng Ngorsaf Signalau Pencadlys y Frigâd. Gwnaeth Capten McManus gais arbennig amdanat ti. Mae Gorsaf y Capten ynghlwm i'r Dydedd Frigâd ar Ddeg, o'r Bedwaredd Adran Awstralaidd, dan ofal y Cadfridog Glasgow. Maen nhw'n disgwyl y bydd brwydro go bwysig yn digwydd yn Villers. Mae'r awyrennau wedi gweld dynion y gelyn yn ymgasglu ger Coedwig Hangard, tua milltir i'r de o'r dref. Maen nhw wedi dod â'r gynnau mawr i fyny, ac wedi gosod chwe adran newydd yn barod ar ei ffrynt. Ond mae'r tirwedd yn dy sector di yn un go anodd. Mae llethr ogleddol serth yn arwain i fyny at yr Orsaf Signalau. Maen nhw'n dioddef colledion mawr ymysg y rhedwyr – mae digon o gysgod iddyn nhw ar y ffordd i lawr, ond braidd dim cysgod ar gyfer y rhedwyr rheiny sy'n gorfod mynd yn ôl i fyny. Gwna dy orau, Roberts – ry'n ni dan orchymyn i amddiffyn y Somme, dim ots be. Cofia – os yw Villers yn cwympo, yna bydd Amiens yn cwympo. Ac os bydd Amiens yn cwympo, yna bydd hi'n amen ar Baris.'

Roedd pen Steffan yn troi. Doedd Amiens a Pharis ddim yn golygu llawer iddo'n awr. Roedd Twm yn dod a hyd yn oed petai'n gwneud dim byd ond crefu ar Steffan i fynd adref, ysai Steffan am gael ei weld.

'Un arall i ti, Roberts!' gwaeddodd llais o'r Swyddfa Bost.

Cerdyn y tro hwn, nid llythyr – Post y Groes, sef post mewnol y Fyddin – a'r stamp arno'n dweud y 13eg, sef echdoe, a dau driongl YMCA a'u pennau'i lawr. Twm! Nodyn arall oddi wrth Twm! Darllenodd Steffan:

Rwyf dan orchymyn i anelu'n syth am ardal Amiens, heb aros o gwbl yn Etaples, lle roeddwn wedi gobeithio dod o hyd i ti. Gobeithiaf nad wyt ti yn sector Amiens. Nid yw'r pethau'n mynd yn dda o gwbl i ni yno ac mae mwy a mwy o'r gelyn yn llifo i mewn yno. Rwy'n crynu ag ofn wrth feddwl amdanat ti, Steffan. Rwy'n cael fy nhynnu rhwng dyheu am dy weld yn dychwelyd adref, a dyheu am i ti aros yma er mwyn i mi dy weld yn y cnawd. Mae Lara'n dal i chwilio am 'Nhad. Rhaid i ni ein dau weddïo y daw hi o hyd iddo'n ddiogel.
Ar frys mawr, Twm.

Dim ond pedair awr ar hugain roedd Post y Groes yn ei gymryd tu mewn i unrhyw ardal lle roedd y Fyddin: gallai Twm fod yma'n rhywle – gallai fod yma'n awr – yn brysio, fel Steffan ei hun, i gyfeiriad ardal Amiens. Lle oedd o? holodd Steffan ei hun. Roedd gan bob swyddfa bost y maes ei stampiau ei hun – ond dim ond rhif oedd y stamp hwn, rhif oedd ddim yn golygu dim byd i Steffan. Gyda pha adran oedd o'n ymuno? Pa frigâd, pa gorfflu?

Trodd Steffan a chwilio'n wyllt drwy'r lluoedd a'r cerbydau a'r trenau'n llawn dynion yn gadael. Martsiodd bataliwn o filwyr Awstralia ar hyd y ffordd lychlyd yn y pellter, pob un yn gwisgo het gantel lipa a gwên lydan, gan gamu'n hyderus i gyfeiliant band pib.

'Wel. Duw a helpo'r Almaenwyr,' sibrydodd y swyddog post a oedd newydd roi llythyr Steffan iddo. Edrychodd Steffan ar yr Anzacs yn llifo heibio, rheng ar ôl rheng ohonyn nhw a'u botymau a'u bathodynnau'n fflachio yng ngolau'r machlud, pob un ohonyn nhw'n barod i ymladd hyd y diwedd.

Wrth edrych ar y rhain, sylweddolodd Steffan y byddai'n rhaid iddyn nhw fynd i fyny, Pistol ac yntau, a gwneud yr hyn yr oedden nhw wedi cael eu hyfforddi i'w wneud. Byddai Twm yn siŵr o ddod o hyd iddo wedyn.

Fore trannoeth, wedi'i wasgu eto fyth i gornel tryc gwartheg tywyll, clywodd Steffan eiriau'r Cadfarsial Haig yn adleisio'n annifyr yn ei ben: 'Rhaid i bob un safle gael ei amddiffyn, hyd at y dyn olaf . . . rhaid i bob un ohonom ymladd hyd at y diwedd.'

Wrth iddyn nhw aros ger croesffordd, daeth trol fawr a gynnau peiriant arni heibio, yn cael ei thynnu gan dîm o ryw ddeuddeg o geffylau gwinau. Ceffylau gwinau oedd ffefrynnau tad Steffan: doedd dim angen cymaint o olchi arnyn nhw, meddai. Fel pob tro arall, edrychodd Steffan yn ofalus ar bob creadur rhag ofn bod un o geffylau Cae'r Drain yn eu mysg. Na, meddai wrtho'i hun, at y marchogion y byddai ceffylau gwych Cae'r Drain yn mynd yn syth. Ond Trwmped, yr hen geffyl ffyddlon – wel, byddai Trwmped, yn ei ddydd, wedi bod yn geffyl trol ardderchog . . .

Teimlodd Steffan ei stumog yn troi'n ddirybudd wrth iddo gofio fel roedd ei dad yn chwipio Trwmped druan mor giaidd, y diwrnod hwnnw ar lan y llyn, pan oedd arno eisiau dianc ac osgoi gorfod edrych ar ei fab. Roedd yn od, meddyliodd Steffan, fod ei dad wedi cymryd y drol y diwrnod hwnnw hefyd. Tybed pam nad oedd wedi meddwl am hynny cyn rŵan. Oedd o'n dechrau gweld pethau'n gliriach erbyn hyn, wrth i'r braw o golli Milwr gilio rywfaint? Roedd ei deimladau tuag at ei dad hefyd yn dechrau tyfu'n fwy dryslyd.

Martsiodd yn ei flaen a Pistol yn trotian yn hapus braf wrth ei ochr, ond dechreuodd Steffan feddwl fwy a mwy am drol ei dad, nes iddo fethu â meddwl am ddim byd arall. Lle roedd ei dad wedi mynd y bore hwnnw, a pham?

Roedd yn dal i fod yn hel meddyliau tywyll pan arhosodd ei uned y tu allan i'r fynedfa i ffos gyswllt, a sefyll yno'n llonydd yng ngwres poeth yr haul. Neidiodd fel sgwarnog wrth i'w law gyffwrdd â chroes bren. Doedd o ddim wedi sylwi ar glwstwr ohonyn nhw, yno ar y chwith. Symudodd Steffan yn ei flaen tuag at lawr pren a'r arwydd mawr yn dweud 'WALKING WOUNDED'. Bedair wythnos yn ôl roedd o wedi martsio i fyny i'r Ffrynt, dim ond i Hunter ei ddilorni. Corporal Hunter. Edrychodd Steffan yn ôl at y croesau. Tybed . . ?

Galwodd ar Pistol i symud i'r ochr a gwneud lle i swyddog ddod heibio, ei fraich wedi'i hanafu ac mewn sling gwyn. 'Pob lwc, syr,' sibrydodd Steffan.

Heb droi na chodi'i ben, ebychodd y swyddog. 'Ti fydd angen y lwc, 'ngwas i, dw *i* ar fy ffordd allan o'r lle 'ma.'

Cyrhaeddodd Steffan a'r gweddill at ben draw'r ffos gyswllt. Daeth criw o'r Black Watch tuag atyn nhw, eu pengliniau gwyn yn sgleinio dan eu ciltiau tywyll. Ar un ochr i'r llwybr pren safai Is-Gorporal gyda chriw o ddynion blinedig, chwyslyd a gwaedlyd, a chynfasau llawr dros eu hysgwyddau. Roedd llond llaw o bapurau ganddo a galwai enwau allan yn uchel, un ar ôl y llall. 'Fraser,' galwodd, ac aros, a galw eto, 'Fraser.' Galwodd yr enw am y trydydd tro, a phan na chafodd ateb, tynnodd linell drwy'r enw ar y papur.

Rhedai'r llinell gefn o flaen Villers ac ar draws dau ddyffryn, un ohonyn nhw'n arwain at lannau Afon Somme i'r gogledd, a'r llall i'r de at lannau Afon Luce, meddai tywysydd Steffan wrtho. Wrth i Steffan symud yn ei flaen, gwenodd yr Awstraliad cyfeillgar arno a phlygu i lawr i groesawu Pistol. Roedd gan yr Awstraliaid enw da am fod yn hoff o gŵn, yn ôl yn y Cenelau Canolig.

Roedd yna baratoi mawr yn digwydd reit ar hyd y llinell, a llwythi o nwyddau'n cael eu cludo i'r ddau gyfeiriad, tra oedd y llinell flaen gyfan – yr holl ffordd o'r goedwig i'r dde i'r ffordd Rufeinig i'r chwith, honno a arweinai i Villers – yn frith â fflachiadau gynnau'n saethu. Roedd y llethr lle roedd ffos Steffan yn llawn o bantiau bychain a fyddai o help garw i'r gelyn petaen nhw'n sleifio i fyny i ymladd am y tir uchaf. Fyddai'r rhedwyr ddim yn ei chael hi'n hawdd o gwbl; dyma lethr oedd yn beryg bywyd.

'Capten McManus, syr?' meddai Steffan wrth iddo gamu i mewn i Orsaf Signalau'r Frigâd, gan edrych o'i gwmpas â diddordeb. Roedd hon yn fwy, a chyda gwell offer, na hen orsaf Hunter. Camodd James ymlaen gan roi braich am ysgwyddau Steffan. Yno, hefyd, roedd Hamish. Ac mewn cornel arall, wrth ymyl y ffôn Fuller, roedd Fidget, yn eistedd wrth ymyl ei fasged colomennod – yn llipa, fel hen liain llestri. Da oedd ei weld yntau, hefyd. Er ei fod yn glên ac yn groesawgar, roedd James yn eitha swta gyda Steffan, yn amlwg yn llawn tensiwn, a dychwelodd yn sydyn at ei ffôn Fuller, ond arweiniodd Hamish a Fidget ef i'w dwll ffync newydd.

Gyda'r nos, 23 Ebrill 1918
Coedwig Aquenne, ger Cachy

Aeth deuddydd arall heibio. Cyrhaeddodd rhagor o ddynion, rhagor o arfau, rhagor o nwyddau. A chyda phob un confoi, tyfodd y tebygolrwydd fod yna ymosodiad arall am ddigwydd. Amser swper, ac roedd yna lythyr arall i Steffan gan y negesydd. Hwn hefyd o Bost y Groes, a'r tro yma mewn amlen gydag Eglwys y Fyddin arno, wedi ei gyfeirio mewn llawysgrifen hardd a chlir – yn un ddieithr i Steffan ond dyfalodd mai llawysgrifen y Tad Bill oedd hi, a'i fod o'r diwedd wedi dod o hyd i Twm. Ond gan fod Steffan bellach yn gwybod lle roedd Twm, arhosodd tan ar ôl swper cyn ei ddarllen mewn heddwch cymharol yn ôl yn ei dwll ffync.

Etaples
22 Ebrill, 1918

Annwyl Steffan,
Gobeithio dy fod yn dal i fod yn ddiogel ac
yn iach. Ymddiheuriadau am fod cyhyd yn
ysgrifennu.
 Fel y gwyddost, mae Twm yn gwasanaethu
gyda'r Ffwsilwyr Cymreig. Wrth i mi
ysgrifennu hwn, mae wedi dychwelyd ar ôl
bod ar wyliau a dan orchymyn i ymuno â'r
8fed Adran yn ardal Amiens. Alla i ddim
dweud mwy na hynny wrthot ti.

Rhoddodd Steffan naid fechan: yr 8fed Adran?
Y sector *yma* oedd hynny. Roedd rhan o'r 8fed
Adran yn aros fel cefnogaeth a rhan arall yn y
llinellau blaen. Ym mha ran oedd Twm, tybed?

Wrth chwilio am dy frawd, deuthum ar
draws Roberts arall o Lanaber, un nad
oeddet ti, efallai, yn disgwyl dod ar ei
draws yma: dy dad, Dafydd Roberts.

Neidiodd Steffan i'w draed, yn hollol gegrwth a'i galon yn carlamu'n wyllt. Ei dad? Na!

Mae dy dad yn gwasanaethu gyda'r Remounts – yn gofalu am geffylau'r gwŷr meirch.

Roedd ei dad yn rhy hen, siŵr iawn! Doedd y Remounts ddim yn derbyn dynion o'r oed yna. Faint *oedd* ei oed o? Yn iau nag yr oedd o'n edrych: tua hanner cant, efallai. Ond roedd y Fyddin wedi derbyn tad Lara Puw – hwyrach eu bod nhw'n gorfod derbyn dynion hŷn erbyn hyn. Trodd Steffan a chraffu dros ochr ôl y ffos – fel petai'n gallu gweld pen gwyn ei dad ymysg yr holl droliau a cherbydau a dynion a oedd yn llifo heibio.

Cyrhaeddodd ei uned yn Etaples yr wythnos diwethaf. Chwiliais amdano a dweud wrtho dy fod dithau hefyd yn y sector yma – a 'mod i wedi dy weld di.

Etaples? Daeth Steffan o fewn dim i adael ei safle, o redeg a rhedeg a chwilio pob modfedd o Ffrainc nes iddo ddod o hyd i'w dad, a chlywed y gwirionedd am Milwr o enau ei dad ei hun.

Cefais y fraint amheus o fod yn dyst i ffrwydrad o'r rhegi mwyaf lliwgar i mi ei glywed erioed – does wiw i'r un offeiriad hyd yn oed feddwl am roi enghraifft i ti – ond deallais mai'r rheswm dros hyn oedd y pryder yr oedd dy dad yn ei deimlo tuag atat ti. Mae'n swp sâl yn poeni amdanat ti, ac os na chaiff hyd i ti yn gyntaf, mae am ysgrifennu atat gan erfyn arnot i ddychwelyd adref.

Fydd pethau byth yr un fath eto i'r un ohonom ni yma. Pan ddychweli di adref, hwyrach y byddi'n teimlo fel dieithryn llwyr, hyd yn oed i ti dy hun. Os felly, Steffan, yna paid â bod yn ddieithryn i'th deulu dy hun. Mae gen ti dad sydd wirioneddol yn dy garu, ac sydd yn barod i'th ddilyn di i ben pella'r byd.

Boed i Dduw dy fendithio a'th gadw'n ddiogel,
Y Tad Bill.

Teimlai Steffan fel petai'n sefyll mewn cors, a'r ddaear yn ceisio'i sugno i lawr o'r golwg. Dim ots sut roedd o'n edrych ar bethau, roedd ei dad yma yn Ffrainc i chwilio amdano fo, Steffan.

Y Remounts. Roedd yna 500,000 o geffylau ar Ffrynt y Gorllewin. Gwenodd Steffan. O leiaf roedd digon gan ei dad i'w gadw'n brysur. Yn brysur, ac yn falch unwaith eto – yn falch am ei fod yn gwneud yr union waith roedd yn ei garu fwyaf. Doedd neb yn gwybod mwy am geffylau na Dafydd Roberts, Cae'r Drain. Gyda phob math o feddyliau ac amheuon yn chwarae mig â'i gilydd yn ei ben, eisteddodd Steffan i lawr wrth ochr Pistol. Syllodd ar y chwyn oedd yn tyfu'n glwstwr tew ar ben y parapet, y blodau'n felyn llachar yn erbyn llwydni sinistr yr awyr.

Roedden nhw'n dal yno ddwy awr yn ddiweddarach, yn dal i aros am y dyn a fyddai'n dod i nôl Pistol. Roedd yr awyr yn awr wedi troi'n biws tywyll ac roedd hyd yn oed yn fwy sinistr na'r llwydni cynharach.

Hamish! Roedd Hamish yn dod amdanyn nhw, ei gorff mawr cyfarwydd yn llenwi'r ffos gul. Cyfarch Pistol a wnaeth o – a thrwy wneud hynny, roedd hefyd yn cyfarch Steffan.

'*Aye*, un da w't ti. Ci a hannar. Ma'r hogyn yma'n gwneud lles i ti, a dwyt titha ddim yn gwneud dim drwg iddo yntau chwaith.' Anwesodd

237

glustiau'r ci. 'Ac ma' gen i gystal siawns o gael ateb call gen ti ag sy gen i o gael un gan dy feistr.' Gwenodd Hamish ar Steffan wrth ymsythu, a safai'r ddau yn edrych i fyny ar yr awyr drwy'r rhwyd ar ben y ffos.

Synhwyrodd Hamish y gwynt, fel ci. 'Dwi ddim yn hoffi golwg yr awyr yna o gwbl,' meddai. 'Ma' hi'n llawn glaw, glaw trwm hefyd.' Edrychodd Hamish i lawr dros y tir gwastad islaw. 'Degau o filoedd o ddynion, Steffan, i gyd yn ymguddio fel llygod mawr. Y tu mewn i bob un twll sy yn y tir yma. Wedi'u symud yma o bob cornel o'r byd, fel darnau mewn gêm wyddbwyll. Yfory bydd y ddaear yn eu chwydu nhw i gyd allan, a chwydu miloedd o dunelli o ddur allan o hefyd . . .'

Daeth milwr traed atyn nhw o'r tu ôl gan dorri ar draws Hamish.

'Geidwad Roberts?'

Meddalodd wyneb Hamish wrth iddo wenu ei wên gyfforddus, grychiog.

'Mae o yma, *laddie*, wedi dod i 'nôl dy gi bach di.'

Ceisiodd Steffan baratoi ei hun ar gyfer ffarwelio yn ddewr ac yn gyflym.

'Ty'd yn ôl yn ddiogel, Pistol. Ty'd yn ôl yn ddiogel.' Rhoddodd y tennyn yn llaw'r milwr traed. 'Edrychwch ar ei ôl o, syr.'

Wrth i Pistol droi'r gornel am y ffos gyswllt, cafodd Steffan gip ar ei drwyn hir yn troi'n ôl er mwyn edrych ar ei feistr a'i gynffon yn ysgwyd fel coblyn.

'Mae stand-to am dri o'r gloch,' meddai Hamish. 'Ac am hanner awr wedi . . . zero hour, medden nhw. Nos dawch, *laddie*.'

Gwgodd i fyny ar yr awyr sinistr unwaith eto, cyn mynd.

Toriad gwawr, 24 Ebrill 1918
Coedwig Aquenne, ger Cachy

Am dri o'r gloch y bore, mor bell ag y gallai Steffan weld, safai dynion y Drydedd Frigâd ar Ddeg yn barod ar y grisiau tân. Roedd hi mor dawel fel y gallai glywed wats Fidget yn tic-tic-tician, fel bom a oedd am ffrwydro unrhyw funud.

Daeth arweinydd platŵn heibio gyda'r dognau o rỳm mewn jar fawr garreg, dau-alwyn. 'Lawr â fo, lawr â fo,' meddai wrth bob un dyn.

A'i galon yn curo fel drwm, cymerodd Steffan y rým am y tro cyntaf gan obeithio y byddai'n helpu i lonyddu rhywfaint ar ei nerfau, ond y cwbl a wnaeth y ddiod oedd llosgi ei wddf a chipio'i anadl.

Allan ar y tir gwastad, doedd dim byd i'w weld ond cymylau golau o niwl yn cylchdroi'n ddiog o gwmpas y tyllau yn y ddaear. Yna daeth sŵn sibrwd, fel sŵn gwynt, ar hyd y ffos. Teimlodd Steffan ei waed yn oeri ag ofn – ofn drosto'i hun a thros Pistol yn llifo'n un arswyd anferth.

Am hanner awr wedi tri, i fyny ac i lawr y lein, chwythodd arweinwyr y platŵns eu chwibanau. Dringodd yr Awstraliaid dros y parapet ac allan, eu bidogau'n sownd ym mlaenau eu reifflau. Sgrialodd Steffan am ei bidog ei hun er mwyn creu twll yn ochr y ffos, gan dreiddio fel pryf genwair drwy'r pren nes edrychai'r wal fel petai'n wylo tywod. Fel y saethwyr, gallai yntau'n awr weld allan heb fentro codi'i ben uwchben y parapet. A'i lygad yn erbyn y twll, gwyliodd linellau o ddynion llwyd, glas a llwydfelyn yn dringo allan o ffosydd na wyddai Steffan eu bod nhw yno o gwbl – y Ffrancwyr mewn glas ar y dde, yr Awstraliaid yn eu lifrau llwydfelyn yn syth o'i flaen a chaci'r Prydeinwyr yn eu canol, i gyd gyda'i gilydd, eu reifflau i fyny a'u bigodau'n barod. Llif anferth o ddynion, yn symud ymlaen yn dawel.

Y tu ôl i'r don o saethwyr dilynai pedwar o Signalwyr, dau ohonyn nhw'n cludo gwifren ar rîl ac yn ei gollwng fesul tipyn, a'r ddau arall yn cario lampau, teliffonau a gwifrau sbâr. Gyda lwc, byddai'r gwifrau'n rhedeg o'r safleodd y byddai'r Signalwyr wedi eu creu, yn ôl i'r Orsaf Signalau.

Yna dechreuodd y gynnau mawr danio.

'Tair mil o howitsers – ma' gynnon ni dair

mil o ynnau howitsers ar hyd y ffrynt yma!' gwaeddodd Fidget yn llawn balchder.

Fflachiodd yr howitsers gan fytheirio tân wrth saethu ffrwydron a sgrechiai'n fyddarol fel clytiau anferth yn cael eu rhwygo wrth iddyn nhw wibio ar draws yr awyr, gan adael cynffonnau o wreichion coch ar eu hôl fel sêr gwib cyn ffrwydro i farwolaeth yn y pellter.

'Maen nhw'n trio ffurfio wal o dân – wal gyfan o dân o flaen y milwyr traed, i'w gwarchod nhw.' Pwyntiodd Fidget at y wal ofnadwy, ddi-ben-draw o fflamau a oedd yn ymestyn mor bell i'r gogledd ag y gallai Steffan weld – am ddeg milltir, efallai. Chwarddodd Fidget yn hapus.

'Ry'n ni wedi'i ddal o'n cysgu. Roedd Jeri'n cysgu'n sownd.'

Ond roedd Jeri wedi deffro erbyn pedwar o'r gloch, yn flin fel tincar ac yn saethu'n ôl, a theimlai'n awr fel petai pob un gwn drwy'r byd i gyd yn tanio, a'r ddaear yn codi i fyny ac i lawr fel môr aflonydd a'r gorwel yn edrych fel petai ar dân. Pe bai popeth yn mynd fel y dylai, pe bai'r llinellau dal yn gryf, yna fyddai dim angen Pistol. 'Daliwch i fynd, daliwch eich gafael yn y lein, daliwch i fwrw ymlaen,' gweddïodd y bachgen, a'i geg yn sych fel blawd. 'Daliwch y lein a bydd Pistol yn iawn.'

Amhosib, bellach, oedd dweud pwy oedd piau pa ffrwydron. Oherwydd y mwg a'r niwl, allai Steffan ddim gweld ymhellach na rhyw bum llath ar hugain o'i flaen, dim byd ond fflachiadau a fflamau, ffrwydradau a gwreichion gwahanol liwiau. Llanwyd yr aer ag arogl cryf. Roedd y twrw'n fyddarol – sgrechiadau a chwibanau'r ffrwydron, rhu diddiwedd y gynnau mawr a sibrydion milain y bwledi, i gyd yn uno nes i'r cyfan fygwth malu clyw rhywun yn deilchion rhacs.

Roedd y byd yn torri'n ddarnau mân, a neidiai calon Steffan bob tro y byddai darnau'n llamu o'r ddaear – cerrig a phridd a brigau a changhennau – i fyny i'r awyr o'i flaen. Roedd llawer o'r cerrig gymaint â dyn – yn fwy, hyd yn oed, lawer ohonyn nhw – ac yn syrthio i'r ddaear fel cenllysg. Ffrwydro'n las a wnâi'r ffrwydron gan luchio tunelli o bridd i fyny i'r awyr a throi'r wlad yn fôr o fflamau a thân, a chan ladd pob teimlad y tu mewn i Steffan heblaw am yr ofn a deimlai dros Pistol.

'Pedair milltir – mae'r ffrynt acw'n bedair milltir o hyd – mae'r gelyn yn saethu'n ôl am bedair milltir,' gwaeddodd Fidget i mewn i glust Steffan. 'Maen nhw isio Villers . . .'

Roedd wyneb Fidget yn neidio mewn ffordd ryfedd iawn, ac roedd ei fysedd yn dawnsio yn yr awyr fel gloynnod byw gwallgof. Oedd o wedi treulio gormod o amser ar y Ffrynt? Doedd o ddim wedi cael gwyliau o gwbl, gwyddai Steffan, oherwydd iddo ddod 'nôl yn syth i'r Ffrynt ar ôl gadael Steffan a Bili gyda'r ambiwlans.

Cododd clogwyn sydyn, brawychus o dân i'r dde, cymysgedd o wahanol fathau o wyrdd a brown a llwyd i gyd yn llifo i mewn i'w gilydd. Mae'n rhaid mai'r llinell flaen oedd honna. Oedd ffrwydradau'r gelyn yn awr yn gallu syrthio'r tu ôl i'r llinellau blaen? Acw, i'r dde – oedd y tanau'n syrthio i lawr yr ochr yma i'r llinellau blaen? Yna – yn union lle roedd Steffan wedi bod yn syllu'n gynharach – saethwyd golau Very i fyny i'r awyr. Y tân gwyn, llachar magnesiwm yna oedd arwydd SOS y Prydeinwyr. Roedd rhywbeth yn bell o fod yn iawn acw ar y dde, lle roedd y cymylau tewion o fwg yn chwyddo a thafodau tân yn llyfu'r awyr. Sut allai'r llinellau cyswllt aros ar agor pan oedd holl berfedd y ddaear yn cael ei chwalu'n llwyr? Ac os oedd y llinellau cyswllt yn methu, yna be wedyn? Fydden nhw byth yn anfon *ci* i mewn i'r fath uffern? Fydden nhw?

Am chwarter i bump, dechreuodd gwawr lipa dorri dros faes y frwydr. Chododd yr un aderyn i groesawu'r dydd. Roedd y Ffrynt yn dal i gael ei golbio gan y ffrwydron, a'r ddaear dan draed Steffan yn crynu fel jeli a'r aer o'i gwmpas yn crynu ac yn berwi. Roedd cawodydd o bridd yn dal i syrthio i mewn i'r ffos a thros ei helmed. Be oedd yn digwydd? Ble oedd Pistol? Oedd y saethu wedi symud yn nes eto? Oedd y gelyn yn anelu am y llinellau cefn erbyn hyn? Roedd hi'n amhosib gweld be'n union oedd yn digwydd, a'r tebygolrwydd oedd bod y gelyn yn ceisio creu wal o fwg: roedd llygaid Steffan yn llosgi ac yn brifo.

Yna agorodd yr awyr wrth i storm o fellt a tharanau ffrwydro dros y tir gwastad. Tro'r glaw trwm oedd hi'n awr i fwrw'r ddaear druan. Cododd sawl golau Very dros linellau'r Cynghreiriaid – mwy o sêr gwib llachar. Doedd pethau ddim yn mynd yn dda o gwbl.

Oedd Pistol yn debygol o gael ei anfon allan i *hyn*? Oedd Twm yno'n rhywle? Caeodd Steffan ei lygaid am ychydig eiliadau, a throi i ffwrdd. Roedd yr ofn bron yn annioddefol, ac roedd hwnnw ynghyd â'r twrw ofnadwy yn bygwth ei rwygo'n ddau hanner. Amhosib oedd dioddef rhywbeth fel hyn: rhaid oedd trio meddwl am rywbeth arall. Yna gwelodd Steffan rywbeth yn symud ar wal y parapet: byddin fechan o chwilod corniog yn martsio i fyny ac i lawr. Roedd chwilod fel hyn wrth eu bodd â'r pridd sialcaidd hwn, yn enwedig rŵan ac yntau'n llithrig oherwydd y glaw. Roedd llu ohonyn nhw wedi dod allan i groesawu'r glaw, pob un fel tanc bychan â'i gorff bach haearnaidd neu fel rhyw fath o stegosawrws pitw. Cofiodd Steffan fod yna chwilod ym mhob man, ym mhob rhan o'r byd, o'r anialwch sychaf un i'r tir gwlypaf a mwyaf corslyd ar y blaned. Ym mhobman ond yn yr Antarctig.

Roedd Hamish wedi dod i fyny o'r gwaelodion ac yn sbecian dros ochr y parapet. Tynnodd Steffan ei gôt law a'i dal hi dros y ddau ohonyn nhw'n gysgod rhag y glaw a syrthiai i mewn drwy'r rhwydi uwch eu pennau.

'Go brin y gwelwn ni ddim byd fel hyn eto – fyth. Hwn yw'r bombardio mwyaf gan ynnau trwm welith yr un ohonan ni, gyda lwc,' bloeddiodd Hamish.

'Ydi'r llinellau'n dal?' gwaeddodd Steffan yn ôl.

'Ydyn – hyd yma. Maen nhw i'w gweld yn dal hyd yn hyn . . . ond mae gynnau'r gelyn i'r gogledd, i'r de ac i'r gorllewin o Villers. Maen nhw'n gallu gweld Amiens yn glir. Mae gan yr Almaenwyr boced bedair milltir o hyd a milltir o ddyfnder o gwmpas Villers . . .' pwyntiodd Hamish i gyfeiriad dau glwstwr o goed draw yn y gogledd-ddwyrain, 'a rhannau o Goedwigoedd Monument a Hangard.'

Daeth gweiddi, panig a phandemoniwm o'r Orsaf Signalau.

'Oes yna Gwmni wedi mynd?'

Neidiodd Hamish i ffwrdd ac i lawr y grisiau.

'Mae Cwmni B wedi mynd!'

'Mae Cwmni C yn iawn!'

'Neges oddi wrth Gwmni C. Maen nhw wedi'n hamgylchynu ni, syr, be wnawn ni?'

Oedd Pistol gyda Chwmni C?

Brysiodd dau filwr lein allan gan sgrialu fel llygod mawr dros y top, ar eu boliau, ymlaen ac i lawr yn y glaw didrugaredd.

'Mae Cwmni C wedi mynd!'

Brysiodd Hamish yn ôl i fyny'r grisiau ac ar hyd y ffos, ei wyneb yn llwyd a'i gôt yn gollwng dŵr fel rhaeadr y mynydd. Edrychodd drwy'r sbienglas. Aeth eiliadau maith heibio.

'I gyd wedi mynd. I gyd wedi marw.' Swniai fel petai'n methu coelio'i eiriau ei hun. 'Dim cysylltiad o gwbl â'r llinell flaen.'

Daliodd Steffan ei helmed dros y lens rhag y glaw.

'Wedi marw!' meddai Hamish eto. 'Pob un ohonyn nhw, fesul un, i gyd wedi'u lladd.'

Roedd y ddau filwr yn dal i sarffu yn eu blaenau. Gwyliodd Steffan nhw'n mynd, yn crynu trwyddo ac wedi'i ddychryn. Roedd hi'n siŵr o fod yn dasg amhosib, yng nghanol y fath law trwm, ymysg yr holl saethu, i ddod o hyd i'r gwifrau a'u trwsio nhw. Ond daliodd ati i weddïo serch hynny. 'Dowch o hyd i'r gwifrau, plîs dowch o hyd iddyn nhw. Peidiwch â gwneud iddyn nhw orfod anfon Pistol allan.'

Symudodd Hamish y sbienglas yn ôl ac ymlaen, yn ôl ac ymlaen ar hyd y gorwel. 'Mae Cwmni C wedi'i amgylchynu . . . pob gorsaf wylio ar y blaen wedi'i dinistrio. I gyd wedi mynd. Pob ffordd o gysylltu wedi'i chwalu.' Trodd at Steffan mewn braw. ''Sgynnon ni ddim byd, dim ffordd o gwbl o gysylltu â'r llinell flaen.' Ysgydwodd Hamish ei ben. 'Dim semaffor. Dim lampau signalau. Colomennod. Yn dda i ddim byd yn hwn . . .' Pwyntiodd at y glaw. 'Allan nhw ddim anfon am ynnau mawr i'w helpu nhw, nac anfon SOS . . . Dim yw dim . . .'

'Ll-lle mae o? Ydi Pistol efo Cwmni C?'

Arhosodd Hamish â golwg wedi'i ddychryn ar ei wyneb am eiliad. Yna trodd, ac fel petai'n siarad â phlentyn diniwed, meddai'n dyner, 'Nac ydi, *laddie*. Mae o gyda Chwmni B.'

Gadawodd Hamish a safodd Steffan yn y glaw didostur a'i ben bron â ffrwydro oherwydd y twrw annioddefol. I'r dde, edrychai llinellau'r Cynghreiriaid yn fwy dryslyd a bregus nag erioed. Doedd dim mwy nag ambell frigâd yma ac acw. Allan ar y darn o dir a ymwthiai tua'r gorllewin, roedd twr yr eglwys yn mygu yn y glaw. Be oedd yn digwydd? Lle oedd Fidget? Byddai Fidget yn siŵr o wybod. Oedd y llinell flaen wedi rhoi? Oedd y dynion yn tynnu'n ôl? Lle oedd Pistol?

Roedd y glaw'n ddi-baid. Roedd y ffosydd i gyd wedi'u troi'n gorsydd, a'r nentydd i gyd wedi'u cau gan y sielio, a'r pridd bellach yn fôr o fwd. Yn wlyb at ei esgyrn a chydag afon fechan o ddŵr yn llifo o'i helmed ac i lawr ei war, gwelodd Steffan ambell gysgod yn hercian yn ôl o'r linell flaen, o gyfeiriad Coedwig Monument, yn llithro dros y tir lleidiog ac yn baglu a suddo trwyddo.

Roedd popeth yn wlyb socian. Roedd y ffos swmp wedi gorlifo, gan wneud i'r brif ffos lenwi â dŵr – ac ar y llawr pren, gwelodd Steffan lyffant bach yn hopian yn hapus braf. Doedd dim ots gan y llyffantod am y saethu a'r ffrwydro, ond roedd y llygod wedi gwingo i ffwrdd o dan y ddaear. Petai Steffan ond yn gallu cadw'i goesau, ei fysedd a'i galon yn llonydd, yna hwyrach y gallai ganolbwyntio'i sbienglas at y twll yn y tir oddi tano, yr un agosaf ato, ac yno, roedd yn siŵr, y byddai rhagor o lyffantod – llyffantod cors, fwy na thebyg, deg neu ugain ohonyn nhw wrth eu bodd mewn twll o'r fath. Byddai Trigyr, ble bynnag oedd o, yn mwynhau gwylio'r llyffantod cors.

Daeth Capten McManus ato.

'Lle mae'r ci? Dydi o ddim i mewn fan hyn? Gobeithio i'r nefoedd eu bod nhw wedi anfon y ci . . . Does dim byd arall ganddyn nhw . . .' Yna rhythodd, a chydio yn Steffan. 'Edrych, Steffan! Mae o yma – mae o i mewn – mae o i mewn . . .'

Neidiodd Steffan. Yno, yng nghanol holl ddryswch y niwl a'r mwg a'r llen dew o law, roedd Pistol yn rhedeg fel cysgod arian dros y pwdin o dir, yn gwibio drosto mor ysgafn ac ystwyth ag aderyn. Roedd y pen hir, llwyd a'r llygaid llawn chwerthin i'w gweld yn glir. Teimlodd Steffan ei hun yn chwyddo â chymysgedd o gariad a balchder.

Yna daeth sgrech sydyn, fyddarol un o'r ffrwydron trwm.

'Rhed, Pistol, rhed . . . *rhed*!' anadlodd Steffan.

Syrthiodd ffrwydryn gan daro'r ddaear tua deugain troedfedd o dan lle roedd Pistol. Teimlodd Steffan y ddaear yn ysgwyd dan ei draed a llifodd rhagor o bridd i lawr ochrau'r parapet, ond chymrodd y ci'r un mymryn o sylw. Daliodd ati i redeg yn ei flaen.

'Ci da yw hwn, *laddie*! Cythral o gi!'

Tynnodd Steffan y darn o lês a hongiai oddi ar y parapet i un ochr er mwyn gweld, cyn rhwygo'r cuddliw o'r ffordd, yn barod am Pistol, a'i fysedd yn cau am y fisgeden roedd ganddo yn ei boced. Gwyliodd a'i galon yn ei wddf wrth i'r ci neidio dros y grisiau tân ac eistedd ar y llawr, allan o wynt yn lân a'i dafod yn hongian yn llac o'i geg, ond eto'n gwenu'n llydan – yr un hen wên honno. Ac i feddwl bod Steffan, tan yn ddiweddar, wedi credu na fedrai o fyth garu'r ci gwirion hwn! Roedd yn gwybod erbyn hyn, wrth edrych arno'n eistedd yno fel petai'n chwerthin yn iach, na allai fyth, fyth golli hwn.

Roedd bysedd Steffan yn crynu wrth iddo agor y silindr. Sylwodd ar yr amser ar y nodyn – 9.30 y bore – a rhoddodd y neges i James.

'Bachgen da, 'na fachgen da!' Gwobrwyodd Steffan y ci â'r fisgeden a darn o fwli-bîff. Plygodd James ymlaen i anwesu Pistol, ac yna, gan gysgodi dan gôt law Steffan, darllenodd y neges ac edrych ar ei wats.

'Tri munud ar hugain i ddeg. Mae dy gi di'n haeddu salíwt, Geidwad Roberts. Bron i bedair milltir mewn saith munud.' Edrychodd James i lawr. 'Oddi wrth Gwmni B,' meddai, cyn darllen yn uchel er mwyn i Steffan glywed beth oedd cynnwys y neges. '*Front line companies, Second Welsh and Second West Yorks forced back from the Monument to the north, to railway station, making our way westward along railway line to north-east corner of Aquenne Wood. Enemy troops have taken Villers and Monument, and infiltrating the Aquenne Wood from the Monument. All Signallers in forward Signal Stations killed or captured. All lines of communication down. Remains of Yorks and Welsh are surrounded in the Monument, have no ammunition, no supplies. German position attacking not known. Further attacks expected.'*

Edrychodd Steffan ar James. Y *Welsh* – y Ffiwsilwyr Cymreig? Twm – oedd o gyda nhw, wedi'i amgylchynu gan y gelyn a heb nwyddau? *'Infiltrating the Aquenne?'* Oedd hynny'n golygu eu bod nhw'n dod yma? Cydiodd yn llawes côt James.

'Y Ffiwsilwyr Cymreig?'

Ond roedd James eisoes wedi troi ac yn rhuthro'n ôl i lawr y grisiau am yr Orsaf Signalau gan weiddi, 'Mi gawn nhw i gyd 'u lladd!'

Roedd hyd yn oed y sbienglas yn socian, ond roedd dwylo Steffan yn rhy wlyb iddo fedru sychu'r gwydrau, a'i gôt hefyd. Llifai ffrwd o ddynion i mewn i'r ffos gyswllt i'r dde o lle roedd Steffan, gan lenwi'r groesffordd yr ochr draw i wely Fidget ac ymgasglu yn y llinelloedd cefn – dynion a'u lifrau bellach yn garpiau amdanyn nhw. Ac yn ôl y gweiddi a glywai, roedd y rhengoedd ar y dde hefyd yn dod yn ôl mewn llanast llwyr.

Clywodd swyddog yn bloeddio o rywle, 'Yn ôl! Yn ôl! Trowch a rhedwch am eich bywydau!'

Yna daeth y saethu – o bob cyfeiriad.

'Ewch lawr! Cuddiwch!'

'Casglwch fomiau Mills – unrhyw beth! Ond symudwch 'nôl. Sefydlwch safle newydd ganllath yn ôl!' Oedd hi'n bwrw cenllysg rŵan? Na – bwledi oedden nhw, yn byrlymu'n erbyn y parapet uwchben Steffan. Roedd pawb i lawr ar eu pedwar yn y ffos swmp, yn y dŵr a oedd bellach yn cuddio llawr y ffos. Wrth dwll ffync Fidget, roedd criw o ddynion yn gweiddi ac yn saethu. A'r ochr draw iddyn nhw, roedd mintai o ddynion wedi eu hanafu ac yn methu â symud, yn gwbl ddiymadferth – potes o ddynion, meddyliodd Steffan, o bob lliw a llun.

'Symudwch! Symudwch!'

Daeth sgrech fyddarol arall, a chwydodd y parapet ragor o bridd dros bawb. Credai Steffan am eiliad iddo gael ei ddal mewn tirlithriad, a syrthiodd rhwydi'r to i mewn dan bwysau'r holl gerrig a mwd. Gallai glywed y ffrwydron yn tincian wrth iddyn nhw daro'n erbyn to haearn yr Orsaf Signalau.

'Symudwch, symudwch wir Dduw!'

Ymgasglodd dynion y gynnau trymion i'r chwith o lle safai Steffan, cyn neidio i mewn i ganol y llif o ddynion clwyfus a symud yn eu cwrcwd ar hyd y lloriau pren gwlyb.

'I lawr y ffos, i lawr y ffos!'

Petrusodd Steffan. Lle oedd y Signalwyr? Be fyddai James am iddo'i wneud? Gwthiodd yn erbyn y llif o ddynion gan anelu am yr Orsaf Signalau, a chan wybod heb edrych fod Pistol yno wrth ei sodlau. Roedd y bwledi'n dal i sgrechian a chwibanu drwy'r awyr uwchben y ffos. Gallai weld James rŵan, yn sefyll ar y grisiau a arweiniai i lawr i'r Orsaf, a siani flewog hir o signalwyr, rhedwyr, swyddog ffrwydradau'r ffos a'r gweithiwr radio y tu ôl iddo – pob un yn fwd o'i gorun i'w sawdl ac yn cario bocsys, byrddau, gwifrau tewion, y ffôn Fuller, ac yn dod i fyny i'r goleuni fel criw o dyrchod daear hanner-dall.

Ym mhen pella'r coridor, dyna lle roedd Brigadydd yr Awstraliaid yn ymladd yn erbyn y llif o ddynion ac yn gweiddi arnyn nhw.

'Codwch ar eich traed ac ewch i'ch safleoedd! Mi ddweda *i* wrthoch chi pryd i fynd i lawr ar eich boliau. Ewch i'ch safleoedd!'

Gwthiodd Hamish reiffl Lee-Enfield i ddwylo Steffan.

'Rho'r bidog yn sownd.'

Gwthiodd Steffan y bidog i'w le ar flaen y reiffl. Roedd ar y llinell flaen rŵan, a byddai'n rhaid iddo'i amddiffyn ei hun – lladd, hyd yn oed, os oedd raid. Clywodd y glic fechan wrth i'r bidog gydio.

'Os bydd yn rhaid, yna gwthia'r bidog yna i mewn â'th holl nerth – a gofala roi tro iddo fo cyn ei dynnu'n ôl allan. Cofia – 'mond un ohonoch chi ddaw allan yn fyw, ti neu fo, a gofala di mai ti fydd hwnnw, er fy mwyn i.'

Daeth rhagor o weiddi.

'Arhoswch ble ry'ch chi a daliwch y lein!'

'Ry'ch chi'n mynd i ymladd yn awr yn syth!'

Gwthiwyd Steffan i'r ochr wrth i ragor o ddynion – nid Awstraliaid y tro hwn ond Saeson mewn caci – lifo dros y grisiau tân ac ar hyd y ffos. Ai plu y Ffiwsilwyr Cymreig oedd ar fathodynnau eu coleri? Ai dynion o fataliwn Twm oedd rhain?

Gan adael y bidog, brysiodd Steffan ar eu holau. Ai'r Ffiwsilwyr Cymreig oedden nhw? meddyliodd eto. Gan neidio ac igam-ogamu, brwydrodd ei ffordd yn erbyn y llif dynion a Pistol wrth ei sodlau, mor ysgafn ac ystwyth â chysgod. A'r dyn olaf yn nghefn y rhes – acw? Roedd o tua'r un taldra ac roedd yr un osgo i'w gorff â Twm. Rhedodd Steffan tuag ato gan weiddi'n uchel, 'Twm! Twm!'

Ond doedd neb yn aros a throi.

'Twm!' galwodd Steffan eto gan sgrialu trwy'r dynion. Daeth at y groesffordd a cheisio plwcio cefn un o'r cotiau o'i flaen. Methodd, ond llwyddodd i roi plwc ar lawes arall.

'Twm Roberts. Oedd o gyda chi? Twm Roberts?' Ond brysiodd y milwr yn ei flaen gan adael dim byd ond darn o edau wedi breuo rhwng bysedd Steffan. A gwaed. Roedd y milwr yn amlwg wedi'i anafu. Ond doedd dim amser gan Steffan i'w helpu. Rhedodd yn ei flaen a chydio yn ysgwydd un arall o'r dynion gan wneud i hwnnw droi.

'Syr, syr, oedd Twm Roberts gyda chi? Ydach chi'n nabod Twm Roberts?'

Syllodd y dyn ar Steffan drwy lygaid a oedd yn llawn ofn. 'Ydw – mae o allan yn fan 'cw, yng Nghoedwig Monument. Mae gweddillion Cwmni C yno, gyda beth bynnag sydd ar ôl o'r West Yorks. Un dewr yw'r Twm Roberts yma – gyda dim ond pistol, cadwodd y gelyn ymaith er mwyn rhoi cyfle i'w ddynion osod y bagiau tywod yn eu lle. Dal a dal i saethu roedd o. Mae 'na wn peiriant yn pwyntio atyn nhw o rywle, heb sôn am saethwyr reifflau, y sneipars – dydyn nhw'n fawr gwell na thargedau, gyda dim arfau eu hunain, dim modd cael neges allan i neb, ac mae'r Orsaf Signalau wedi'i chwythu i ebargofiant.' Ysgydwodd ei ben a dal i gerdded yn ei flaen.

Neidiodd Steffan i fyny i ben y gris tân agosaf, gan drio gweld y clwstwr o goed – Coedwig Monument. Roedd popeth i'w weld yn dawel yno. Y tu ôl iddo, roedd rhywun yn gweiddi, 'Arhoswch, a dowch â'r bechgyn 'nôl! Dowch â'r bechgyn 'nôl!'

Aeth Steffan 'nôl i'w safle, gan frwydro'n erbyn llif arall o ddynion yn mynd i'r cyfeiriad arall. Â dwylo crynedig, sglyfaethus o fudur, cydiodd yn ei sbienglas a chraffu eto i gyfeiriad y cylch o goed o gwmpas y tir gwastad.

Roedd y Brigadydd yn ei ôl ac yn cerdded i fyny ac i lawr y ffos. Y tro hwn, roedd ei lais yn isel ac yn dawel.

'Arhoswch lle ry'ch chi. Daliwch y lein. Mae Cadlywyddion pob Cwmni i ymgynnull ar unwaith. Allwn ni ddim mynd dim pellach. Mae'r gelyn wedi torri trwy ein ffrynt – wedi dod drwodd a heibio i ni, ar ein hochr dde.'

Eisteddai Fidget yn un belen gron ar blatfform Steffan, wrth ymyl ei fasged colomennod. Hongiai cudynnau gwlyb o'i wallt golau dros ei lygaid, gan lynu i'w dalcen. Roedd ei wyneb wedi llenwi â braw, a'i lygaid â dryswch ac ofn. Bu heddiw'n ormod iddo, oherwydd neidiai ei lygaid i bob cyfeiriad a byrlymai ei eiriau dros ei gilydd wrth iddo ddweud, 'Awn ni byth o 'ma . . . chawn ni fyth fynd allan o'r lle 'ma . . .'

Cododd Steffan ei ysgwyddau'n ddiamynedd. 'Mae pethau'n well arnon ni yma nag ar y dynion yn yr Aquenne. Fyddai'n well gen ti fod yno?'

'Arhoswch lle ry'ch chi. Daliwch y lein. Arhoswch lle'r ydych chi. Daliwch y lein . . .'

Aeth awr arall heibio wrth i'r swyddogion gasglu pob mathau o ddynion ynghyd, gan gynnwys rhai oedd yn tindroi a hyd yn oed rai nad oedden nhw i fod i ymladd. Unrhyw ddyn a fedrai gydio mewn reiffl, a dweud y gwir – teilwriaid, chwythwyr utgyrn, dynion ceffylau, gweision y swyddogion, a'r Cogydd hyd yn oed. Arhosodd Steffan a Fidget yn eu safleodd â'u bidogau ymlaen ar flaenau eu reifflau. Cawson nhw fisgeden sych yr un cyn ffurfio llinell hir gyda'r dynion eraill, yn barod i ymladd.

Roedd y glaw'n ysgafnach erbyn hyn. Gallai Steffan weld lle roedd y llinell, ar y chwith, wedi torri mewn sawl man, gydag un fataliwn garpiog a blinedig yn ei gwarchod. Roedd 8fed Adran y Saeson wedi dioddef colledion ofnadwy ac wedi ei threchu. Doedd y gwasanaethau meddygol ddim yn gwybod a oedden nhw'n mynd neu'n dod – yr ochr bellaf i lle safai Fidget, roedd yna filwyr yn gorfod cael eu trin gan filwyr cyffredin eraill.

Roedd Hamish a chriw o ddynion, dan gyfarwyddiadau Capten McManus, yn brysur yn gosod offer at ei gilydd yn safle Steffan, gan greu rhyw fath o Orsaf Signalau newydd. Tasg Steffan oedd rhoi'r lamp Aldis yn ôl at ei gilydd, ond roedd ei lygaid yn mynnu crwydro draw tuag at Goedwig Monument.

'Ry'n ni'n sicr o ymosod yn ôl,' meddai Hamish wrtho. 'Wnaiff y Cadfridogion ddim gadael i Amiens gwympo, nac i Villers lithro i mewn i ddwylo'r gelyn. Does ganddyn nhw fawr o ddewis, a dweud y gwir. Yn hwyr neu'n hwyrach, mi fyddan nhw'n ymosod yn ôl.'

Rhyw hanner-eistedd, hanner-sefyll roedd Pistol druan, gan wneud ei orau i gadw'i ben ôl allan o'r dŵr a lifai hyd lawr y ffos a'i lygaid wedi'u hoelio ar Steffan. Llusgwyd to haearn i fyny dros y ffos; o'u cwmpas ym mhobman roedd yna ddynion yn cludo gwifrau trwchus draw atyn nhw, yn gosod gwifrau eraill ar y waliau ac yn rhoi'r offer yn ôl at ei gilydd. Edrychodd Steffan i fyny wrth iddo sychu lens y lamp, i weld Pistol yn edrych i fyny arno'n ôl. Doedd o ddim yn gi del iawn, ond roedd ei enaid doeth a ffyddlon i'w weld yn glir yn ei lygaid. Sylwodd Hamish fel roedd y llygaid rheiny'n gwylio pob un symudiad a wnâi dwylo prysur Steffan wrth iddyn nhw weithio ar y lamp, ac meddai, 'Wir i ti, *laddie*, mae'r ci yna'n fwy o beth myrdd na dim ond ci.'

Yn gynnar yn y prynhawn,
24 Ebrill 1918
Coedwig Aquenne, ger Cachy

Am y milfed tro, edrychodd Steffan tua'r gogledd-orllewin, i gyfeiriad y clystyrau o goed a edrychai fel dwylo heb fysedd yn ceisio bygwth yr awyr.

Daeth Cadlywydd y Frigâd heibio gyda chriw newydd o filwyr, i gyd yn lân ac yn ffres.

'Mae'n rhaid i ni ymosod yn ôl ar unwaith. Bydd Cwmni B yn y canol, a Chwmni C ar y dde. Paratowch rŵan, does gynnon ni ddim amser i'w wastraffu.'

Prin bod y milwyr traed yn gallu credu'u clustiau, ond er eu bod nhw wedi llwyr ymlâdd a phrin yn gallu sefyll, i fyny â nhw'n ufudd gan baratoi ar gyfer archwiliad arall – a disgwyl am bron i awr. Daeth mwy o weiddi, patrôl, aros, mwy o aros, mwy o weiddi, patrôl arall . . .

Ac awr arall wedyn o'r un peth. Rhoddodd y glaw y ffidil yn y to o'r diwedd. Roedd cryn anhytuno yn digwydd ymysg y Prif Swyddogion, yn ôl y gwrth-orchmynion a glywodd y milwyr cyffredin.

'Arhoswch ble 'ry'ch chi. Daliwch y lein. Fydd yna ddim ymosodiad,' meddai un swyddog.

Yna hyn, gan ryw Lefftenant-Cyrnol: 'Ry'ch chi'n mynd i ymladd ar unwaith.'

Ond cafodd hwn ei roi ar ben ffordd gan Frigadydd a'i wyneb crychiog yn llawn gonestrwydd.

'Y Brigadydd Glasgow yw hwn,' sibrydodd Fidget.

'Mae ein gynnau mawr i gyd yn hollol ddi-ddim bellach, tra bo'r gelyn wedi gosod gynnau'n barod ar gyfer saethu tuag atom. Cawn ein rhwygo'n ddarnau mân gan y gynnau peiriant yng Nghoedwig Monument os wnawn ni drio ymosod.' Roedd llais y Brigadydd yn ddwfn a di-gynnwrf, a swniai ei acen Awstralia'n ddieithr iawn i Steffan. 'Hyd yn oed petai'r Bod Mawr ei hun yn ein gorchymyn, fyddan ni ddim yn meddwl am ymosod yn ystod golau dydd.'

Da o beth, meddyliodd Steffan, oedd gwybod mai dyn fel hwn oedd yn gyfrifol amdanyn nhw i gyd.

Ganol y prynhawn, daeth yr haul allan yn llawn a dechreuodd iwnifform wlyb Steffan stemio'n braf – ond roedd cerdded drwy'r dŵr budr ar waelod y ffos fel cerdded trwy hen, hen chwys.

Tybed a oedd Twm wedi dianc? Craffodd Steffan drwy'i sbienglas dros y tir gwastad, ond allai o ddim gweld dim byd heblaw hen rawiau, poteli dŵr, hetiau tun, tuniau o fwli-bîff, stretsiers, mapiau a chynfasau daear. Oedd Twm allan yng nghanol y llanast yna'n rhywle, fel darn o hen froc môr wedi'i olchi i'r lan gan y llanw? Wrth iddo edrych, gwelodd ffigwr unig yn gwingo fel pryf genwair allan o un twll ffrwydryn ac i mewn i un arall. Doedd dim gobaith caneri gan y creadur – amhosib oedd dal reiffl yn llonydd yng nghanol yr holl fwd yna.

Nac oedd, doedd yna ddim ymosodiad arall am fod – nid ar hyn o bryd, beth bynnag, gyda'r Uwch Swyddogion yn dal i ddadlau ymysg ei gilydd. Roedd yr Awstraliaid yn gwrthod ufuddhau i orchmynion y Prydeinwyr i ymosod yn ôl yn ystod oriau'r dydd. Ond roedd rhyw gymaint o nwyddau wedi llwyddo i'w cyrraedd ac roedd rhes o ddynion eisoes wedi tyfu o gwmpas y Cogydd. Mae'n rhaid fod y Cogydd wrth ei fodd, meddyliodd Steffan, o gael rhoi ei reiffl i lawr a chydio mewn cyllyll a llwyau yn ei le. Arhosodd Steffan lle roedd o, yn meddwl am Twm ac am ei dad, ei fysedd yn chwarae'n ysgafn â chlustiau Pistol.

Daeth Fidget ato â'i fisgedi mewn un llaw – ond â llythyr yn y llaw arall. Rhoddodd y bisgedi i Steffan, ac yna'r llythyr, fel petai hwnnw'n llai pwysig na'r bisgedi. Gwelodd Steffan y stamp ON ACTIVE SERVICE ar yr amlen, a'r ysgrifen traed brain oddi tano. Ei dad! A'i galon ar garlam a'i ddwylo'n llifo o chwys, gwelodd y stamp APO S11: Post y Groes, stamp y Swyddfa Bost filwrol yn Etaples – roedd ei dad, felly, yn dal i fod yn Etaples! Anadlodd Steffan yn bwyllog ac yn ddwfn wrth agor yr amlen a'r llythyr ac adnabod yn syth yr ysgrifen ofalus ond blêr: doedd ysgrifennu erioed wedi bod yn bleser i'w dad. A'i geg yn sych grimp, dechreuodd ddarllen:

Etaples
22ain Ebrill, 1918

Steffan,
Mae o yma, Steffan, mae dy gi di yma.

Yma –? Oedd ei dad wedi drysu, neu be? Roedd o wedi . . ? Be oedd o'n ei feddwl? Doedd Milwr ddim wedi marw – ac allan yma? Yn fyw ac yn iach ac *yma*? Brysiodd Steffan ymlaen:

> Mi wnes i gam â thi pan es i â'r ci i'r cartref cŵn yn Lerpwl, ond fyth ers hynny rwy wedi trio gwneud yn iawn am y cam hwnnw, gan weddïo y galli di lwyddo i faddau i mi ryw ddiwrnod.

Llyncodd Steffan, wedi rhewi. Doedd ei dad ddim wedi lladd Milwr felly, doedd o erioed wedi gwneud hynny – aeth â Milwr i'r Cartref yn hytrach na'i foddi. Roedd Milwr yn fyw – ond ble? Brysiodd Steffan i ddarllen rhagor, ei lygaid yn baglu dros y geiriau.

> Pan fu farw dy fam, rôn i'n hiraethu cymaint ar ei hôl hi, roedd popeth arall yn yr holl fyd yn golygu dim byd o gwbl i mi. Allai ond gobeithio na wnei di fyth ddioddef fel y gwnes i. Ac er fy mod yn gweddïo na wnei di fyth brofi'r dryswch meddwl hwnnw sydd yn anfon dyn i gyflawni gweithredoedd ofnadwy, gobeithiaf y byddi, un diwrnod, flynyddoedd yn y dyfodol, yn gallu deall bod galar yn medru troi dyn cyffredin yn anghenfil, yn fwystfil o ddyn. Oedd, roedd arna i eisiau boddi dy gi di, Steffan, Duw a'm helpo – roedd arna i eisiau ei foddi, ond wnes i mo hynny.

264

Ond lle *mae* o, 'Nhad? Dwedwch wrtha i lle mae o!

Pan ddeallais dy fod di wedi mynd, euthum i'w nôl o er mwyn dod â fo adref, ond dywedwyd wrtha i ei fod wedi dianc o'r Cartref y bore cyntaf hwnnw ac nad oedd neb wedi dod o hyd iddo fo wedyn. Derbyniais lythyr oddi wrthyn nhw wythnos ar ôl hynny'n dweud ei fod wedi cael ei ddal, ac fel ci digartref cafodd ei gymryd gan y Fyddin i fod yn Gi Rhyfel. Cafodd ei anfon allan yma, 'ngwas i. Ar ei goler o mae'r geiriau WAR MESSENGER DOG NUMBER 2176.

2176? Neidiodd calon Steffan fel peth gwyllt. Dawnsiai'r rhifau ar wyneb y dudalen, dau ac un a saith a chwech yn chwarae mig yn wallgo â'i gilydd. A'i fysedd yn crynu, cydiodd Steffan yng ngholer Pistol – roedd yn gwybod y rhif i'r dim – ond – na – roedd rhywbeth yn bod – 2176 oedd rhif *Pistol*. Rhythodd Steffan ar y goler gan weld y rhifau yma hefyd yn dawnsio'n wyllt o flaen ei lygaid. Gollyngodd y goler. Roedd yn crynu drwyddo. 2176 – *Pistol* oedd 2176. Fel petai twymyn arno, edrychodd Steffan ar y llythyr eto. 2176 oedd y rhif . . . ond rhaid fod ei dad wedi gwneud camgymeriad, rhif *Pistol* oedd 2176. Edrychodd Steffan o'r llythyr i'r goler ac o'r goler yn ôl i'r llythyr ac yna'n ddryslyd i mewn i lygaid Pistol . . .

. . . a rhoddodd ei galon naid arall. Y llygaid tywyll yna . . . teimlodd Steffan ei stumog yn troi'n wyllt wrth i'w galon lenwi â gobaith a sioc. Y llygaid yna . . . Oedd y fath beth yn bosib? Ai llygaid *Milwr* oedden nhw? Y creadur bach hwnnw y bu Steffan yn ei ddal yng nghledr ei law, y bwndel bach hwnnw a ollyngodd Roced ar ei lin – doedd bosib? Doedd bosib ei fod wedi gallu tyfu i fod mor dal? Byddai Milwr yn bum mis oed erbyn hyn, bron yn chwe mis . . . a'r coesau hir yna: fydden nhw wedi gallu tyfu cymaint ymhen cyn lleied o amser? Cydiodd Steffan yng nghôt Pistol. Ai côt Milwr oedd ganddo rhwng ei fysedd? Oedd y lliw uwd wedi troi'n arian?

A'r dagrau'n llifo i lawr ei wyneb, cydiodd Steffan yng nghlustiau Milwr, yn ei gynffon, ei goesau, wedi'i syfrdanu'n lân.

'Milwr,' ebychodd. 'Roeddat ti'n gwbod, yn doeddet ti?' A'i lygaid yn serennu, rywsut, agorodd Milwr ei geg a chrechwenu'n llydan yn ôl ar Steffan. 'Roeddet ti'n gwbod o'r tro cynta i ti 'ngweld i, rwyt ti wedi gwbod drwy'r amser, ond *fi* . . . do'n *i* ddim . . .'

Neidiodd Steffan am Milwr a chofleidio'r ci'n dynn, dynn yn ei freichiau a'i siglo'n ôl ac ymlaen a theimlo heulwen cynnes yn chwyddo a llenwi ei galon gyfan ac yn datod yr hen gwlwm cas hwnnw o alar a fu'n ei llenwi. Bron yn feddw gan lawenydd, eisteddodd Steffan yn ôl a'i gefn yn erbyn y bag tywod gan wasgu'r ci'n dynnach nag erioed a llenwi'i ben ag arogl ei gôt wlyb a theimlo'r dagrau tawel yn llifo i lawr ei ruddiau.

'Ai chwilio amdana i oeddat ti,' gofynnodd, 'pan lwyddaist i ddianc o'r cartre hwnnw?'

Roedd cynffon Milwr yn ysgwyd yn wyllt, wrth ei fodd â'r cariad annisgwyl hwn a deimlai'n llifo allan o'i feistr. A'r gynffon yna! A'r gôt! Wrth gwrs! Dyna ôl y ci Laxton hwnnw yn Milwr – sef Jake, y ci roedd wedi'i weld ar ben y graig pan gollodd o Roced y diwrnod hwnnw. Ond roedd Milwr wedi etifeddu ei ysgafnder a'i gyflymder oddi wrth Roced, ei fam.

Gan ddal llythyr ei dad y tu ôl i ben Milwr, darllenodd Steffan y gweddill.

Rwy wedi dod yma er mwyn chwilio amdanoch chi'ch dau – am fy mab ac am ei gi. Steffan, fi oedd ar fai am dy yrru di'n bell oddi cartref ond gweddïaf y byddi di'n dod o hyd i'th gi. Fe rown i bopeth am gael gwybod eich bod eich dau gartref yng Nghae'r Drain, yn ddiogel. Mae'r offeiriad, y Tad Bill, yn dweud wrthyf bod dy waith gyda'r Signalwyr yn digwydd y tu ôl i'r llinellau blaen ac rwy'n ddiolchgar am hynny, ond gweddïaf yr ei di adref, ac – os yw Duw'n caniatáu hynny – y caf innau ymuno â thi yno.
Dy dad.

'Os yw Duw'n caniatáu hynny'? Beth oedd Steffan wedi'i wneud? Rhythodd drwy niwl o ddagrau ar y dudalen yn ei law, heb sylwi ar y diferion o law a syrthiai eto drwy nenfwd y ffos gan wlychu'r inc. Roedd ei dad allan yma'n rhywle.

Syrthiodd calon Steffan fel carreg o lawenydd i bwll ofn. Be oedd o wedi'i *wneud*?

'Ma'n rhaid i 'Nhad fynd adra, Milwr, dydi hwn ddim yn le i 'Nhad.' Neidiodd Steffan i'w draed. 'Mae o'n rhy hen i fod yma. Mae'n rhaid i ni gael hyd iddo a dweud wrtho y cawn ni i gyd fynd adra rŵan.'

Be goblyn oedd ar yr hogyn yma'i eisiau? Craffodd Milwr arno fo wrth ymdrechu i'w ddeall.

'Ma'n rhaid i ni ddod o hyd i 'Nhad a mynd â fo adra gyda ni.'

A'i feddwl yn gwibio, cipiodd Steffan ei bac a chlymu'r tennyn i goler Milwr. Ei fwriad oedd dweud wrth James ei fod o a Milwr yn gadael.

Wrth gyrraedd y grisiau'r tu allan i'r Orsaf Signalau daeth Steffan wyneb yn wyneb â Chapten McManus. Roedd Hamish yn sefyll y tu ôl iddo, y ddau frawd yn llenwi uchder a lled y ffos.

'O, na,' sibrydodd Steffan gan ddechrau ysgwyd ei ben yn araf yn ôl ac ymlaen.

A'i lygaid glas wedi'u hoelio ar lygaid Steffan, roedd y pryder i'w weld yn glir ar wyneb y Capten.

'Na,' meddai Steffan. 'Alla i ddim. Mae'n rhaid i mi chwilio am fy nhad.'

Ond chlywodd y Capten mohono gan ei fod yn siarad ar yr un pryd.

'Geidwad Roberts, mae'n rhaid i ni gysylltu â'r dynion yng Nghoedwig Monument. Mae'n rhaid i ni gael gwared ar safleoedd gynnau peiriant y gelyn oddi yno cyn y gallwn ni ymosod yn ôl. Parato dy gi. Dwi am ei anfon o i fyny o dan y gamlas.'

Camodd Hamish ymlaen gan orffwys ei law yn dyner ar ysgwydd Steffan. Ysgydwodd Steffan ei ben.

'Na.'

Camodd y Capten ymlaen yn awr gan ostwng ei lais a siarad yn frysiog. 'Steffan, y dynion yn y Monument yw'r unig rai sy'n gwbod ble'n union y mae'r gelyn. Mae'n rhaid i ni gael neges yn ôl oddi wrthyn nhw. Galla i anfon rhedwr allan atyn nhw, ond does gen i ddim gobaith o'i gael o'n ei ôl yn ddiogel i fyny'r llethr. Does nunlle iddo fo guddio, ac mi fyddai o i'w weld yn glir o'r gwaelod.'

'Na, mae'n rhaid i mi ffeindio fy nhad!'

'Steffan, does gen i ddim dewis! Dy gi di yw'r unig obaith sy gynnon ni.'

Falla nad oes gen ti ddewis, meddyliodd Steffan, ond mae gen i.

'Na,' meddai gan ysgwyd ei ben eto. 'Alla i ddim colli'r ci yma, chaiff o ddim mynd.' Roedd geiriau Steffan yn gadarn a chlir, heb unrhyw sôn am yr hen atal dweud hwnnw. 'Na,' meddai eto.

Roedd y boen i'w chlywed yn glir yn llais y Capten wrth iddo'i ateb.

'Ry'n ni wedi colli deg o redwyr, Steffan. *Deg*.'

Y tu ôl i Hamish, gwelodd Steffan fod un o'r milwyr traed o Awstralia'n aros. Edrychodd allan dros y parapet. Anfon Milwr? Trodd yn sydyn.

'Na,' meddai eto. 'Na.'

Plygodd y Capten ymlaen gan hisian. 'Targedau ydyn nhw ar hyn o bryd, nes iddyn nhw gael neges yn ôl i ni yn dweud lle mae safleodd y gynnau peiriant. Geidwad Roberts, does dim un gobaith arall gan y Lancs.'

Y Lancs! Gwelodd Steffan wrth i'r sefyllfa ei daro am y tro cyntaf. Heb neges Milwr, doedd dim gobaith gan Twm a'r dynion eraill yn y Monument o gael eu hachub. Roedd Steffan am golli un ai ei frawd, neu ei gi.

'Mi a' i! Peidiwch ag anfon y ci – anfonwch fi!'

Ysgydwodd James ei ben yn ddiamynedd. Ymsythodd a siarad yn glir a di-lol. 'Does dim dewis arall gen i, ac mae hi'n ddyletswydd arnat *ti*, Geidwad Roberts, i ufuddhau i mi.'

Torrodd Hamish ar ei draws yn dawel.

'Does yna ddim dewis, Steffan. Mae'n rhaid i'r ci fynd.'

Gyda chymysgedd o fraw ac ofn, trodd Steffan at Milwr gan weld dim byd ond y llygaid meddal, tywyll, y gynffon aflonydd, a'r coesau eiddgar, parod. Penliniodd Steffan yn nŵr budr y ffos a chydio yn y pen hir, llwyd. 'Ty'd â neges yn ôl oddi wrth Twm,' meddai, 'ond ty'd yn ôl . . .

be bynnag wnei di, ty'd yn ôl.' Ychwanegodd, â lwmp yn ei wddf, 'I ffwrdd â chdi'r hen ddyn.'

Rhoddodd y tennyn yn llaw'r milwr traed.

Dwy awr yn ddiweddarach
Coedwig Aquenne

Yna, rywle yng nghanol y clwstwr digalon yna o goed, roedd dau o'r tri enaid byw y carai Steffan fwyaf.

Roedd bywyd Twm yn dibynnu ar Milwr i ddychwelyd yn ddiogel – a bywyd Milwr ei hun, wrth gwrs. Roedd tynged Villers, hefyd, yn dibynnu ar Milwr, a thynged Amiens a Pharis. Roedd yn rhyfedd fel roedd y digwyddiadau ym mywyd Steffan yn cyd-redeg â churiad calon y rhyfel.

A golau euraidd yr heulwen yn peintio'i wyneb, arhosodd Hamish wrth ochr Steffan. Roedd wedi sylwi ar y llythyr. 'Dy dad?'

Nodiodd Steffan.

'Doedd yr hen ddyn ddim yn gwybod, yn nag oedd? Dy fod di yma?'

Ysgydwodd Steffan ei ben. 'Nac oedd.'

'O, Steffan – dydi fa'ma ddim yn lle i ti . . . hyd yn oed gyda'r Gwasanaeth Cŵn.'

'Nac ydi,' ebychodd Steffan. 'Dydi o ddim yn lle i gŵn, chwaith, nac i geffylau! Ddim yn lle i feibion na thadau na brodyr. Ond tan i mi ddarllen llythyr 'Nhad, doedd gen i nunlle arall i fynd.' Rhoddodd Hamish ei fraich am ysgwydd Steffan, ac aeth rhai munudau heibio. Wedi i Steffan ddod ato'i hun ryw fymryn, meddai: 'Fy mrawd i . . . mae o allan yn fan 'cw, efo'r Ffiwsilwyr Cymreig.'

'O, *laddie* . . .'

Roedd Hamish yn dawel wrth i'r ddau edrych allan dros y parapet, eu llygaid yn dilyn y llwybrau y byddai Milwr efallai'n eu dilyn – allan o'r coed, dros ddarn o dir corslyd a digysgod, dros y gamlas ac yna i fyny'r llethr serth a arweiniai at lle roedden nhw rŵan yn sefyll.

'Mae cymaint yn dibynnu ar dy gi di, Steffan.' Ysgydwodd Hamish ei ben yn bryderus. 'Ma' Jeri o'n cwmpas ni ym mhobman. Amhosib yw dweud lle'n union mae o, a lle sy'n wag o'r taclau.'

Roedd wrthi'n codi'i sbienglas yn ôl i fyny i'w lygaid pan rwygwyd tawelwch ansicr y nos gan fytheiriadau gynnau peiriant a sgrechiadau'r bwledi, ychydig i'r dde o'r afon Bois.

Cododd mynydd o bridd a cherrig mân a brigau o'r Monument. Mwy o saethu gan y gynnau peiriant – ond o ble? Daeth bloedd o rywle ychydig yn is i lawr y ffos, lle roedd y Defoniaid. Daeth Fidget o nunlle gan gydio ym mraich Steffan – roedd rhywbeth i'w weld yn y pellter, yn symud yn isel ac yn gyflym i gyfeiriad y gamlas. Amhosib fyddai dweud ai ci oedd o neu beidio; oherwydd yr unig beth i'w weld oedd cysgod sydyn, llwyd-arian. Gwaeddodd Hamish am James; roedd Steffan yn brysur yn mesur y tir roedd gan y ci o'i flaen, a'r pellter, ac yn ceisio dyfalu faint o amser y byddai'n ei gymryd i deithio drosto. Deuddeg munud, efallai. Pe bai Milwr yn cadw at y cyflymder yma, yna byddai'n cymryd deuddeg munud.

I Steffan, roedd popeth a oedd yn gorwedd rhyngddo fo a Milwr – pob bonyn coeden, pob twll, pob craig a charreg – yn edrych fel pethau hynod o sinistr a maleisus. Gallai pob twll a ffos fod yn gartref i Almaenwr â gwn. Roedd Milwr bron â chyrraedd y gamlas erbyn hyn. Byddai'r dŵr yn dew ac yn llawn mwd. A dyna fo, allan rŵan, yr ochr yma i'r gamlas, ac roedd y tir gwastad o'i flaen. Gan symud fel mellten, neidiodd Milwr dros rywbeth – ffos, efallai, neu rigol yn y tir – a theimlodd Steffan ei galon yntau'n neidio gyda naid y ci. Yn wir, roedd ei galon fel petai'n curo i'r un rhythm ag a ddefnyddiai Milwr i redeg, pob curiad yn cyd-fynd â phob llam a gymerai'r coesau hirion rheiny. Roedd holl sylw Steffan ar Milwr, ar y fellten arian a symudai'n nes ac yn nes.

Â balchder a oedd bron yn boenus, gwyliodd Milwr yn rhedeg yn gyflymach nag erioed, ei wddf a'i gynffon i fyny, wrth iddo ddynesu at y bachgen oedd yn disgwyl amdano.

Roedd y tir yn dir anodd rŵan, a'r mwd yn dew ac yn farus. Byddai coesau bregus Milwr yn suddo i mewn i'r uwd du, drewllyd, ond yno am ei wddf, yn y silindr tun, roedd y neges werthfawr, y neges a fyddai efallai'n achub bywyd Twm.

Roedd Milwr yn dod yn ei flaen fel arian byw, er bod cyrff meirw'n gorwedd ym mhobman o'i gwmpas. Chawson nhw mo'r cyfle i symud y cyrff nac i achub y milwyr a gafodd eu clwyfo. Gwyliodd Steffan, gwyliodd Hamish – a James hefyd, a Fidget, a'r Cogydd, a'r llinell hir o Awstraliaid, rhesi o helmedau ar hyd y parapet cyn belled ag yr oedd yn bosib i neb fedru gweld; pob un dyn yn gwylio wrth i Milwr daflu'i hun i mewn i dwll a ffrwydro'n ôl allan ohono mewn cwmwl o ddŵr. Ac o'i flaen yn awr – y llethrau serth, digysgod.

A daeth sŵn cyfarth o enau un o'r gynnau peiriant.

Cododd llaw Hamish i'w wyneb mewn braw. Ysgydwodd ei ben. 'Maxim ysgafn. Pedwar cant o fwledi.'

Ond roedd Milwr yn dal i redeg yn ei flaen, yn hidio'r un iot, ei geg ar agor wrth iddo wenu fel giât. Roedd o allan o gyrraedd y bwledi, a thawodd y gwn Maxim peryglus. Yn ei feddwl, gallai Steffan weld y bwledi'n cael eu bwydo i mewn i'r gwn, a gwyddai mai pedair mil o lathenni oedd pellter cyrraedd gwn Maxim. Ond lle oedd y gwn? Oedd Milwr yn symud oddi wrtho – neu'n nes ato?

'Un saethwr sydd yna – 'mond un â'r Maxim,' sibrydodd Hamish, gan ychwanegu, 'Rhed fel y gwynt, gi bach. Brysia, tra bo'r Almaenwr yn ail-lwytho'r gwn.'

Ond ym mha dwll yng nghanol y gors ofnadwy yma oedd y milwr yn cuddio? Yna daeth rhagor o saethu. Roedd y saethwr wedi gwella. Rhwygodd y bwledi, cymaint â marblis, drwy'r tir o gwmpas Milwr. Tybed a oedd y Maxim ar y rheilffordd yn rhywle?

'Ty'd . . . ty'd, Milwr, ty'd . . . brysia . . . brysia . . .'

Roedd holl sylw Steffan ar yr edau arian hwnnw a wibiai dros wyneb y ddaear fel cysgod llwyd – allai o ddim gweld na chlywed dim byd arall. O flaen Milwr yn awr roedd yna ffos a gwifren bigog o'i chwmpas. Rasiodd amdani a neidio drosti, wrth ei fodd, mor ddidrafferth ag unrhyw ewig. Ond yna trodd y tir yn dir anodd eto – tir fel uwd, chwedl Hamish – ond roedd hi bellach wedi dechrau nosi a gallai Milwr ymguddio yn y ffrydiau bychain os nad oedden nhw wedi'u llenwi â dŵr.

Yna daeth sŵn un ergyd o'r dde – reiffl y tro hwn, nid y Maxim.

'Mauser – fan 'cw, yli, reit oddi tanon ni,' meddai Hamish. 'Ma'r taclau ym mhob man.'

Trodd pen Steffan yn wyllt i bob cyfeiriad – lle, lle oedd y reiffl, lle oedd Milwr?

Anodd oedd dweud, oherwydd ar waelod y llethr, i'r dde, roedd y cysgodion i gyd yn gymysg, cysgodion llwyd a brown a gwyrdd i gyd yn toddi i mewn i'w gilydd.

'Ma' nhw o'n cwmpas ni ym mhobman,' meddai Hamish eto.

Ond roedd Milwr yn dal i redeg yn ei flaen a dechreuodd Steffan anadlu eto. Roedd y rhes o helmedau ar ben y parapet yn awr i gyd yn gweiddi ac yn sgrechian wrth annog y ci yn ei flaen.

Yna daeth dwy, efallai tair, ergyd arall o'r reiffl. Lle *oedd* o? Roedd Milwr wedi diflannu . . . na! Dacw fo, wedi neidio i lawr i ffos arall, lawn dŵr, a gyd-redai â ffos Steffan hyd waelod y llethr. Ai cuddio roedd o? Na, roedd o allan eto, wedi'i wthio allan gan y mwd ofnadwy hwnnw, efallai – allan i'r awyr agored.

Doedd ganddo'r un fodfedd o gysgod yn awr, dim ond gweddillion pethau a fu ar un adeg yn llwyni a choed. Tir hollol agored a gwag heblaw amdanyn nhw ac un ci llwyd, dewr. Y tu ôl i Milwr, gallai Steffan weld silwét y pentref yn mygu'n erbyn awyr a newidiai ei lliw drwy'r amser.

Daeth un ergyd arall o'r reiffl, un ffiaidd a chiaidd, ac oerodd gwaed Steffan. Lle oedd o? Lle oedd Milwr?

'Mae o i fyny, *laddie* – mae o i fyny!' meddai Hamish.

Acw . . . acw! Roedd wedi syrthio ond neidiodd yn ei ôl i'w draed yn syth bìn. Clec yr ergyd oedd wedi ei daflu, dyna'r cyfan, dim ond sŵn y glec. Ond roedd Steffan yn brathu'i ddwrn ag ofn.

Yna arhosodd Milwr gan udo'n uchel mewn poen, sŵn annaearol ac iasol – roedd wedi cael ei daro! Roedd ei ystlys dde'n crynu trwyddi, ac yn dechrau rhoi. Swniai sgrechfeydd y dynion fel petaen nhw'n dod o bellter maith, a gwelodd Steffan ddwylo Hamish yn codi dros ei wyneb, fel pe na bai'n gallu meddwl am wylio rhywbeth mor ofnadwy. Ac fel petai'n gweld y peth mewn breuddwyd gas, gwelodd Milwr yn syrthio . . .

'Milwr, Milwr,' sibrydodd.

Cydiodd yn ei sbienglas a chribo'r anialwch lleidiog a'i ddwylo'n crynu a'i goesau'n rhoi oddi tano wrth i'w lygaid neidio o un man i'r llall. Gwelodd rubanau o ddefnydd carpiog yn fflapian yn y gwynt a dynion marw'n gorwedd ym mhobman fel sbwriel ar draeth mwdlyd. Lle? Lle oedd Milwr? Gwelodd Steffan hen wifrau'n rhydu, hen duniau, hen arfau. Gwelodd filwyr wedi marw a milwyr wedi'u hanafu – ond lle oedd Milwr?

'Milwr . . .' anadlodd o weld y ci'n gorwedd yno yn y llaid fel doli glwt, ei goesau hir dros y lle i gyd. Trodd Steffan i ffwrdd gan gydio'n dynn yn y postyn pren . . . ond yna roedd Hamish yn cydio ynddo ac yn ei droi'n ôl i edrych tuag at y Ffrynt.

'Drycha, *laddie*, drycha!'

Roedd Milwr wedi codi'i ben. Ac yna roedd o i fyny, i fyny ar dair coes, ei goesau blaen yn crynu, ond un goes ôl yn llusgo. Er na fedrai Steffan eu gweld o'r pellter yma, gwyddai fod llygaid meddal Milwr yn llawn poen ac ofn.

Ond roedd yn symud yn ei flaen eto, yn dal i gael ei dynnu ymlaen gan y cysylltiad dirgel, rhyfedd hwnnw sydd rhwng pob ci a'i feistr. Herciodd i fyny'r llethr, yn ofalus iawn wrth iddo roi pwysau ar ei goes glwyfus.

'Ty'd, Milwr, ty'd.' Gyda phob cam, rhoddai fwy a mwy o bellter rhyngddo fo â'r milwr â'r reiffl Mauser. Dim ond canllath arall i fyny'r darn mwyaf serth, a byddai'n ddiogel.

Roedd Steffan yn crynu o'i gorun i'w sawdl,

yn crynu ag ofn dros Milwr ond hefyd oherwydd ei gôt fawr wlyb, drom. Rhoddodd blwc i'r lês o'r ffordd, heb boeni dim am y drewdod oedd yn codi ohono.

'Ty'd yn dy flaen, *laddie*, ty'd yn dy flaen,' sibrydodd Hamish.

Daeth clec arall, fel clec chwip, oddi wrth y Mauser, ac un arall wedyn. Poerodd y ddaear fflemiau o fwd. Cydiodd Steffan yn dynn yng ngarddwrn Hamish wrth i'r bwledi drywanu'r ddaear o gwmpas Milwr gan greu cwmwl o bridd a mwd o gwmpas y ci. Lle oedd y saethwr? Ceisiodd Steffan sgrialu i fyny ochrau llithrig, bregus y ffos er mwyn gallu gweld yn well. Lle oedd y saethwr medrus, a'i reiffl Mauser peryglus?

'Pum bwled – mae o wedi saethu pump, ac yn ail-lenwi'r gwn rŵan. Brysia, gi bach, siapia hi. Ma' gen ti gyfle rŵan gan ei fod o'n brysur yn ail-lwytho'r gwn.'

Ymlaen â fo, ei goesau blaen yn suddo neu'n llithro gyda phob cam wrth iddo ddringo'n igam-ogam i fyny'r bryncyn serth. Roedd llaw chwith Steffan yn pwyso'n galed yn erbyn ei glun, fel petai'n trio llonyddu rhyw boen yn ei goes. Roedd y dynion ar y ddwy ochr iddo'n sgrechian ar Milwr. Dynion yn eu hoed a'u hamser, a oedd heb golli deigryn wrth wylio'u cyd-filwyr yn marw – dynion a oedd wedi bod yn bell o gwmni merched a phlant ers hydoedd, ac heb weld braidd dim tynerwch – a dyma nhw rŵan yn wylo'n agored wrth wylio un ci'n llusgo'i goes glwyfus y tu ôl iddo wrth iddo frwydro ymlaen drwy storm o dân.

'Ty'd . . . ty'd . . .' Roedd llygaid Steffan bron yn ddall â dagrau a'i ddyrnau ynghau fel petai'n gweddïo. 'Milwr, Milwr . . .'

Cleciodd y Mauser eto – un – dau – tri – a baglodd Milwr – pedwar – pump – gwelodd Steffan ei ystlys dde'n crynu trwyddi fel wyneb afon . . . a syrthiodd Milwr.

Roedd ei goesau blaen yn dal i bwyntio'r ffordd iawn, ond roedd ei ddwy ystlys ôl yn hollol ddi-siâp fel petai ei esgyrn wedi cael eu rhwygo o'u socedi. Ei ytlys chwith a'i ystlys dde.

'O, *laddie*!'

Roedd Hamish a James yn wyn fel y galchen, y ddau frawd wedi'u trechu'n llwyr a phob gobaith o dderbyn neges oddi wrth y dynion yn y goedwig yn awr wedi mynd yn gyfan gwbl.

Aeth eiliadau heibio – eiliadau a deimlai fel awr gyfan, bob un. Roedd y dynion a oedd wedi bod yn sgrechian ar dop eu lleisiau i gyd yn dawel rŵan, eu hwynebau hwythau, hefyd, yn llwyd fel lludw. Rhythodd Steffan ar ben Milwr wrth iddo weddïo am un symudiad bach – hyd yn oed un glust yn crynu. Y tu ôl i Milwr, yng nghanol y mieri o wifrau ac arfau, chwifiai hen gadach wedi'i rwygo fel llaw yn chwifio ta-ta, ond roedd corff llwyd Milwr yn gorwedd yn hollol lonydd, a'r mwd o'i gwmpas yn disgleirio yng ngolau gwan yr haul. Allai Steffan ddim tynnu'i lygaid oddi arno: roedd gweddill y byd fel pe na bai'n bodoli o gwbwl.

'Galw arno fo, Steffan. Galw arno,' meddai Fidget. Trodd Steffan a rhythu ar Fidget – oedd hwnnw efallai wedi gweld y ci'n symud? Ond allai Steffan ddim gweiddi nes iddo gael gwared ar y garreg anferth oedd ganddo'r tu mewn i'w wddf.

O'r diwedd, llwyddodd i grawcian, 'Milwr!'

Dim ymateb.

'Yn uwch, Steffan, gwaedda'n uwch!' meddai Fidget.

'Milwr!'

Y tro hwn swniai llais Steffan yn glir fel cloch.

A chododd Milwr ei glustiau! Cododd hefyd ei drwyn, efallai fodfedd oddi ar y ddaear wrth i'w ben droi tuag at sŵn llais ei feistr.

'Galwa fo, *laddie*, gwaedda eto!' gorchmyn-nodd Hamish.

Cododd Steffan ei ben dros ochr y parapet, a'i draed yn sgrialu'n ddi-ddim yn erbyn y waliau mwdlyd, a gweiddi eto. Y tro hwn, cododd

Milwr ar ei goesau blaen, yn fyr ei wynt a'i geg yn agored. Cymrodd ddau gam dewr ymlaen ond roedd pwysau marw ei goesau ôl yn ei ddal yn ôl ac roedd yn methu â symud ei ben ôl ymlaen. A'i galon yn torri, gwyliodd Steffan y dewrder anhygoel hwn, y coesau blaen yn crynu dan straen wrth i Milwr geisio llamu ymlaen eto – ond unwaith eto, roedd ei hanner ôl yn gwrthod symud gyda gweddill y corff. Pawennodd Milwr y ddaear fel petai'r ddaear honno'n gallu dweud wrtho pam ei fod yn methu â symud. Yna cododd ei ben i fyny a chyfarth gan ymdrechu un waith eto i fynd at ei feistr, bron fel petai'n benderfynol o rwygo'i hun yn ddau hanner.

Gwthiodd Steffan ei ddwrn i mewn i'w geg er mwyn mygu'r sgrech uchel o boen a deimlai'n chwyddo y tu mewn iddo.

Pawennodd Milwr y ddaear.

Aeth eiliadau heibio. Suddodd pen a bron Milwr yn ôl i lawr i'r ddaear.

'Mae'n ormod iddo fo, y creadur bach. Hanner ei bwysau . . .' meddai James.

Trodd y Signalwyr eraill i ffwrdd oddi wrth Steffan, eu hwynebau'n llawn ofn.

Yna rhoddodd Hamish ei fraich am ysgwydd Steffan a throi'r hogyn i ffwrdd oddi wrth y parapet.

Llusgodd munudau hir heibio. Ymddangosodd y seren gyntaf yn yr awyr a chyn bo hir roedd y pyllau dŵr y tu mewn i'r tyllau ffrwydron yn edrych fel petaen nhw'n sgleinio. Roedd pob un ohonyn nhw'n adlewyrchu'r lleuad goch nes i'r tir edrych fel petai'n frith o berlau cochion, mil o berlau'n dawnsio ar fil o lynnoedd arian.

'Ty'd i fyny ar f'ysgwyddau i,' meddai Hamish. 'Gad iddo dy weld di.' Plygodd y ddau frawd a'u bysedd wedi'u plethu fel petaen nhw'n helpu plentyn bach ifanc i ddringo ar gefn merlen.

Safodd Steffan ar ddwylo mawr y brodyr McManus gan geisio tynnu'i hun yn uwch. Doedd o ddim yn ddigon uchel ar hyn o bryd a fyddai Milwr ddim yn gallu ei weld; byddai'n well petai'n gallu sefyll ychydig oddi wrth y parapet. Neidiodd Steffan i fyny, a'r sŵn sugno a wnaeth y mwd wrth ollwng ei afael ar ei draed yn ddigon i ddeffro byddin gyfan Hitler.

'Na, hogyn, na! I lawr! Y saethwr . . !'

Ond safodd Steffan o flaen y parapet, a'i holl feddwl ar Milwr heb boeni'r un iot amdano'i hun. 'Milwr!' galwodd, ac eto, 'Milwr!' Safai yno yng ngolwg pawb, y llethrau a'r tir gwastad yn agored o'i flaen, gan weiddi unwaith eto, 'Milwr!'

Ddaeth dim symudiad. Chwibanu – dyna oedd y peth i'w wneud. Os oedd yna un mymryn bach o fywyd ar ôl yng nghorff Milwr, byddai'n sicr o adnabod a chofio sŵn y chwiban a chodi'i ben. Gwthiodd Steffan ei fysedd i mewn i'w boced a chydio yn y bocs a'i agor yn lletchwith, cyn codi'r frwynen i'w geg a chwythu.

Dawnsiai'r nodau disglair fel nant hyfryd dros wyneb y tir gwastad, anial. Gwelodd Steffan un glust yn crynu. Chwythodd eilwaith – y ddwy glust y tro hwn. Chwibanodd eto . . . a chododd Milwr ei ben gan fustachu i sefyll ar ei goesau blaen: roedd ei fron a'i ben i fyny ac roedd o'n pawennu'r llawr.

'Milwr!' gwaeddodd Steffan.

Teimlodd rywbeth yn llosgi'n erbyn ei fraich yr un eiliad ag y clywodd glec y reiffl. Cydiodd yn ei fraich o dan ei benelin gan deimlo'r gwlybaniaeth cynnes yn llifo ohoni wrth i'w ffroenau lenwi ag arogl ei waed o'i hun.

Ond dim ond ei grafu wnaeth y fwled.

'Lawr â ti, fachgen!' gwaeddodd Hamish o'r tu ôl iddo.

Arhosodd Steffan yno'n sefyll, er ei fod yn siglo ychydig yn awr; gollyngodd ei afael ar ei fraich a chodi'r chwiban i'w wefusau unwaith eto, a chwythu. Symudodd Milwr un o'i goesau blaen. Yna'r llall. Roedd wedi symud fymryn yn ei flaen, wedi llwyddo i lusgo'i hanner ôl.

Symudodd y goes dde flaen unwaith eto, er ei bod yn crynu â'r ymdrech, yna'r un chwith.

Gallai Steffan daeru fod amser ei hun wedi rhewi'n gorn wrth iddo wylio Milwr yn ymdrechu i'r fath raddau, y fath raddau anhygoel.

Aeth Steffan i lawr i'w gwman. Un cam poenus ar ôl y llall . . . ond roedd Milwr *yn* dod yn nes, *yn* llusgo ei hanner ôl gyda fo, fesul modfedd dros y mwd a'r cerrig . . . nes i Steffan fethu â gwylio ymhellach a'i daflu'i hun i lawr ar y ddaear.

Gan ddefnyddio'i fraich iach, a'i drwyn fwy neu lai yn y mwd drewllyd, afiach, fe lusgodd ei hun ar hyd y tir gwastad o flaen y parapet, ac i lawr. Un fodfedd ar ôl y llall a'i fraich arall yn gwaedu'n goch i mewn i'r mwd.

Ymlusgodd y ddau, y bachgen a'r ci, yn nes ac yn nes at ei gilydd.

Dim ond ychydig lathenni oedd rhyngddyn nhw'n awr. Crynai Steffan trwyddo, a phob un sgweltsh fwdlyd yn rhwygo'i nerfau'n ddarnau. Cyffyrddodd ei law â defnydd rhyw ddilledyn, llawes, efallai, a neidiodd fel petai wedi cyffwrdd ag ysbryd. Gwthiodd ei hun yn ei flaen, a chydag un ymdrech olaf llwyddodd i gael ei ddwylo am ben Milwr a'i dynnu'n nes ato.

Gwingodd Milwr yn rhydd. Gyda hynny o

nerth roedd ganddo ar ôl, cododd a'i goesau'n sglefrio wrth iddo geisio eistedd a chodi'i fron a chodi'i ben yn uwch at ei feistr. Roedd y safnau'n llydan agored ac roedd yn gwenu eto, ei lygaid yn loyw. Bron yn ddiymadferth gan boen a chariad, allai Steffan ddim symud digon i allu cydio yn y silindr a oedd yn dal y neges hollbwysig honno. Cododd Milwr ei drwyn ychydig yn uwch. Na, roedd y bachgen yn dal i fethu â symud. Pawennodd Milwr y ddaear gan ysgwyd ei gynffon, a throdd stumog Steffan wrth iddo geisio siarad dros y lwmp mawr a oedd yn llenwi ei wddf.

'Bachgen da, 'na fachgen . . .'

Llwyddodd i dynnu'r silindr yn rhydd. 'I lawr, Milwr, gorwedd i lawr.' Trodd Steffan a syllu i gyfeiriad y rhes o hetiau a helmedau oedd i'w gweld uwch ochr y parapet. Cododd ei law iach a thaflu'r silindr tuag atyn nhw . . . a gweld Hamish yn ei ddal yn ei ddwylo.

Yna trodd a llithro tamaid o fisgeden wlyb i mewn i geg Milwr.

Gyda'r nos, 24 Ebrill 1918
Coedwig Aquenne

Gan felltithio'r boen a losgai fel tân hyd ei fraich, tynnodd Steffan ei gôt a'i hagor allan ar y ddaear. Yna gwthiodd hi'n ofalus o dan Milwr cyn clymu'r llewys y tu ôl i'w gefn ei hun. A'r gôt o dan Milwr fel hamoc, cropiodd Steffan tuag at ffos fach ychydig o droedfeddi oddi wrtho.

'Mae 'na fôn coeden gwag ymlaen ac i'r dde, anelwch eich reifflau tuag at hwnnw,' clywodd rywun yn gweiddi ar y saethwyr. Cropiodd yn ei flaen. Roedd neges Milwr wedi dweud wrthyn nhw fod y saethwr Almaenig yn cuddio yn yr hen goeden. Gan wasgu Milwr yn dyner yn ei erbyn, llithrodd Steffan i lawr ac i mewn i'r ffos.

'Ewch amdani, fechgyn. Colbiwch hi â bwledi a ffrwydron,' oedd y gorchymyn i'r saethwyr.

A dyna'n union a wnaeth y bechgyn, am bum munud cyfan. Pan fentrodd Steffan sbecian allan ar ôl i'r saethu beidio o'r diwedd, gwelodd nad oedd un tamaid o'r hen goeden ar ôl.

'Reit – ail-lwythwch eich gynnau mawr.

Dau o'r gloch ar y cwmpawd. Y llethr sydd ar ochr ddwyreiniol y Monument. Colbiwch nhw, fechgyn.'

Gwrandawodd Steffan ar ei ynnau mawr ei hun yn bytheirio eto.

'I ti, Twm,' meddai. 'I ti.'

Tua thair troedfedd oedd dyfnder y ffos hon, digon i guddio un bachgen ac un ci. Gorweddai'r ddau ochr yn ochr, a Steffan yn cribo côt fwdlyd Milwr â'i fysedd, fesul modfedd. Diolch byth, doedd yr un o'r bwledi wedi taro gwythiennau mawr Milwr, felly doedd o ddim yn gwaedu rhyw lawer. Roedd ganddo dwll crwn, dwfn yn ei ystlys chwith, ond roedd tri clwyf ganddo ar ei goes dde ôl, tri mewn clwstwr bychan, twt. Y peth doethaf i'w wneud oedd aros yma: doedd wiw iddo feddwl am drio symud Milwr nes iddyn nhw gael eu hachub.

Gorffwysodd Steffan ei ben wrth ochr pen Milwr gan deimlo'i anadl gynnes yn erbyn ei wyneb, a gwyliodd wrth i'r milwyr lein gropian dros y mwd er mwyn trwsio'r gwifrau'n frysiog. Gwelodd res ar ôl rhes o filwyr newydd, ffres yn cyrraedd gan sgwario dros y top yn hytrach nag ar hyd y ffos gysylltu – Awstraliaid, yn sicr: gallai weld siapiau cyfarwydd eu hetiau cantel llipa yng ngolau'r lleuad.

Dringodd y lleuad honno'n uwch yn awr,

lleuad lawn, goch. Tybed pryd y câi Milwr ac yntau eu hachub? Roedd ci wedi'i anafu'n reit isel ar y rhestr o ran pwysigrwydd – a doedd anaf Steffan ddim mor bwysig â hynny, chwaith. Hyd yn oed pan fyddai'r ymosodiad yn cychwyn, byddai'r meirwon a'r rhai wedi'u hanafu'n cael eu gadael ble roedden nhw.

Am ddeng munud i ddeg, clywodd Steffan swyddog yn symud ar hyd y ffos y tu ôl iddo gyda'i ddogn o rỳm.

'I lawr â fo, i lawr â fo.' Ymsythodd y Brigadydd Glasgow gan sefyll yn glir yn erbyn awyr y nos. 'Does gynnon ni ddim amser i archwilio, a dy'ch chi ddim yn gyfarwydd â'r tir, ond daw hyn fel cryn dipyn o sioc i'r gelyn, sy'n sicr o fod wedi llwyr ymlâdd. Peidiwch â rhoi'r gorau iddi nes eich bod wedi cipio'r Monument, ac yna daliwch eich gafael ar y lle, dim ots be.'

Mor bell ag y gallai Steffan weld, cododd rhes ddi-ben-draw o ddynion allan o'r ffos gan edrych fel byddin o ysbrydion yng ngolau arian y lleuad.

'Ymlaen â chi! Lladdwch bob un blydi Almaenwr y dewch ar ei draws. Pob hwyl, fechgyn – ewch amdanyn nhw!'

Gwyliodd Steffan yr Awstraliaid yn crwydro i ffwrdd a'u reifflau'n barod, mor ddi-hid â phetaen nhw'n cychwyn allan i hela cwningod. Yna symudodd Cwmni A oddi wrth y prif lu.

Daethon nhw'n dawel at y ffos lle roedd Steffan a Milwr yn cuddio. Trodd pob un pen gan syllu i lawr arnyn nhw. Yna cododd bob un dyn ei reiffl.

'I ti, gi rhyfel!' gwaeddon nhw i gyd ag un llais. 'I ti, fachgen dewr!'

Fel un eto, saethodd pob milwr ei reiffl at yr awyr, cyn troi a dechrau rhedeg â dewrder anhygoel i lawr y llethr serth er mwyn ymuno â'r prif gwmni.

Yn syth bìn, saethodd dros gant o ffaglau'r gelyn i fyny i dywyllwch yr awyr gan droi'r nos yn ddydd. Erbyn hynny roedd yr Awstraliaid yn rhedeg ac yn rhuo fel byddin o Lychlynwyr wrth iddyn nhw lifo tuag at y Monument ac adeiladau'r pentref. Saethodd yr Almaenwyr ragor o ffrwydron SOS, ac edrychai'r rheiny fel tân gwyllt wrth iddyn nhw ddringo fry cyn ffrwydro'n lliwgar a nofio'n ddiog yn ôl i lawr i'r ddaear.

Teimlai braich Steffan fel petai hi ar dân, hefyd, ond er hynny roedd yn crynu fel jeli. Roedd Milwr yn crafu un bawen flaen yn erbyn y llall ac yn crafu'r ddwy yn erbyn y ddaear. Dylai fwydo Milwr â rhagor o dameidiau bisgeden Fidget. Sgrialodd yn ei boced ond yna gwelodd nad oedd dim diddordeb gan Milwr – roedd y ci'n crafu'r ddaear ac ochrau'r ffos fel coblyn.

Pam?

Yna deallodd Steffan. Nwy! Roedd nwy wedi gwenwyno'r mwd ac roedd hwnnw'n llosgi pawennau Milwr, fel asid. Ac yng ngolau'r ffaglau, gwelodd yn awr fod lygaid Milwr yn llawn o'r hen stwff melyn, anghynnes hwnnw a lanwodd lygaid Bili. Rhoddodd ei glust yn erbyn bron Milwr a chlywed ei fod o'n hisian wrth anadlu. Gwenwyn – roedd yna wenwyn yn nŵr y ffos ac yn codi ohono i lenwi'r aer. Ceisiodd Steffan godi'i ben er mwyn llyncu rhywfaint o awyr iach y nos ond roedd ei ben yn rhy drwm a theimlai fel petai ganddo gerrig trwm y tu mewn i'w fron. Wrth gwrs – y ffosydd a'r tyllau, roedden nhw i gyd yn siŵr o fod yn beryg bywyd.

Faint o amser fyddai'n mynd heibio cyn i rywun ddod allan a'u hachub nhw?

Goleuwyd y tir gwastad gan fflachiadau gwallgof, amryliw, ond ymlaen ac ymlaen yr âi'r ymosodiad gwyllt. Roedd y pentref i gyd yn llosgi'n awr gan wneud i'r lleuad edrych fel pelen o dân a throi'r tir gwastad yn gae mawr gwaedlyd a pheintio'r llethrau â phaent uffern ei hun.

Gollyngodd bysedd dolurus Steffan eu gafael ar ochr y ffos. Roedd ei fraich ddrwg yn brifo fel petai'r ddannodd fwyaf ofnadwy ynddi, yr holl ffordd o'i ysgwydd i flaenau ei fysedd. Ac roedd yn dal i fod yn crynu, yn chwilboeth un funud ac yn oer drosto'r funud nesaf, a theimlai mor flinedig, doedd dim ots ganddo bellach lle roedd o. Teimlai fod y tir yn syrthio i ffwrdd oddi tano. Hwyrach mai cael eu claddu'n fyw fyddai ei hanes o a Milwr, tra bo Amiens a Pharis yn cael eu hachub.

Yna teimlodd Steffan boen newydd, dieithr yn ei fron ac yn ei wddf, fel petai rhywun yn gwthio cyllyll i mewn ynddo. A pham fod y ddaear a'r awyr yn dywyllach nag oedden nhw funud un ôl? Ai'r tywyllwch rhyfedd hwn oedd yn llosgi'i lygaid ac yn rhwygo'i wddf? Petai ond yn gallu cydio yn yr awyr, byddai'n ei thynnu i lawr drosto fel cwrlid er mwyn cuddio rhag y sgrechian a'r griddfan a glywai'n dod oddi wrth y dynion a gafodd eu hanafu. Cau ei lygaid dyfrllyd, dyna be oedd y peth i'w wneud. Eu cau nhw, a chysgu. Byddai cwsg yn lleddfu ei boen.

Dyna be wnaeth Steffan, felly – nofio i mewn ac allan o gwsg, yn ôl ac ymlaen rhwng cwsg ac effro.

Yna deffrodd gan dagu a phesychu. Oedd rhyw ffŵl wedi gwthio'i law i lawr ei wddf, neu rywbeth? Dechreuodd ei gorff daflu i fyny; doedd o ddim wedi bwyta ers dyn a ŵyr pryd, roedd ei stumog yn hollol wag, ond eto cyfogodd

Steffan nes bod dim byd ar ôl ganddo i'w chwydu ond tywyllwch a nodwyddau. Roedd y dŵr yn codi'n uwch rŵan, dŵr a oedd yn llawn gwenwyn, yn llenwi ei fron, ei wddf, ei geg. Tywyllwch, nodwyddau a dŵr gwenwynig – dyna oedd ei fyd bellach, a dewisodd Steffan y tywyllwch, gan suddo'n ddiolchgar i mewn i'w gofleidiad fel petai o'n suddo i wely o felfed.

Cyn y Wawr, 25 Ebrill 1918
Coedwig Aquenne

Teimlodd Steffan fysedd oer, tyner yn cydio yn ei arddwrn, yna'n gorffwys yn ysgafn ar ei dalcen.

'Mae'n hanner marw. Ac yn blentyn, i bob pwrpas.'

Trodd Steffan ei wyneb i gyfeiriad y llais gan ymdrechu i agor ei lygaid, ond roedden nhw fel petai rhywun wedi'u peintio efo glud. Cododd ei fraich dda â'r bwriad o'u rhwbio.

'Paid â chyffwrdd ynddyn nhw, wnei di ond eu gwneud nhw'n waeth.'

Cydiodd rhywun yn ei fraich a'i symud yn ei hôl i'w ochr.

'Weli ddim byd â'r diferion hyn – a chred ti fi, bydd hynny'n fendith i ti.'

Yng nghanol y niwl o boen a theimlo'n swp sâl, teimlodd bawennau'n crafu blaen ei grys a chynhesrwydd ar ei wyneb wrth i ryw anifail anadlu arno.

'Ordyrli! Ty'd yma! Symuda'r ci 'na oddi arno fo, neno'r tad.'

Teimlodd Steffan fraw a phanig yn deffro'r tu mewn iddo.

'O 'na! Symud!'

Roedd pawennau Milwr yn ei grafu'n awr ond roedd breichiau Steffan yn cael eu gwthio i lawr wrth i rywun godi ei ben er mwyn rhwymo cadach dros ei lygaid. Roedd yn rhaid iddo ddal ei afael ar Milwr, ei gadw'n agos ato, ond methai'n glir â symud ei ben na'i freichiau: roedden nhw'n teimlo fel petaen nhw'n perthyn i rywun arall. Ac roedd ei ddillad ar dân, meddyliai, yn ei losgi'n fyw.

'Wnaiff rhywun dynnu'r anifail 'na oddi arno?'

Clywodd sŵn chwyrnu wrth i'r corff crynedig gael ei rwygo i ffwrdd oddi arno.

'Tynnwch y ci 'na oddi arno fo!'

Lle oedden nhw'n mynd â Milwr? Rhoddai Steffan y byd am gael rhywfaint o nerth o rywle, digon i ddweud wrthyn nhw am beidio mynd â Milwr i ffwrdd, ond roedd ei ddillad yn ei grasu a theimlai fel petai drain o dân yn trywanu ei groen. Siglodd a syrthio yn ei ôl.

'Hei, ti – yma!' clywodd lais arall yn gweiddi ar gludwr stretsiers.

Roedd rhywun yn golchi'r clwyf ar fraich Steffan. Yna roedd yn cael ei godi ond roedd ei goesau'n rhoi oddi tano. Rhoddodd rhywun ei ysgwydd dan fraich iach Steffan cyn rhoi cadach am ei wddf fel sling ar gyfer ei fraich glwyfus. Ceisiodd Steffan frwydro'n erbyn y nodwyddau oedd ganddo'r tu mewn i'w wddf er mwyn gofyn i'r dyn a oedd yn cydio ynddo – Milwr, lle oedd Milwr?

'Rwyt ti'n lwcus ar y naw na alli di weld yr hyn rydan ni'n ei weld yma. Mae 'na ddarnau o ddynion dros y lle i gyd a does yna'r un affliw o ddim byd y gall neb 'i 'neud drostyn nhw.'

Ond dim ond un peth oedd gan Steffan ar ei feddwl: roedd yn rhaid iddo reoli ei gorff ei hun ddigon i fedru gofyn, 'Fy nghi? Lle mae fy nghi?'

Hen grawcian di-ddim, fodd bynnag, oedd yr unig sŵn a oedd yn dod allan o'i geg. Ceisiodd godi'i ben a thrio eto.

'Milwr!'

Ond doedd braidd dim sŵn yn dod allan ohono ac roedd ei fron yn llosgi â phoen a oedd, i bob pwrpas, yn sgrechian.

'Isio'r ci mae o.'

'Wel, dwi'n sicr ddim yn mynd i gludo pob un anifail marw allan o'r gors yma – mae 'na bennau a chynffonnau dros y lle i gyd, a gyda'r Corfflu Meddygol ydan ni, nid y rhai *mil*feddygol.'

'Symud yn dy flaen.'

Teimlodd Steffan bigiad boenus, blaen bidog, efallai.

'Ty'd, wir, siapia hi.'

Clic, rŵan, wrth i reiffl gael ei lwytho.

'Mi gadwa i flaen y nodwydd fach yma'n erbyn dy ben ôl di, falla y gwnaiff hynny dy helpu di yn dy flaen. Rŵan, siapia hi. Rydan ni'n mynd â chdi i'r *Casualty Clearing Station.*'

Cafodd Steffan ei wrthio yn ei flaen, er bod ei goesau fel clai ac yn rhoi oddi tano nes iddo syrthio fel doli glwt i mewn i'r breichiau a oedd yn cydio ynddo, a'i ben a'i wddf yn gwneud eu gorau i droi ac i chwilio am Milwr.

Gorffwysai Steffan ei fraich iach ar ysgwydd y dyn o'i flaen, ei fraich chwith ar fagl, ac roedd llaw dyn arall ar ei ysgwydd ef. Roedden nhw allan o'r ffosydd yn awr, ac nid llawr o fordiau pren oedd o dan ei draed erbyn hyn ond coblau crwn. O'i gwmpas ym mhobman, roedd yna ddynion yn griddfan ac yn crio. Teimlai bwysau anghyfforddus ar ei ysgwyddau – blanced, efallai – a oedd yn boenus gan fod ei gnawd yn llosgi cymaint. Roedd ei ysgyfaint, hefyd, yn teimlo fel petaen nhw ar dân, ac roedd ei lygaid yn dyfrio yn y modd mwyaf ofnadwy. Roedd y tywyllwch yn pwyso'n erbyn ei lygaid a'i ben, yn eu llenwi a'i fygu, bron. Crwbanodd y rhes yn ei blaen a theimlodd Steffan ddwylo tyner yn ei wthio yn ei flaen. Symudai ei goesau fel petaen nhw'n perthyn i rywun arall, bob un cam cyndyn yn mynd ag o'n bellach ac yn bellach oddi wrth Milwr. O, petai ond yn gallu gadael i'r cyfan fynd, a suddo i lawr i'r ddaear yn belen o boen a thristwch.

Daeth gweiddi uchel o rywle i'r chwith a sŵn haearn yn taro'n erbyn carreg, a sŵn ceffylau'n chwyrnu a gweryru. Gallai glywed oglau baw ceffylau a drewdod eu chwys. Yna sŵn carnau'n byrlymu ar y ddaear, rhagor o weryru – roedd rhywun wedi colli rheolaeth ar un o'r ceffylau.

'Squadron Leader Roberts, syr!' clywodd Steffan lais ifanc yn gweiddi, a daeth gweryriad arall oddi wrth y ceffyl.

Neidiodd calon Steffan a daeth sŵn rhyfedd o'i wddf i'w geg. Twm! Twm oedd hwnna! Roedd yn rhaid i Steffan fynd ato, ond roedd y blwming cadach yma ganddo dros ei lygaid. Gollyngodd ei fagl a cheisio rhwygo'r cadach i ffwrdd â'i law iach – lle oedd perchen y llais yna? Gweddïodd am gael rhywfaint o nerth yn ei goesau er mwyn iddo fedru mynd at ble bynnag yr oedd Twm.

Daeth sŵn traed yn rhedeg ar y chwith. Estynnodd ei law allan, ond rhedodd y traed heibio iddo heb iddo fedru cyffwrdd â dim byd.

'Squadron Leader Roberts!' galwodd y llais cyntaf hwnnw eto, a daeth gweryriad arall.

Teimlodd Steffan law ysgafn ar ei ysgwydd yn ei wthio yn ei flaen eto. Wrth iddo symud, clywodd lais arall yn morio tuag ato drwy'r niwl a oedd yn llenwi'i ben.

'Hanner cant o geffylau gwaith ysgafn, syr, ac ugain o fulod gwaith, pob un wedi'i serio a'i bedoli, syr.'

Arhosodd Steffan gan droi'i ben i gyfeiriad y llais hwnnw, ond trawodd y dyn a oedd yn cerdded y tu ôl iddo'n erbyn ei goes a syrthiodd Steffan i'r ddaear. Yn boen o'i gorun i'w sawdl, gwaeddodd, 'Twm!'

Cydiodd dwylo tyner ynddo a'i godi i'w sefyll. Ysgydwodd Steffan hwy i ffwrdd.

'Twm! Twm!'

Teimlai gwddf Steffan fel petai'n rhwygo'n ddau; er iddo wneud ei orau i weiddi, sŵn tebyg i grawc llyffant a ddaeth allan ohono. Sgrialodd yn ei boced. A'i fysedd yn crynu, tynnodd y chwiban frwyn o'i bocs a chwythu. Ond boddwyd y nodau bregus gan y synau eraill, eiliad ar ôl iddyn nhw nofio o'r chwiban. A doedd braidd dim anadl gan Steffan; roedd ei wddf yn teimlo fel petai'n llawn o gyllyll miniog a doedd dim gwynt ganddo ar ôl yn ei ysgyfaint.

Ond roedd yn rhaid trio, un tro olaf! Chwythodd eto, a'r tro hwn roedd y nodau'n glir ac yn ddisglair, bron . . . ond teimlodd ddwylo busneslyd ar ei ysgwyddau, yn ei dynnu'n ôl ac yna'n ei wthio yn ei flaen.

Mwy o grwbanu ymlaen . . . yna arhosodd y llinell ac arhosodd Steffan a'i ben yn hongian i lawr yn flinedig.

Rywle, roedd rhywun yn rhedeg, yna'n aros, yna'n rhedeg eto. A'r tensiwn yn llenwi ei gorff, ymdrechodd Steffan i ganolbwyntio ar glywed y sŵn traed rheiny dros synau'r olwynion a'r ceffylau a'r lleisiau eraill.

Dim byd.

Roedden nhw wedi peidio . . . ond daeth sŵn arall, newydd . . . nodau cryf yn byrlymu tuag ato fel sŵn dŵr nant y mynydd. Chwiban – chwiban frwyn – cerddoriaeth y rhosydd, y bryniau uchel a chloddiau cerrig Cymru, sŵn ei blentyndod. Llamodd ei galon eto wrth i'w law letchwith dwrio am ei chwiban. Ceisiodd anwybyddu'r nodwyddau poethion yn ei wddf, a chyda'i anadl olaf, chwythodd. Cododd y nodau'n glir a chryf, gan nofio i fyny i'r awyr. Eiliad o dawelwch, yna roedd rhywun yn rhedeg eto, yn aros . . . ac yna'n rhedeg. Cododd Steffan ei law i fyny gan grafu'r aer fel dyn dall a throi i bob cyfeiriad yn y tywyllwch o'i gwmpas. Yna cydiodd rhywun yn ei law a gwthio'i fraich i lawr yn ei hôl, cyn ei droi a'i gofleidio'n dynn â breichiau cyfarwydd; gallai deimlo'r gwlybaniaeth ar fochau ei dad a theimlo'i law yn anwesu ei ben.

'Steffan . . .'

Cododd Steffan ei law, yn benderfynol o rwygo'r cadach i ffwrdd, o weld wyneb ei dad.

'*Squadron Leader Roberts! At the double!*'

'Mae o yma, 'ngwas i, ma' dy gi di yma. Dwi wedi dod yma er mwyn cael hyd iddo fo, er mwyn ei roi o'n ôl i chdi.'

Nodiodd Steffan. Allai o ddim gwneud mwy na phesychu. Gorffwysodd ei dad ei dalcen yn erbyn talcen Steffan, a safodd y ddau felly am rai eiliadau.

'Ci neges 2176. Mae o *yma*, meddan nhw i mi.'

Teimlodd Steffan rywbeth anferth yn symud y tu mewn i'w fron a chododd ei ben gan nodio'n ffyrnig i gyfeiriad y tu ôl iddo. Clywodd ei dad yn ebychu.

'Be ddigwyddodd, 'ngwas i? Lle mae o?'

Petai Steffan ond yn defnyddio'i geg i siarad ac nid ei wddf, efallai y gallai lunio geiriau o ryw fath.

'Do'n i ddim yn gallu'i weld o, 'Nhad.' Sibrwd y geiriau a wnaeth Steffan ond doedd o ddim yn baglu drostyn nhw, roedden nhw'n llifo ohono fo'n glir. 'Mi ddaethon nhw â fi oddi yno . . . ond mi adawon nhw fo yno.' Gallai deimlo anadl ei dad y erbyn ei wyneb, yna gwefusau ei dad yn erbyn ei dalcen. Crafangodd eto am y cadachau dros ei lygaid: roedd yn ysu am gael gweld ei dad . . . yna roedd y cadach dros ei geg ond allai o ddim gweld dim byd ond tywyllwch wrth i'w fysedd gribo'r aer.

'Dwi ddim yn gallu'ch gweld chi, 'Nhad.'

'*Squadron Leader Roberts! At the double!*'

Cydiodd ei dad yn y cadach a'i osod yn ôl dros lygaid Steffan. Gafaelodd yn nwylo Steffan gan gyffwrdd ei dalcen yn erbyn talcen ei fab unwaith eto, cyn ei droi i wynebu'n ei flaen.

'Cer, 'ngwas i. Cer i'r ysbyty. Mae'n rhaid i mi fynd â'r ceffylau i fyny i'r Ffrynt ar gyfer y gynnau mawr. Cer, 'rhen ddyn, ac mi ddo i i dy nôl di cyn gynted ag y byddaf yn ôl o'r Ffrynt.'

Symudodd y rhes yn ei blaen unwaith eto dan arweiniad y swyddogion, i mewn i ardal lawer mwy distaw a phebyll ym mhob man. Sibrwd a wnâi'r lleisiau yma, yn hytrach na gweiddi. Daeth nyrs at Steffan gan ddechrau torri trwy'i iwnifform â siswrn, cyn tynnu'r cadachau budr a golchi'r clwyf ar ei fraich.

'Rwyt ti yn y babell *pre-op*,' meddai hi wrtho. Teimlodd rywun yn datod careiau'i sgidiau ac yna'n ei wthio'n dyner i lawr ar wely.

Y peth olaf a deimlodd oedd ei boen yn datod fel cwlwm rhydd, cyn iddo lithro'i ffwrdd i'r tywyllwch.

27 Ebrill 1918
Yr Ysbyty Maes, Crouay

Roedd popeth yn dawelach o lawer, a'r dynion o amgylch Steffan yn cysgu'n sownd bob un. Wedi cael ei symud i babell arall yr oedd o. Uwch ei ben, roedd yna arwydd yn dweud 'GAS CASE, MODERATE'.

Nefoedd, roedd ei ben yn brifo! Yn ogystal â'r cur yma, roedd anadlu'n achosi poen iddo hefyd, a phob un pesychiad yn teimlo fel crafiad gan gyllell. Dywedodd y Nyrs wrtho fod ei lygaid wedi chwyddo, ei amrannau wedi glynu a blew ei lygaid wedi'u llosgi i ffwrdd. Roedd llais y Nyrs yn llawn blinder a thristwch. Dywedodd fod ganddyn nhw welyau ar gyfer tri chant a hanner o ddynion, ond bod miloedd o filwyr yma a mwy a mwy ohonyn nhw'n llifo i mewn, wedi'u hanafu, a bod yna ddynion ym mhobman yn marw ar loriau rhwng gwelyau ac mewn coridorau, a neb o gwbl i'w helpu.

Ers pryd fu Steffan yma? Roedd yn rhaid iddo fynd i chwilio am Milwr. Byddai eisiau bwyd ar

Milwr erbyn hyn, ac roedd angen trin ei anafiadau yntau. Doedd wiw i Steffan gael ei symud oddi yma, nid nes iddo ddod o hyd i Milwr. Penderfynodd holi'r Nyrs y tro nesaf iddi ddod heibio iddo, ond ar hyn o bryd roedd yn llawn cyffuriau a'i freichiau a'i goesau fel darnau o blwm. Cysga rŵan, Steffan, cysga . . .

★

'Reit, aros yn llonydd rŵan, i mi gael rhoi'r diferion yma yn dy lygaid di. Paid â symud . . . 'na chdi.'

Ddwywaith y dydd, byddai'r gogyls yr oedd yn eu gwisgo dros ei lygaid yn cael eu tynnu.

'Da iawn chdi, rŵan y llygad arall. Mae'n dridiau erbyn hyn ac mae dy fraich yn mendio'n ddigon del, cofia. Heddiw, rydan ni am dynnu'r gogyls 'ma i ffwrdd yn gyfan gwbl a rhoi cadachau yno yn eu lle nhw, gan obeithio'r gorau.'

Y tro nesaf i'r Nyrs alw heibio iddo, fe'i helpodd i newid i byjamas cotwm cynnes. Rhoddodd bowlen a lefrith a reis iddo, gan ddweud y byddai ei ysgyfaint yn sicr o wella . . . ond ddwedodd hi'r un gair am ei lygaid. Doedd Steffan yn ddim balchach o'r llefrith a'r reis. Doedd ganddo fawr o awydd bwyd, heblaw am dôst meddal a mêl, ond teimlai'r pyjamas yn fendigedig yn erbyn ei gnawd poeth.

'Arhoswch gyda fi am funud neu ddau,' sibrydodd. Y rhain oedd y geiriau cyntaf iddo'u dweud ers iddo gyrraedd yma – ond doedd o ddim wedi baglu drostyn nhw: roedden nhw wedi llifo ohono'n drefnus. 'Wnewch chi dynnu'r cadachau yma?' Ddwedodd y Nyrs ddim gair. 'Mae fy nghi i allan yn y fan 'na'n rhywle, Nyrs. Rhif 2176. Rhaid i mi chwilio amdano. Wnewch chi dynnu'r cadachau 'ma oddi ar fy llyged?'

Atebodd y Nyrs ddim, ond eisteddodd yno wrth ei ochr yn gafael yn ei law.

'Pryd fydd y cadachau 'ma'n cael eu tynnu, er mwyn i mi allu gweld?'

Dim smic oddi wrth y Nyrs. Ar ôl ychydig, cusanodd ei dalcen a gallai Steffan daeru iddo deimlo deigryn yn glanio wrth ymyl y gusan.

Yn y bore, dywedodd y Swyddog Meddygol wrth Steffan ei fod yn hollol ddall, ac mai dim ond gobaith bach iawn oedd ganddo y byddai ei lygaid yn gwella.

'Pa mor fach?'

Swniai llais Steffan mor grynedig a bregus â llais plentyn bach. Chlywodd o mo ateb y swyddog . . . os cafodd un o gwbl.

Y tu allan yn rhywle, daliai'r ffrwydron i

syrthio. Oedden nhw'n syrthio lle bynnag roedd Twm? Lle bynnag roedd Milwr? Neu ei dad? Gwell peidio gallu gweld mewn byd fel hwn, meddyliodd Steffan. Gorweddai'n effro, yn ofni gweld y nos yn dod, oherwydd wrth iddo gysgu, byddai'n breuddwydio fel petai'n gallu gweld unwaith eto – gweld Milwr yn rhedeg fel mellten eto, ei weld yn cael ei daro eto, a gweld y coesau di-ddim unwaith eto.

Daeth y Nyrs heibio a sychu ei dalcen â sbwnj oer, bendigedig. Roedd hi am newid yr arwydd uwchben ei wely, meddai wrth Steffan, ac mai'r gair 'BLIGHTY' oedd ar yr un newydd hwn; roedd o am gael mynd adref, a swniai'r Nyrs yn falch drosto.

'Gawson nhw hyd iddo fo? Ddaethon nhw â nghi i'n ôl?'

Teimlodd Steffan y sbwnj oer ar ei dalcen unwaith eto, ond chlywodd yr un gair yn cael ei ddweud.

'Ci rhif 2176. Ma'n rhaid i mi ffeindio fy nghi . . .'

''Na chdi, 'na chdi, mi fyddi'n teimlo'n well yn y bore.'

Ond doedd gartref yn golygu dim byd iddo heb Milwr, heb ei dad, heb Twm. Allai o ddim meddwl am adael Ffrainc heb Milwr. Roedd

Steffan wedi teithio mor bell, ond wedi achosi dim byd ond trafferth i bawb. Roedd wedi arwain ei gi diniwed, druan, i mewn i uffern ei hun, ac wedi arwain ei dad i fyd yn llawn marwolaeth disynnwyr.

Ar y trydydd dydd, cafodd y cadachau eu tynnu ac yn eu lle gosodwyd haen denau o feinwe. Agorodd Steffan ei lygaid. Gallai weld cysgodion a siapiau, ond allai o feddwl am ddim byd heblaw am ei dad, Twm a Milwr. Roedd y clwyf ar ei fraich yn gwella, ond rhaid oedd iddo'i chadw'n llonydd. Y prynhawn hwnnw, yn wan ac yn ddall fel ci bach newydd ei eni, cafodd Steffan ei symud, ar drên ysbyty, ymhellach o'r Ffrynt, oddi wrth Milwr, i'r Ysbyty Cyffredinol yn Etaples.

Queenie oedd enw'r nyrs yma, ac ar ei rownd yn ystod y nos daeth a golchi llygaid Steffan a rhoi eli newydd arnyn nhw.

'Mae yna leuad newydd sbon uwchben, i'w gweld yn glir drwy'r ffenest sy uwch dy ben di,' meddai wrtho. 'Os oes gen ti geiniog, tro hi drosodd a gwna ddymuniad. Dymuna fod dy lygaid am wella, Steffan, am gael bod yn un o'r bechgyn lwcus.'

Ymlaen â hi ar hyd y ward, â gair bach o

obaith ar gyfer pob un dyn yno. Cyrhaeddodd wrth y drws ac aros yno am eiliad. Gallai Steffan weld symudiad o ryw fath – oedd hi'n cau ei chôt, efallai? 'Nos dawch,' galwodd Queenie'n siriol. Roedd yna symudiad arall rywle yng nghanol y rhes o welyau, rhwng Steffan a'r drws. Roedd un o'r dynion yn sefyll ar ei wely ac wedi dechrau canu mewn llais bas cryf.

'Dowch rŵan, hogia – pawb efo'i gilydd.'

Ymunodd pawb yn y gytgan yn frwd. Helpodd Queenie'r baswr o'i wely, ac – oedden nhw'n dawnsio? Gallai Steffan glywed ei draed noeth o a'i hesgidiau hithau ar y llawr pren, gallai weld ei chôt dywyll hi a'i byjamas golau ef – oedden, hefyd! Roedden nhw'n dawnsio, i fyny ac i lawr rhwng y gwelyau, mor ysgafn â phe na baen nhw erioed wedi gweld y ffasiwn beth â rhyfel. O, meddyliodd Steffan, allwn i fyth â gwneud hynna, allwn i fyth â dawnsio fel yna, mor ysgafn fy nghalon.

Cafodd cyngerdd ei gynnal y noson wedyn. Roedd lemonêd yno, a bisgedi, a melysion a sigaréts. Eisteddodd Queenie ar focs pren wrth ochr Steffan, a gwrandawodd yntau ar y gweiddi a'r chwibanu a'r cymeradwyo i groesawu pob un eitem. Roedd braich chwith Steffan mewn cadachau o hyd, felly trawodd Queenie ei llaw chwith yn erbyn llaw dde Steffan wrth gymeradwyo. Daeth criw o ddynion ymlaen ar y llwyfan a gallai Steffan weld eu siapau nhw – roedd Queenie wedi dweud y gwir wrtho, roedd ei lygaid yn gwella.

Ar ôl i'r gynulleidfa dawelu o'r diwedd, dechreuodd y dynion ganu, *'Hush, here comes a whizz-bang . . .'*

Saib hir, yn llawn o dawelwch disgwylgar. Yna sgrech fyddarol ffrwydryn yn dod yn nes ac yn nes, sgrech a dyfai'n uwch ac yn uwch, a dryswch llwyr wrth i'r gynulleidfa chwalu a cheisio cysgodi dan fyrddau a bocsys a chadeiriau. Yna pallodd sgrech y ffrwydryn, a marw heb danio . . . a daeth sibrwd uchel o gyfeiriad y llwyfan, 'Argol, lle goblyn aeth honna, Gwilym?'

Gan chwerthin fel ffyliaid, cropiodd y dynion allan o dan eu byrddau a'u cadeiriau, chwerthin am ben eu hofnau hwy'u hunain ac am iddyn nhw gael eu twyllo mor hawdd gan recordiad.

Ond yng nghanol sŵn y cadeiriau a'r chwerthin diolchgar, eisteddai Steffan wedi'i barlysu gan ofn, yn sownd yn ei gadair, a'i figyrnau'n wyn wrth iddo wasgu'i bengliniau'n dynn. Yn ei feddwl gallai weld Milwr yn carlamu'n hapus ac yn wên o glust i glust; gallai hefyd weld y pridd yn ffrwydro oddi tano a'r coesau hir rheiny'n mynd i bob cyfeiriad.

Dechreuodd Steffan grynu o'i gorun i'w sawdl wrth iddo igian crio fel babi bach. Lapiodd Queenie ef yn ei flanced a'i dywys yn dyner o'r stafell.

8 Mehefin 1918
Neuadd Breswyl St Dunstan ar gyfer
y Deillion, Parc Regent, Llundain

Gallai Steffan arogli glaswellt a oedd newydd ei dorri. Gallai glywed yr awel yn sibrwd drwy ddail y goeden acesia, a chân yr adar, ond eu clywed nhw fel petaen nhw'n dod o bellter yr oedd, bron fel petaen nhw'n ddim mwy nag atgofion. Roedden nhw'n dod dan sŵn byddarol y rhyfel, sŵn a oedd yn dal i fod yn llenwi'i ben.

Daeth sŵn chwerthin oddi wrth y criw o ddynion a eisteddai'n chwarae dominôs dan y goeden gerllaw. Ciliodd Steffan oddi wrthyn nhw gan dynnu'r flanced yn dynnach amdano. Gallai weld yn reit dda erbyn hyn, ac yn ôl y Matron, byddai ei lygaid wedi gwella'n llwyr cyn bo hir. Ond gwyddai Steffan y byddai'n gweld pen arian, main ei annwyl gi am weddill ei oes, y ci a gafodd ei adael ganddo i farw yn y ffos wenwynig honno.

Na, nid ei dad laddodd Milwr. Yn y diwedd, fo'i hun arweiniodd y ci druan i'w farwolaeth. Pan benderfynodd redeg i ffwrdd o'i gartref, ychydig a feddyliodd y byddai'n troi ei holl fyd y tu chwith allan, ac y byddai'n diweddu fel hyn, efo fo yma yn Lloegr a'i dad drosodd yn Ffrainc.

Syrthiodd ysgwyddau Steffan wrth iddo lithro'n is yn ei gadair. Ie, meddyliodd, ie, fel hyn yn union roedd 'Nhad yn arfer eistedd, yn ei gwman yn ei gadair goch, yn ddall i bopeth a oedd yn digwydd yn y byd o'i gwmpas. Roedd Steffan wedi camddeall tristwch ac ofn aruthrol ei dad yn llwyr, cymaint felly nes iddo gyhuddo'r dyn, druan, o gyflawni gweithred greulon ofnadwy, gan roi'r bai ar gam arno. Oes, meddyliodd wrth gofio am lythyr ei dad. Oes, 'Nhad, mae yna gylch cyfan wedi'i droi. Dwi'n deall rŵan. Roedd marwolaeth Mam wedi gwasgu cymaint ar eich calon, yr unig beth roeddech chi'n gallu'i wneud oedd ei chloi o'r golwg y tu mewn i chi.

Crynodd Steffan a chuddio'i lygaid y tu ôl i'w ddwylo. Doedd hi ddim yn bosib troi'r cloc yn ôl, a doedd deall pethau ddim yn ei helpu ryw lawer i dawelu ei feddwl. Roedd yr atgofion oedd ganddo am Bili, am Milwr ac am ei dad yn dal i'w losgi fel dŵr berwedig ar glwyfau agored. Waldiodd Steffan ei hun yn ei ben â'i ddyrnau.

Daeth gweiddi cyfeillgar o gyfeiriad y llyn, lle roedd criw o ddynion yn rhwyfo cychod. Gallai glywed chwibanu hapus y dod o weithdai'r cryddion yn y cytiau ym mhen isaf y lawnt. Roedd gobaith yn llenwi'r sŵn hwn, ac edrychodd Steffan i lawr mewn cywilydd. Roedd y milwyr yma'n mwynhau rhwyfo a dawnsio, yn mwynhau mynd allan ar y lawnt gyda'u blancedi a'u dominôs: roedden nhw'n hapus oherwydd eu bod nhw'n *fyw*, roedden nhw'n ddiolchgar . . . ac roedden nhw i gyd yn hollol ddall. Roedden nhw wedi dringo allan o'u hanobaith ac yn awr yn wynebu'r dyfodol â dewrder a gobaith. Doedd dim dewrder ar ôl gan Steffan, na dim gobaith chwaith: roedd yn dal i fod yn sgrialu ar waelodion y twll tywyll hwnnw.

Fel ag yr oedd ei dad pan fu farw mam Steffan.

Steffan oedd yr unig un yn y cartref Regency hardd hwn a fyddai'n cael ei olwg yn ôl yn llawn. Pan fyddai'n edrych yn y drych, gallai weld bod gwydr ei lygaid yn glir ac yn loyw – ond roedd y llygaid eu hunain yn hŷn o lawer, rywsut, fel petaen nhw'r tu hwnt i ddagrau ac ymhell y tu hwnt i chwerthin. Llygaid hen ddyn yn syllu allan o wyneb dyn ifanc. Byddai'r

Metron yn dweud yn aml ei fod yn lwcus, yn lwcus ar y naw – a'i fod, ar ben hynny, yn eithrad ac yn achos i lawenhau am iddo gael ei olwg yn ôl bron yn gyfan gwbl. Ond roedd rhyw dinc trwblus i'w llais wrth iddi siarad, a gwyddai Steffan na ddylai o fod yma o hyd, bod angen ei wely arnyn nhw ar gyfer dyn arall; doedd y Metron ddim yn gwybod beth i'w wneud yn ei gylch, na'r swyddog milwrol cynorthwyol, na neb arall chwaith.

Twm.

Roedd wedi bod mor siŵr y byddai'n clywed oddi wrtho fore heddiw. Petai Twm yn fyw, byddai llythyr yma oddi wrtho, yn sicr. Heddiw, o bob diwrnod, byddai llythyr yma. Roedd yn bymtheg oed heddiw. Fyddai Twm ddim wedi anghofio: doedd o erioed wedi anghofio pen blwydd ei frawd bach o'r blaen. Ond wrth iddyn nhw i gyd gerdded mewn rhes ar ôl brecwast heddiw, ar hyd y llwybr linoliwm tuag at stafelloedd y teras a'i arogl blodau a pholish, doedd dim byd gan y nyrs i Steffan – hi a'i chap a'i ffedog wen a'r groes goch arnyn nhw'n glir, a llond breichiau o bost i bawb heblaw amdano fo.

Ond daeth cerdyn ddoe oddi wrth Lara. Ynddo, holai ynglŷn â'i lygaid gan ddweud mor lwcus roedd o, ac yn gobeithio y byddai'n ôl gartref cyn bo hir. Soniodd hi'r un gair am Twm na'i dad ac roedd Steffan wedi gollwng y cerdyn i'r llawr; lle roedd hwnnw rŵan, doedd ganddo'r un syniad. Anfonodd Jo becyn arall o gardiau ato ynghyd â nodyn yn dweud ei fod yn ennill yn reit dda y dyddiau yma, a'i fod yn edrych ymlaen at gael chwarae gyda Steffan eto ac at glywed ei holl hanesion. Roedd y Tad Bill wedi sgrifennu ato hefyd, gan ddweud ei fod yn falch bod Steffan yn ôl ym Mhrydain ac yn dymuno'n dda iddo, ond soniodd yntau, chwaith, yr un gair am Twm nac am ei dad.

Yn nes ymlaen roedd y nyrs wedi darllen yn uchel o'r *Illustrated News*. Eitem am Kemmel oedd ganddi, a darllenodd ddisgrifiadau a fyddai'n ddigon i godi gwallt pen neb fod dros bum mil o Ffrancwyr wedi'u lladd a'u malurio cymaint nes nad oedd hi'n bosib adnabod yr un ohonyn nhw, a bod chwe mil wedi cael eu cymryd yn garcharorion rhyfel. Doedd neb yn gwybod faint o filwyr Prydeinig a gafodd eu lladd. Tybed, a oedd Twm wedi dod drwy Villers yn fyw, a oedd o wedyn wedi cael ei anfon i Kemmel? Tybed a oedd ei dad yn Kemmel? A James a Hamish – lle roedden nhw? A'r hen Fidget?

Canodd y cloc anferth a oedd yn teyrnasu dros y teras, gan wneud i'r ddau gymeriad bach arno droi eu pennau a waldio'u clychau â'u pastynau. Un waith, ddwy waith, deirgwaith. Byddai Awr yr Ymwelwyr yn dechrau am hanner awr wedi tri. Roedd Steffan yn casáu'r amser yma o'r dydd; awr gyfan o chwerthin, awr ddiddiwedd o sirioldeb a hapusrwydd.

'Pen blwydd hapus i ti . . .'

Agorodd Steffan ei lygaid a gweld sanau gwyn Metron a'i sgidiau duon. Gwraig garedig oedd Metron, ond nid Twm oedd hi, nage? Na'i dad chwaith. Gorfododd Steffan ei hun i wenu gwên fach lipa, ddyfrllyd. Roedd gan Metron deisen yn ei dwylo, a'r tu ôl iddi safai rhes o ddynion. O'r byrddau a'r cadeiriau eraill o gwmpas y lle, cododd y dynion â'r llygaid di-ddim gan adael eu gêmau a'u sgyrsiau er mwyn i'r nyrsys allu eu tywys draw at Steffan.

'Pen blwydd hapus i ti . . . Pen blwydd hapus i Ste-ffan . . .'

Doedd o ddim yn teimlo'n bymtheg oed. Teimlai fel hen ddyn, a hen ddyn gwag ar hynny. Ond eto, rhaid oedd gwneud ymdrech i wenu ac ymddangos yn ddiolchgar.

'. . . Pen blwydd hapus i ti!'

Plygodd ymlaen a chwythu. Roedd tair cannwyll ar ôl o'r pymtheg gwreiddiol. Rhaid oedd chwythu eto. Rhoddodd y Metron gyllell yn ei law.

'Torra sleisen, a gwna ddymuniad.'

Edrychodd Steffan i mewn i fyw ei llygaid. Roedd hi'n gwybod yn iawn na allai lliaws o angylion mewn eglwys gadeiriol helpu i wireddu ei ddymuniadau, felly doedd fawr o obaith gan deisen sbwnj a phymtheg cannwyll, yn nag oedd?

Torrodd Metron y deisen gan siarad pymtheg y dwsin. Roedd hi wedi hen arfer siarad â Steffan a chael dim ateb. Roedd yntau'n ddiolchgar iddi am beidio â disgwyl atebion ganddo ac am beidio â'i orfodi i siarad. Cododd Metron yn awr gan ddechrau dosbarthu platiau a ffyrc. Pan ddaeth at ddyn o'r enw Jim, a oedd wedi colli'i ddwy fraich, arhosodd a bwydo darnau o deisen i mewn i'w geg.

Gwenodd Jim. 'Mmmm. Teisen siocled.'

'Naci wir, Jim. Teisen sbwnj yw hi, gyda jam neis yn ei chanol ac eisin menyn ar ei phen.'

Roedd Jim yn gwybod na fyddai fyth eto'n gallu gweld dim byd, ond roedd yn gallu gwenu a mwynhau darn o deisen sbwnj. Tra oedd Steffan *yn* gallu gweld. Roedd yn gwybod ei fod yn lwcus ofnadwy, ond allai o ddim teimlo hynny, na theimlo fawr o ots am ddim byd.

Daeth y Metron at Steffan unwaith eto gan gydio yn y llyfr Gwyddoniaeth Milfeddygol roedd ganddo wrth ochr ei gadair. 'Gobeithio nad wyt ti'n rhoi gormod o straen ar dy lygaid. 'Mond dwy awr y dydd, cofia. Mae'r print yn fân ofnadwy.'

Yn ei llais unwaith eto roedd y tinc trwblus hwnnw roedd Metron yn ei gadw ar ei gyfer ef yn unig. Rhedodd ei bysedd i fyny ac i lawr cloriau'r llyfr, yn amlwg yn meddwl am rywbeth. Edrychodd Steffan ar y llyfr hefyd, gan feddwl bod yn rhaid iddo ei astudio'n galed a mynd yn ôl i'r ysgol, os oedd am gael bod, ryw ddiwrnod, yn filfeddyg.

Dechreuodd yr ymwelwyr gyrraedd gan frysio i lawr y grisiau a oedd yn arwain rhwng y coed rhosod ac i lawr i'r lawnt. Gwasgarodd y grŵp a oedd o gwmpas cadair Steffan. Estynnodd y Metron gadair arall ac eistedd wrth ei ochr.

Tybed a oedd rhywbeth wedi dod o Swyddfa'r Ysgrifennydd – rhywbeth am ei dad, am Twm, am Milwr?

Edrych i ffwrdd i gyfeiriad y ffenestri Ffrengig roedd y Metron. Penderfynodd Steffan siarad yn gyntaf, gan ofyn ei gwestiynau; gofyn iddi eto, y cwestiynau nad oedd o wedi'u gofyn ers ddoe. Byddai'n eu gofyn nhw unwaith bob diwrnod, a dim mwy na hynny; roedd yn ysu am gael gwybod a oedd rhywbeth wedi digwydd bellach. Oedden nhw wedi dod o hyd i Milwr. Cofiodd fel roedd y milfeddyg gyda'r fyddin – hwnnw a

fethodd â gwneud dim byd i wella Bili – wedi
dweud bod pob un ci a gâi ei anafu'n rhy ddifrifol
yn cael ei saethu. Mae'n rhaid fod *rhywun* yn
gwybod, rhywun o'r Gwasanaeth Cŵn. Ond
roedd y swyddfa'n ymdrin â miloedd ar filoedd
o faterion, felly go brin y byddai chwilio am un
ci coll yn flaenoriaeth ganddyn nhw. Ond roedd
yn rhaid i Steffan gael gwybod.

'Glywsoch chi rywbeth, Metron? Ydyn nhw
wedi cael hyd iddo? 2176 oedd ei rif o.
Ddwedoch chi hynny wrthyn nhw?'

Agorodd y Metron ei cheg, yna'i chau'n ôl.
Edrychodd eto i gyfeiriad y teras. Rhoddodd
Steffan blwc i'w llaw.

'Ydi'r Ysgrifennydd wedi cael unrhyw
newyddion bellach?'

Safodd Metron am ychydig cyn plygu ymlaen
a thynnu Steffan tuag ati, ei chorff meddal,
cyfforddus yn ymdrechu i gofleidio'i gorff stiff
ac ystyfnig yntau. Oedd Milwr wedi cael ei
saethu? Neu ei adael yno i farw mewn bedd
agored? Cusanodd y Metron ei gorun a chamu'n
ôl gan orffwys ei dwylo ar ei ysgwyddau.

'Steffan bach, mae'r rhai sydd yn dal i fod yn
fyw yn bwysicach o lawer na'r meirw. Mae'n
rhaid i ti feddwl a chofio am y byw, ac mae'n
rhaid i ti fynd adref atyn nhw.' Yna gwenodd
arno gan wneud i'w bochau bantio. Unwaith

eto, edrychodd i gyfeiriad y drws fel petai hi'n disgwyl i rywun ymddangos yno unrhyw funud, rhywun a oedd wedi galw i edrych am Steffan. Fel petai hynny'n debygol o ddigwydd! Safodd eto cyn troi'n ei hôl, gan edrych ychydig yn lletchwith ac ar goll, a'i dwylo o'r golwg ym mhocedi ochr ei sgert, o dan ei ffedog.

'Ry'n ni am drefnu i ti fynd adra'r wythnos yma. Mae dy lygaid yn gwella erbyn hyn. Mi fuost ti mor lwcus, Steffan.' Edrychodd Steffan i ffwrdd i gyfeiriad y grwpiau a oedd wedi ymgynnull yn yr heulwen, a chlystyrau o frodyr a chwiorydd, meibion a merched, mamau a gwragedd yn ymweld â'r dynion eraill. Mynd adref i beth? Lle oedd Twm, ei dad, a Milwr?

'Cymer hwn . . .' Tynnodd y Metron ei llaw dde o'i phoced. 'I ti mae hwn.'

Roedd 'AR GYFER MEHEFIN 8fed' wedi'i sgrifennu mewn llythrennau mawr ar ochr chwith yr amlen wen. Llawysgrifen Twm oedd o – a stamp cyffredin y Swyddfa Bost oedd ar yr amlen, felly roedd Twm yn fyw ac roedd Twm gartref.

'Mae gen ti dad ac mae gen ti frawd, Steffan,' meddai Metron. Rhwygodd Steffan yr amlen ar agor a darllen fel petai'n cystadlu mewn ras ddarllen:

Cae'r Drain,
Mehefin 6ed, 1918

Annwyl Steffan,
Cyrhaeddais adref heddiw, ac rwy mor falch ac
mor hapus o ddeall oddi wrth Lara ac oddi wrth
Metron dy fod yn ddiogel, yn ddiogel yn Lloegr, bod
dy olwg wedi dod 'nôl, d'ysgyfaint wedi gwella ac
y byddi gartref am byth cyn bo hir. Mae'r llawenydd
o wybod dy fod yn ddiogel yn boddi pob un teimlad
arall ac yn chwalu pob tristwch yn yfflon racs.
Rhaid i mi aros yn fy ngwely nes bod fy nghoes
wedi gwella, felly bydd Lara a minnau'n aros
amdanat yma yng Nghae'r Drain gan ddyheu am dy
weld yn dod adref.

Edrychodd Steffan i fyny ar y Metron a'i lygaid
yn llawn dagrau a'i ên yn crynu ag emosiwn.
Roedd Twm gartref, roedd Twm yn ddiogel.
Darllenodd Steffan yn ei flaen ar garlam, gan
ddal ei wynt. Ei dad? Milwr? Beth amdanyn
nhw?

Profiad rhyfedd iawn, a gwn y byddi dithau'n teimlo'r un fath, yw gweld cyn lleied sydd wedi newid yma, bod y blodyn menyn yn dal i ymddangos o flaen y Ceiliog Coch a bod y gloynnod byw yn dal i hedfan.

Rwy'n deall mai ci a achubodd fy nghwmni i'r diwrnod hwnnw. Tynnais lun map a oedd yn dangos lle roedd gwn-peiriant y gelyn yn cuddio. Doedd dim bwledi gennym ar ôl, na set radio chwaith ac roedden ni wedi'n caethiwo yn y ddaear fel llygod mawr mewn twll, ond llwyddodd y ci eiddil hwnnw i gludo fy map dros y tir agored ac i fyny'r llethrau serth hynny. Welais i erioed y ffasiwn gi, a allai symud mor gyflym. Anodd oedd credu mai ci ydoedd – wedi'i lenwi â'r fath ddewrder a synnwyr dyletswydd nad i'w weld yn aml ymhlith dynion, hyd yn oed. Ci oedd hwn a oedd yn caru ei feistr hyd ei anadl olaf.

'Milwr, Milwr . . . fy nghi *i* oedd o, Twm . . . y ci wnes i'i alw ar d'ôl di . . .'

Ac yn wir, pe na baet ti yno, buaswn bron iawn wedi dymuno dy fod di yno, ddim ond er mwyn gweld y ci hwn yn rhedeg. Hwn oedd y tro cyntaf i mi weld cŵn negeseuon yn gweithio, a'r tro cyntaf i mi ddeall a gwerthfawrogi dy waith di. Steffan, maen nhw'n dweud mai Villers oedd brwydr bwysicaf un y rhyfel – ymosodiad yng nghanol y nos, heb ddim rhybudd bron, dros dirwedd peryglus a dieithr. Rhoddodd amen ar obeithion yr Almaenwyr o gipio Amiens a Phars. Y noson honno newidiodd gwrs y rhyfel – teg yw dweud mai honno oedd dechrau'r diwedd. Achubodd y ci hwnnw gynifer o fywydau yn Villers, mae yna orchymyn newydd wedi'i greu – o hyn ymlaen, rhaid i bob bataliwn o filwyr traed gael ci gyda nhw.

Mae 'Nhad yn dal i fod dan gomisiwn, yn tywys ceffylau i fyny i'r llinellau blaen.

Ei dad yn ddiogel. Roedd Twm a'i dad yn ddiogel.

Mae'n gweithio gyda phob math o geffylau, bach a mawr, gan gynnwys mulod o Minnesota, Percherons o America, ond, medda fo, mae eto i weld unrhyw geffyl sydd gystal â Cheffyl Cymreig a gwaed pur y mynydd yn ei wythiennau. Mae 'Nhad yn gwybod cymaint â neb arall am geffylau, ac yn gofido mwy amdanyn nhw nag unrhyw ddyn. Roedd o i gyd yn llesol yn y pen draw, Steffan, yr holl bethau a ddigwyddodd. Mae galar 'Nhad wedi'i drechu ac mae'n brysur ac yn hapus unwaith eto, ac yn falch o fod yn gallu gwneud ei waith a'i ddyletswydd.

Twm, Twm! Beth am Milwr . . ?

Ond digwyddodd y brwydro gwaethaf i mi'i weld erioed yn Kemmel. Doedd dim cysgod o unrhyw fath yno ac roedd y ffosydd mor fas, roedd yn rhaid i ni orwedd ynddyn nhw. Cafodd saith gant o fomiau eu gollwng arnom ni mewn un awr. Rwy'n ffodus aruthrol i fod yn fyw, mai dim ond brifo fy nghoes a wnes i. Mae yna sôn fy mod am gael medal am Kemmel, ond y wobr orau un fydd dy weld di'n cyrraedd yn ôl adref.

Darllenodd ac ailddarllenodd Steffan y llythyr, gan orfoleddu mewn rhai darnau ohono ond gan deimlo'i galon yn torri eto mewn darnau eraill. Roedd Twm yn fyw ac yn iach, ac yn ôl gartref am byth. Roedd Lara Puw ac yntau yng Nghae'r Drain. Ac roedd y ceiliog coch yn dal i dyfu, a byddai yna fêl ar fwrdd y gegin . . .

Rhedodd rhywun law drwy ei wallt. Yna teimlodd gledr llaw go galed yn anwesu ei foch. Rhewodd Steffan. Cododd ei lygaid fymryn oddi wrth ei lythyr. Roedd sanau gwyn y Metron wedi mynd, ac yn eu lle roedd pâr o esgidiau gloyw, a chadachau am bâr o goesau. Yn araf, araf, gan grynu trwyddo fel deilen a llythyr Twm yn siffrwd yn ei ddwylo, edrychodd Steffan i fyny, un fodfedd ar ôl y llall . . .

. . . a gweld talcen uchel ei dad a'i wallt gwyn yn sgleinio fel eira cynta'r foel yng ngoleuni'r haul. Taflodd Steffan ei flanced o'r neilltu a neidio i'w draed gan daflu cawod o friwsion teisen i bob cyfeiriad. Roedd o yma! Roedd ei dad wedi dod i chwilio amdano – a hynny am yr ail dro –

''Nhad–!'

'Aros, Steffan. Aros.' Roedd llaw ei dad ar ei ysgwydd, yn ei wthio i lawr yn ei ôl. 'Cau dy lygaid a dal dy law allan.'

Gan deimlo fel plentyn bach, gwasgodd Steffan ei lygaid ynghau, ond nid cyn iddo sylwi mor syth oedd cefn ei dad yn awr o'i gymharu â'r cefn crwm a oedd ganddo yng Nghae'r Drain, ac fel roedd y golau yn tywynnu yn ei lygaid. Daliodd Steffan ei law allan, yn agored. Teimlodd rywbeth oer a metalaidd yn syrthio i mewn iddi. Arhosodd am eiliad cyn cau ei fysedd amdano. Silindr oedd o, a symudodd bysedd Steffan drosto gan chwilio am ei geg, gan deimlo'r fodrwy a oedd ar un adeg yn sownd i goler ci . . .

Agorodd ei lygaid.

Ar y silindr roedd y geiriau:

WAR MESSENGER DOG
NO. 2176

'Agora fo, Steffan'

Agorodd Steffan y silindr. Tynnodd y neges allan ohono a darllen llawysgrifen draed-brain ei dad, 'I ti i'w gadw am byth.'

Roedd ei dad yn gwyro'n awr dros fasged

wellt fawr ac yn datod y cortynnau. Saethodd y caead i fyny ac fel ton mewn storm wyllt, neidiodd rhywbeth o'r fasged fel arian byw gan lanio ar Steffan. A'i draed ar gluniau ansefydlog Steffan, trodd beth-bynnag-oedd-o'n ôl ac ymlaen yn wallgof gan arogli a llyfu'r bachgen druan. Cydiodd Steffan mewn dyrnaid o'r blew garw, hir gan yfed arogl gwair cyfarwydd Milwr, gan feddwi ar yr *oglau ci* bendigedig, gan deimlo'r tafod hir yn llyfu'i wyneb drosodd a throsodd wrth i'r gynffon hir oglais ei goesau.

'Yn ôl y milwyr meddygol,' meddai ei dad, 'roedd yn rhaid iddyn nhw rwygo'r ddau ohonoch chi oddi wrth eich gilydd. Ac yno roedd o pan ddois o hyd iddo fo, yn dal i ddisgwyl amdanat ti. Mae'n gi anhygoel. A'r Brodyr McManus – y nhw ddwedodd y cyfan wrtha i, Steffan. Mi ddaethon nhw i chwilio amdana i, er mwyn i mi fedru rhoi hwn i chdi, ac mi ddwedon nhw bopeth wrtha i, popeth a wnaeth y ci yma'r diwrnod hwnnw – yr hyn wnaeth y ddau ohonoch chi, gyda'ch gilydd.'

Edrychodd Steffan ar ei dad. 'Be ddigwyddodd iddyn nhw, 'Nhad? Ydyn nhw wedi . . ?'

'Dwi'n deall fod Fidget wedi cael ei anfon adra ar ôl y bore cyntaf hwnnw yn Kemmel – sioc-ffrwydron, meddan nhw, ond chafodd o mo'i anafu. Ac am Hamish a James, roedd y ddau yn

Kemmel, Steffan . . . ac fel Twm, roedden nhwytha hefyd yn lwcus.'

Setlodd Milwr o'r diwedd, a'i drwyn yn pwyntio at ei feistr; ysgydwodd ei ben ôl, yna'i gynffon, yna'r ddau gyda'i gilydd, cyn lluchio'i ben yn ôl a gwenu'r wên lydan honno.

'Ei sleifio fo drosodd wnes i,' meddai tad Steffan. 'Mae wedi bod yn esgus mai bag tywod ydi o bob cam o'r siwrnai – ar y cwch, ar y trên, ac o flaen Metron. Felly mae'n siŵr o fod yn ysu am gael mynd adra erbyn rŵan a chael ymddwyn fel ci unwaith eto. Ac am gael dy weld di'n ymddwyn fel bachgen unwaith eto.'

Safodd Milwr a'i bawennau blaen ar fraich gul y gadair. Siglodd ei ben ôl unwaith eto cyn codi ei drwyn i'r awyr a saethu cawod o gyfarthiadau i gyfeiriad canghennau deilog y goeden acesia. Ac o gysgod y coed eraill gerllaw, trodd sawl pen gan rythu'n gegrwth i'w cyfeiriad. Wrth y coed rhosod, safai Metron a'i cheg yn llydan agored, ei bronnau anferth yn siglo fel hwyliau llong hwylio mewn gwynt cryf a rhyw grawcian rhyfedd yn dod o'i cheg fel petai hi'n dynwared llyffant.

Rhedodd Steffan ei fysedd dros ystlys y ci gan deimlo'r creithiau creulon, caled. Cododd ei ben gan deimlo cusan yr haul ar ei dalcen, a gweld ei dad yn troi i ffwrdd yn sydyn cyn i neb gael cyfle i sylwi ar ei ddagrau.

NODYN GAN YR AWDUR

VILLERS-BRETONNEUX

Doedd brwydr Villers-Bretonneux ddim yn
frwydr fawr ond roedd yn un bwysig, oherwydd
rhoddodd ben ar gynlluniau'r Almaenwyr i gipio
Paris. Parhaodd y lladd yn Villers-Bretonneux
hyd noson 26 Ebrill 1918, pan ddychwelodd y
dref a'i chyffiniau i ddwylo'r Prydeinwyr. Yn
ystod y noson honno, achubwyd milwyr Prydain
ac Awstralia gan ddyfodiad milwyr Ffrengig,
ond cyn hynny roedd rhyw 10,000 o ddynion
wedi colli eu bywydau.

Yn Villers y mae'r fynwent fwyaf un i gael ei
neilltuo ar gyfer milwyr y Rhyfel Mawr.

GWASANAETH Y CŴN NEGES PRYDEINING
(THE BRITISH MESSENGER DOG SERVICE)

Pan ddechreuodd y rhyfel ym mis Awst 1914,
roedd byddin yr Almaen wedi hyfforddi 6,000 o
gŵn, ond doedd dim gwasanaeth o'r fath gan
Brydain.

Roedd y Cyrnol Edwin Hautenville Richardson
wedi treulio pymtheg mlynedd yn hyfforddi
cŵn. Penderfynodd, ar ddechrau'r rhyfel, nad

oedd am ailymaelodi ond ei fod yn hytrach am fwrw ymlaen â'r gwaith yma. Pan gynigiodd ei wasanaeth i'r Swyddfa Ryfel, fodd bynnag, dywedodd un Cadfridog wrtho'n ddigon swta mai ei ddyletswydd ef fel prif swyddog fyddai gwahardd defnyddio cŵn, doed a ddêl. Am ddwy flynedd wedyn, parhaodd y Swyddfa Ryfel i wrthod cynigion Richardson. Ond yn 1916, derbyniodd gais answyddogol am gŵn gan ddyn o'r enw Cyrnol Winter. Anfonodd Richardson ddau gi Airedale ato, sef Wolf a Prince. Pan gafodd yr holl wifrau teliffôn eu torri a doedd dim posib defnyddio signalau gweledol o gwbl, cludodd Prince neges bwysig a fu'n gyfrifol am achub bataliwn o'r Sherwood Foresters.

O'r diwedd, ym mis Tachwedd 1917 a rhifau'r meirwon yn ddychrynllyd o uchel, cafodd Richardson alwad gan y Swyddfa Ryfel i sefydlu'r Messenger Dog Service a fyddai'n rhan o'r Gwasanaeth Signalau, a Richardson fyddai Llywydd yr Ysgol Hyfforddi. Cafwyd cŵn o gartrefi cŵn Battersea, Birmingham, Lerpwl a Manceinion. Yna gorchmynnodd y Swyddfa Gartref yr heddlu i anfon pob ci digartref i'r ysgol hyfforddi. Yn y pen draw, gwnaethpwyd apêl i'r cyhoedd, a chafwyd ymateb ardderchog – anfonwyd rhyw 7,000 o gŵn ar unwaith.

Tueddu i edrych i lawr eu trwynau ar y cŵn

roedd swyddogion y fyddin i ddechrau, gan ddewis eu hanwybyddu, nes iddyn nhw gael cyfarwyddiadau o'r Pencadlys ynglŷn â sut oedd eu defnyddio. Ffurfiwyd cenel canolig yn Etaples, ac oddi yno anfonwyd y cŵn a'u ceidwaid i'r Cenelau Adrannol y tu ôl i'r llinellau blaen. Oddi yno wedyn, anfonwyd y ceidwaid – â thri chi yr un – i fyny i Bencadlys y Frigâd. Byddai'r cŵn wedyn yn cael eu tywys gan filwyr traed i fyny i'r llinell flaen tra arhosai eu ceidwaid ym Mhencadlys y Frigâd, yn disgwyl i'w cŵn ddychwelyd ac yn barod i drosglwyddo pa bynnag negeseuon oedd ganddyn nhw i'r swyddog uwch eu pennau.

Cofnodwyd y gwaith a gyflawnodd pob un ci Prydeinig ar Ffrynt y Gorllewin – pob rhediad a wnaethon nhw, ynghyd â phellter a chyrchfan pob un – yng nghofrestr y gwasanaeth, sef y DGHQ Central Kennels Register of Dogs and Men (GR Army Book 129). Cafodd cŵn Airedale wedyn eu cofnodi fel cŵn swyddogol y Fyddin Brydeinig – ond rhaid dweud mai'r cŵn potswyr (y *lurchers*) cyffredin oedd y cŵn a gydnabuwyd fel cŵn neges *par excellence.*

Seiliwyd rhai o'r digwyddiadau ym mywydau Bili a Milwr ar gi go iawn o'r enw Airedale Jack, a ddaeth o Gartref Cŵn Battersea. Anfonwyd Airedale Jack i Ffrainc ym 1918 a chafodd ei gymryd gan y Sherwood Foresters i safle ar y Ffrynt. Llwyddodd yr Almaenwyr i dorri pob cysylltiad oedd gan y Prydeinwyr â'u Pencadlys. Fyddai'r un rhedwr wedi gallu byw drwy'r saethu. Cafodd Jack ei ryddhau a symudodd yn isel ar hyd y ddaear gan fanteisio ar hynny o gysgod oedd i'w gael yno, ond cafodd ei anafu'n o ddrwg. Torrwyd ei safnau gan ddarn o shrapnel. Yna rhwygwyd ei gôt o'i ysgwydd i'w glun. Serch hynny, brwydrodd Jack yn ei flaen gan gysgodi mewn tyllau ffrwydron a ffosydd bas. Er i'w bawen flaen gael ei tharo, fe'i llusgodd ei hun yn ei flaen ar dair coes, a hynny am sawl milltir. Llwyddodd i gyrraedd y Pencadlys a gadael ei neges, ond ar ôl llwyddo i achub y bataliwn, syrthiodd Airedale Jack yn farw.

Ddechrau mis Tachwedd 1918, gorchmynnwyd pob bataliwn o filwyr traed i ddefnyddio cŵn neges. Ar ôl y rhyfel, talodd y Cadlywydd Haig, yn ei neges olaf un, deyrnged arbennig i waith y cŵn hyn. Daeth y gwasanaeth i ben ym mis Mawrth 1919.

Yn ystod y Rhyfel Mawr, bu 100,000 o gŵn yn gwasanaethu gyda'r gwahanol wledydd a oedd yn ymladd.

Cafodd 7,000 ohonyn nhw eu lladd.